André Milewski

Die Totentafel

Thriller

http://www.andre-milewski.de

Kontakt@andre-milewski.de

3. Auflage
Coverdesign:
©Giessel Design
unter Verwendung von Stockbildern von Shutterstock

Korrektorat: Manuel Schumann

»One is the loneliest number
that you'll ever do
Two can be as bad as one
it's the loneliest number
since the number one.«

— THREE DOG NIGHT – ONE

1

DER TOTE

NEW YORK, 5. DEZEMBER 2016

BLUT FEHLTE. Das war das Erste, was Heather auffiel, als sie am Tatort ankam. Eine dünne Schneeschicht bedeckte den Boden, der immer noch jungfräulich weiß schimmerte. Der erste Schnee im Dezember, als Vorbote eines langen, kalten Winters in New York. Normalerweise hätte sie erwartet, dass die männliche Leiche, die mutmaßlich vom Dach des Gebäudes vor ihr gestürzt war, eine ziemliche Sauerei auf dem Gehsteig hinterlassen würde. Aber nichts dergleichen war zu sehen. Kein einziger Blutstropfen. Nicht, dass sie darüber traurig gewesen wäre, aber es war das erste Indiz eines Falles, der sich schwierig gestalten würde. Der tote Körper lag nur mit seltsam verdrehten Beinen direkt neben den Treppenstufen auf dem Gehweg vor dem Metropolitan Museum of Art, das von allen nur ›*The Met*‹ genannt wurde. Zum Glück war es mitten in der Nacht, da war selbst an der tagsüber überlaufenen 5th Avenue sehr wenig los. Es gab auch keine Schaulustigen, die eine Behinderung darstellten. Zwei Mitarbeiter der Spurensicherung waren gerade damit beschäftigt, den Leichnam genauer zu untersuchen, und hatten den Fundort dazu mit mehreren Scheinwerfern taghell ausgeleuchtet.

»Hallo Tomlinson. Was haben wir hier? Einen Selbstmörder?«, fragte sie den Gerichtsmediziner, der neben dem Kopf des Toten kniete und gerade dessen Augen mit einer Taschenlampe untersuchte.

»Wie schön, Sie wieder im Dienst zu sehen, Detective Rollins«, flötete Tomlinsons hohe Stimme ihr zu, ohne dass der Gerichtsmediziner seinen prüfenden Blick von der Leiche abwandte. »Ich hoffe, es geht Ihnen wieder besser.«

»Ist der Kerl gesprungen?« Heather ignorierte den letzten Satz von Tomlinson.

»Wohl kaum. Wie es aussieht, hat der arme Teufel schon vor längerem Abschied von unserer schönen Erde genommen. Mors certa, hora incerta.«

Sie verdrehte die Augen und hätte Tomlinson aufgrund seines schwelgerisch-snobistischen Tonfalls am liebsten eine Ohrfeige verpasst. Aber sie beherrschte sich. »Können Sie mir das vielleicht etwas genauer erläutern?«

»Grob geschätzt würde ich sagen, zwei Monate. Vielleicht auch schon länger. Genaueres kann ich aber erst sagen, nachdem ich ihn auf dem Tisch hatte.« Der Gerichtsmediziner erhob sich, zog seine Einweghandschuhe aus und klopfte sich den feuchten Schnee von seiner feinen Stoffhose, die er unter seinem schweren Trenchcoat trug. »Der Kerl sieht noch ganz frisch aus, aber ich versichere Ihnen, er ist schon seit mindestens acht Wochen nicht mehr lebendig. Jemand muss ihn so lange kühl gehalten haben.«

Ihre Augen blickten an Tomlinson vorbei zu der Leiche. Tatsächlich sah der Mann so aus, als ob er gestern noch über die Straße gegangen sein könnte. Die Gesichtszüge des Toten wirkten entspannt, friedlich. Als ob er nur ein kleines Nickerchen im Schnee halten würde. Nur der eingedrückte Hinterkopf und die beim Sturz verdrehten Beine zeigten deutlich, dass er nie wieder aufwachen würde. Jetzt bemerkte Heather auch ein weiteres, schauerliches Detail.

»Sein Kopf -«, begann sie langsam, wurde aber sofort von Tomlinson unterbrochen.

»Ja. Das Gehirn fehlt. Soweit ich das beurteilen kann, wurde es äußerst fachmännisch entfernt. Der Schädel wurde dazu nicht geöffnet, das passierte erst bei dem Sturz.«

»Wie kann das sein?«, fragte Heather leicht verwirrt.

»Durch die Nase. Sehr aufwendig, sehr langwierig. Jemand muss sich sehr viel Zeit für den Kerl genommen haben.«

»Warum sollte sich jemand so viel Mühe geben und dann den Körper einfach von einem Dach werfen?«

»Was weiß ich?« Tomlinson hob die Schultern. »Vielleicht verschmähte Liebe? Oder seine Frau war sauer auf ihn und hat ...« Der Gerichtsmediziner stockte und hob entschuldigend die rechte Hand. »Tut mir leid, Detective, das wollte ich so nicht gesagt haben.«

»Sie haben es aber gesagt.« Heather ging einige Schritte an Tomlinson vorbei in den schattigen Bereich nahe des Museums, der nicht von den Scheinwerfern ausgeleuchtet wurde und blickte nach oben. »War schon jemand auf dem Dach?«, rief sie zum immer noch zerknirscht dreinblickenden Tomlinson herüber.

»Zwei meiner Männer sind gerade dort oben und suchen nach Spuren.«

»Dann schauen wir doch mal nach, ob sie was gefunden haben.« Heather stieg die Stufen zum Haupteingang des Museums empor. Am Eingang wartete ein sichtlich erschütterter Nachtwächter, dem sie ihre Dienstmarke entgegenhielt. Der Mann nickte ihr zu.

»Ich habe keine Ahnung, wie das passieren konnte. Also, ich war auf meiner Runde und als ich zurückkam und aus dem Fenster hinaus auf den Gehsteig blickte, ja, da hab ich ihn gesehen.«

»Wo lang geht's zum Dach?«, fragte Heather.

»Da hinten den Flur längs und dann links halten, da ist eine Treppe. Bekomme ich jetzt Ärger?«

»Sie? Warum denn? Nur weil mitten in der Nacht jemand von dem Dach des Museums geworfen wird, in dem Sie Wache schieben?« Heather sah den Nachtwächter ernst an und ging dann an ihm vorbei in Richtung Treppe. Sie hörte die Schritte von Tomlinson hinter sich, der sich beeilte, um zu ihr aufzuschließen.

»Das war nicht besonders nett.«

»Ich bin nicht hier, um nett zu sein. Er wird's überleben.«

Sie stiegen die Treppenstufen schweigend hinauf, nach der Hälfte der Strecke räusperte Tomlinson sich.

»Detective, das eben ... also, es tut mir wirklich leid. Ich wollte Sie nicht ...« - »Schon gut, Tomlinson. Ich schätze, damit werde ich in nächster Zeit leben müssen. Mein Ex-Mann hat schon alle Kollegen vom 31. Revier auf seine Seite gezogen und ordentlich Stimmung gegen mich gemacht. Deswegen habe ich mich ja auch versetzen lassen.«

»Ja, ich habe davon gehört. Schlimme Sache das.«

Heather schnaubte auf, blieb auf der Treppe stehen und wandte sich zu Tomlinson um. »Schlimm? Nein, schlimm wird es erst vor Gericht. Bis dahin wird er nur versuchen, kübelweise Schmutz über mich zu kippen, der feine Herr Captain.«

Der Gerichtsmediziner kratzte sich verlegen am Kopf.

Er schien nach den richtigen Worten zu suchen. »Am Ende der Liebe bleibt nur die Ernüchterung, oder?«

»Lassen Sie's gut sein, Tomlinson.« Heather drehte sich um und stieg die Stufen weiter hinauf. Sie verspürte wenig Lust, jetzt mit einem Gerichtsmediziner über das Ende ihrer Ehe zu sprechen. Als sie durch die schwere Brandschutztür auf das Dach des Museums hinaustrat, wirkte die kalte, klare Luft wie eine Ohrfeige. Eine, die ihren Verstand wieder auf das Wesentliche lenkte. Sie verdrängte die Gedanken an David und wandte sich wieder dem Hier und Jetzt zu. Am Rand des Daches standen zwei Männer in der Uniform der Spurensicherung und untersuchten den Sims auf Spuren.

»Habt ihr schon was für mich?«, fragte Tomlinson leicht außer Atem, als er hinter Heather auf dem Dach ankam. Die beiden Männer schüttelten zeitgleich den Kopf.

»Es ist nicht das Geringste zu finden, so als ob der Kerl vom Dach geschwebt wäre. Als wir hier rauskamen, war im Schnee nicht die kleinste Vertiefung zu sehen. Wenn ich es nicht besser wüsste, würde ich sagen, der Kerl ist nicht von hier oben gefallen.«

»Ist er auch nicht«, sagte Heather ruhig und wartete einen Moment, bis sie die Blicke der Männer auf sich sammelte. »Was macht Sie so sicher, dass der Mann vom Dach auf den Gehweg gestürzt ist?«

Tomlinson fand als Erster seine Sprache wieder. »Das Museum hat eine Alarmanlage. Die Fenster sind magnetisch gesichert, sobald sich eines öffnet, würde die Anlage losgehen.«

»Tatsächlich? Und die Tür hier oben nicht?« Heather deutete auf die kleine weiße Box, die sich oben rechts am Türrahmen befand.

»Sie hat recht, Sir«, sagte einer der Männer. »Der

Nachtwächter musste die Anlage erst ausstellen, bevor wir hier rauskonnten.«

»Haben Sie es gesehen?«, fragte Heather.

»Was gesehen?«

»Wie der Nachtwächter die Anlage ausgestellt hat?«

»Nein, ich habe angenommen ...«

»Verdammt!« Sich selbst verfluchend rannte Heather ins Treppenhaus zurück und hastete die Treppe wieder hinab, geriet ins Stolpern und schaffte es nur mit Mühe, einen Sturz zu vermeiden. Hinter sich vernahm sie das Platschen von Tomlinsons Plattfüßen auf den Stufen. Die letzten Stufen sprang sie mit einem Satz hinunter und befand sich wieder in dem Flur, der zum Haupteingang hinführte. Direkt neben dem Eingang war das Büro, in dem sich der Nachtwächter aufhalten sollte. Mit Schwung riss Heather die Tür auf.

Der Nachtwächter verschüttete vor Schreck seinen Kaffee, den er sich gerade aus einer Thermoskanne in einen Becher einschenkte.

»Aua, so ein Mist. Warum müssen Sie mich denn so erschrecken?«

Verdutzt sah Heather den Mann an. Sie hatte nicht erwartet, ihn im Büro anzutreffen. Ihre Hoffnung auf eine schnelle Lösung des Falls verpuffte.

»Wer außer Ihnen hat noch Zugang zum Museum?«

Der Nachtwächter blickte sie verständnislos an. Dann zog er ein Taschentuch aus seiner Hosentasche und tupfte sich den verschütteten Kaffee von der Hose.

»Also«, setzte er bedächtig zur Antwort an, »da haben wir einmal Direktor Hawkins, dann die Herren Johnson und Gray von der Museumsverwaltung. Außerdem gibt's da noch verschiedene Kuratoren für die ganzen Sammlungen, das sind - lassen Sie mich mal überlegen - ja, das sind circa neunzehn Personen. Dann gibt's natürlich noch ein paar meiner Kollegen, die selbstverständlich auch Schlüssel haben und dann ...«

»Lassen Sie's gut sein«, seufzte Heather. Wie es aussah, hatte die halbe Stadt Zugang zum Museum. »Kommen Sie morgen auf das 42. Revier und bringen mir eine Liste über alle Personen mit Schlüsselgewalt mit.« Sie sah den Nachtwächter streng an. »Sowas gibt es hier doch, oder?«

»Ja, ja natürlich doch. Aber ich habe eigentlich meinen freien Tag und da ...«

»Umso besser. Dann haben Sie genügend Zeit, um uns auf dem Revier zu besuchen und bei der Aufklärung dieses Mordfalls zu unterstützen, der sich während Ihrer Schicht hier zugetragen hat!« Die letzten Worte sprach sie scharf aus.

Der Nachtwächter schluckte einmal und nickte dann. Zufrieden verließ Heather seinen Wachraum. Auf dem Flur stand Tomlinson und sah sie erwartungsvoll an.

»Nicht unser Mann«, sagte sie.

»Wäre ja auch zu einfach gewesen.« Der Gerichtsmediziner drehte sich um. »Ich und meine Leute fahren dann mal. Viel Erfolg noch, Detective Rollins.«

Heather blickte ihm noch einen Moment nach und stand schließlich allein im nur schwach von der Notbeleuchtung erhellten Foyer des Museums.

2

KONFUSION

Einige Stunden später trat Heather aus dem Aufzug, der sie in die dritte Etage des 42. Reviers gebracht hatte. Ihr neues Zuhause. Die Blicke der neuen Kollegen verweilten einen Augenblick zu lange auf ihr, als sie sich durch das Großraumbüro auf ihren Schreibtisch zubewegte. Heather war nicht überrascht. David hatte keine Zeit vergeudet und war sofort in die Offensive gegangen, ganz wie es seine Art war. Es würde ein langer Kampf werden. Sie ließ sich nichts anmerken und setzte sich auf den ziemlich abgewetzten Bürostuhl hinter ihrem Schreibtisch.

»Guten Morgen, Detective Rollins. Kaffee?« Mit einem besorgten Blick hielt ihr ein großgewachsener Mann einen Becher mit dampfenden Kaffee entgegen. Es war ihr neuer Chef, Captain Ronald Sullivan. Auf seiner Glatze reflektierte das Licht der Neonröhren über ihrem Schreibtisch.

»Danke, Sir, den kann ich jetzt gut gebrauchen.« Dankbar lächelnd ergriff Heather den Becher.

»Also, dann lassen Sie mal hören.« Sullivan setzte sich

halb auf die Schreibtischplatte und verschränkte die Arme. Er wirkte jetzt wie ein sehr strenger Lehrer, der von seiner Schülerin einen Aufsatz vorgestellt bekommen möchte. Heather wusste, dass Sullivan alles andere als beliebt war im Kollegenkreis, aufgrund dieses Habitus. Aber sie kannte ihn schon länger, schon als er noch als Lieutenant in der Bronx zuständig war. Ron Sullivan war niemand, der es darauf anlegte, dass die Leute ihn mochten. Er war die Art von Mensch, den man gemeinhin als starrsinnig bezeichnete. Damit eckte er oft an und es gab deswegen auch eine hohe Fluktuation des Personals im 42. Revier, was im gesamten NYPD bekannt war. Trotz alledem war Sullivan ein geachteter Polizist und ein gerechter Chef. Wenn er für jemanden Respekt hegte, dann stand er wie ein Löwe zu diesem und scherte sich einen Dreck um die Meinung anderer Leute. Das war auch Heathers Glück und dafür war sie Sullivan sehr dankbar.

»Das wird kein einfacher Fall. Der Tote ist nach Aussage von Tomlinson schon mindestens acht Wochen nicht mehr lebendig. Außerdem hat man ihm vorher noch das Gehirn entfernt.« Sie nahm einen Schluck von dem Kaffee. Er war ihr etwas zu bitter, aber sie ließ es sich nicht anmerken. »Die Videoaufzeichnungen aus dem Museum haben nichts ergeben, der Nachtwächter hat auch nichts bemerkt und die Kollegen von der Spurensicherung sind der Meinung, der Leichnam wäre vom Dach geschwebt.«

Sullivan hörte aufmerksam zu. Er löste seine verschränkten Arme vom Brustkorb und rieb sich mit der rechten Hand die Glatze. Für einen Augenblick erinnerte sein Anblick Heather an Kojak, nur mit dem Unterschied, dass Sullivan kein Weißer griechischer Abstammung war, wie der Schauspieler Telly Savalas, sondern ein Afroamerikaner, mit Wurzeln in der Bronx.

»Also genau der richtige Fall für Ihren Einstieg im 42. Revier. An die Arbeit, Detective. Und heute Abend -«

»... haben Sie den ersten Bericht auf Ihrem Schreibtisch, Sir.«

Sullivan grinste sie zufrieden an. Er deutete ein Nicken an und verließ wortlos ihren Arbeitsplatz. Er ging drei Schreibtische weiter und brüllte dann quer durch das Büro: »Hey, Gonzalez! Warum ist der Bericht vom Fall Javier noch nicht auf meinem Schreibtisch?«

Während der angesprochene Kollege zusammenzuckte und sich mühsam stammelnd eine Ausrede zurechtlegte, startete Heather ihren Computer und kontrollierte den Eingang ihres E-Mail-Postfachs. Nur eine Mail war darin. Der Bericht von Tomlinson. Das schätzte sie so an dem Gerichtsmediziner, mit dem sie auch schon während ihrer Dienstzeit auf dem 31. Revier häufig zu tun gehabt hatte, er war immer sehr schnell und äußerst gewissenhaft. Wenn er nur nicht diesen einen Tick hätte, ständig lateinische Phrasen in seine Sätze einzubauen. Sie las sich den Bericht genau durch. Er fasste in wenigen Sätzen alles zusammen, was sie auch schon vorher wusste. Die wichtigste Information stand im letzten Absatz:

›Todesursache: Intoxikation (Ricin)‹

Heather runzelte die Stirn. Das Ganze wurde mehr und mehr verwirrend, mit jeder neuen Information. Sie trank den bitteren Kaffee aus und machte sich auf den Weg in die Gerichtsmedizin.

Zum Glück war die Gerichtsmedizin für ihren Bezirk im selben Gebäude untergebracht wie das 42. Revier. Dies war keine Selbstverständlichkeit. Heather erinnerte sich noch gut an die Zustände in ihrem alten Revier und wie oft sie und David deswegen geflucht hatten, keine eigene Rechtsmedizin in der Nähe zu haben. Es war stets nötig gewesen, sich mehrere Blocks durch die Stadt zu quälen, was wertvolle Zeit kostete.

Was David hierzu wohl sagen würde?, dachte sie, als sie die Tür zu den Untersuchungsräumen von Tomlinson aufdrückte. Aber schnell verwarf sie den Gedanken wieder. Es war ihr egal, was David dachte.

»Detective Rollins? Haben Sie meinen Bericht nicht erhalten?«, fragte Tomlinson verwundert, als er sie erblickte. Der Gerichtsmediziner stand in seiner Arbeitskleidung, einem hellblauen OP-Kittel, Kopfhaube und Mundschutz, an einem der drei Metalltische im Raum und hatte beide Hände im Oberkörper eines männlichen Leichnams versenkt. Eine weitere Pathologin stand etwas abseits an einem übergroßen Waschtisch aus Edelstahl mit dem Rücken zu ihr.

»Doch, habe ich. Aber ich hätte noch ein paar Fragen, die ich gerne persönlich mit Ihnen besprechen würde«, erwiderte Heather. »Wenn es Ihnen gerade passt«, fügte sie mit Blick auf den aufgeschnittenen Körper hinzu.

»Ich denke, ich kann ein paar Minuten erübrigen. Intra parietes privatos.« Er zog eine blutige Hand aus dem Körper und deutete auf einen mit Glaswänden abgetrennten Extraraum. Dann drehte er sich zu seiner Kollegin um. »Clarice, können Sie hier bitte weitermachen? Werfen Sie mal einen genaueren Blick auf die Leber, die sieht verdächtig aus.« Tomlinson zog sich die Einweghandschuhe aus und warf sie in einen Mülleimer. »Gehen Sie ruhig schon mal rein, Detective, ich wasche mir nur schnell die Hände.«

Heather betrat den Glaskasten in der rechten Ecke und rümpfte die Nase, als sie den penetranten, süßlichen

Geruch bemerkte, der sehr intensiv in dem kleinen Raum schwebte. Er schien direkt von Tomlinsons Schreibtisch auszuströmen. Sie war kurz davor, das kleine Büro wieder zu verlassen, als der Gerichtsmediziner eintrat.

»Tut mir leid für den Geruch«, entschuldigte er sich sofort. »Mir ist vorhin leider ein Missgeschick passiert.« Er ging zu dem Papierkorb, der neben seinem Schreibtisch stand und hob ihn hoch, sodass Heather einen Blick hineinwerfen konnte. Darin sah sie eine zerbrochene Parfümflasche liegen, zusammen mit etlichen zusammengeknüllten Papiertaschentüchern.

»War wohl eher ein Glück für Sie«, gab Heather mit einem angedeuteten Lächeln zurück.

»Meinen Sie, der Duft hätte nicht zu mir gepasst?«, erwiderte Tomlinson beinahe enttäuscht.

»Dieser Duft würde zu niemandem passen - zumindest nicht, solange sich dieser Jemand Hoffnungen macht, beim schönen Geschlecht zu landen.«

»Oh! Die Verkäuferin meinte, es wäre eine besonders aufregende Mischung aus Moschus und wilden Blumen, die meine maskuline Seite ungemein betonen würde.«

Einen Moment lang starrte Heather den Gerichtsmediziner ob dieser fatalen Fehleinschätzung mit halboffenem Mund an, doch ehe sie etwas erwidern konnte, lachte dieser laut auf und stellte den Papierkorb wieder auf den Boden.

»War nur ein Scherz. Eigentlich war dieses Parfüm als Geschenk für meine Mutter gedacht. Sie feiert bald ihren fünfundsiebzigsten Geburtstag. Na ja, schade drum. Aber Sie wollten mit mir über den Bericht sprechen.« Er setzte sich auf seinen Bürostuhl und sah sie erwartungsvoll an.

»Sie haben geschrieben, die Todesursache ist eine Vergiftung durch Ricin.«

»Ja, sehr bemerkenswert, muss ich sagen. Ist mir bisher in meiner über zwanzigjährigen Laufbahn noch nicht untergekommen. Ich bin da nur zufällig drauf gekommen, weil alle Organe des Toten in einem ausgesprochen schlechten Zustand waren. Leber, Niere, Magen und Darm waren stark geschädigt. Das war kein schöner Tod, glauben Sie mir. Das Gift wurde oral verabreicht. Nach Aufnahme der tödlichen Dosis hat es bestimmt zwei bis drei Tage gedauert, bis er schließlich gestorben ist. Ein qualvoller Tod.«

»Warum sollte man jemanden grausam vergiften, ihn dann mehrere Wochen aufbewahren, das Gehirn entfernen und ihn schließlich mitten in New York vor ein Museum werfen?«

»Was weiß ich?« Tomlinson zuckte mit den Schultern. »Aber wo Sie es gerade erwähnen: ›*Werfen*‹ ist ein gutes Stichwort. Sie hatten recht mit Ihrer Vermutung, der Mann wurde nicht vom Dach geworfen. Die Beine wurden dem Mann schon vorher gebrochen, wahrscheinlich um ihn besser aufzubewahren, in einer Gefriertruhe oder Ähnlichem.«

»Was ist mit dem aufgebrochenen Schädel?«

»Hammer. Ziemlich sicher. Ich habe Spuren von Ferrum gefunden, welches bei den meisten handelsüblichen Werkzeugen verwandt wird. Man hat ihm einfach den Schädel eingeschlagen.«

»Die Leiche wurde also nur so hingelegt, als ob er vom Dach gestürzt wäre«, sagte Heather mehr zu sich selbst.

»Ja, das ist sicher. Bei einem Sturz wären mit Sicherheit noch mehr Knochenbrüche vorhanden gewesen, vor allem wenn man bedenkt, wie lange der Kerl schon tot war.«

»Er lag mit Sicherheit nicht zufällig vor dem Museum. Er muss eine Verbindung zu diesem Ort gehabt haben, da bin ich mir sicher. Wer auch immer ihn getötet hat, wollte ihn dort haben.«

»Ich beneide Sie nicht darum, dies herauszufinden«, sagte Tomlinson. »Bei meiner Arbeit muss ich zwar auch immer ermitteln, aber der Rahmen, in dem ich mich dazu bewegen muss, ist besser definiert als der Ihre.« Er lächelte sie freundlich an.

Heather grübelte noch einen Moment nach. Irgendetwas von dem, was Tomlinson gesagt hatte, war wie ein Signalwort gewesen. Ihre Intuition sprang darauf an. Und die hatte sie noch nie getäuscht. Selbst bei David nicht. Sie hatte es nur nicht wahrhaben wollen. Diesen Fehler würde sie nie wieder begehen. In Gedanken versunken strich sie sich mit der rechten Hand über ihre rechte Augenhöhle. Der Bruch war gut verheilt.

»Arbeit«, murmelte sie. »Er hat dort gearbeitet. Im Museum. Ganz sicher.«

»Meinen Sie?«

Heather sah auf ihre Armbanduhr. Kurz nach Mittag. Ein guter Zeitpunkt, um noch mal einen Besuch beim Museum zu machen.

»Haben Sie ein gutes Foto von dem Toten für mich?«

»Selbstverständlich.« Tomlinson kramte auf seinem Schreibtisch herum und zog eine Mappe unter einem Wust an Papieren hervor. Er reichte sie Heather.

»Vielen Dank.« Heather wandte sich um und wollte den Glaskasten, der nach altem Frauenduft roch, schnell verlassen, als Tomlinson sich räusperte. »Ja?«

»Detective, ich wollte Sie noch etwas fragen: Könnten Sie sich …« Er stockte. »Ich meine, wäre es möglich …« Das Klingeln ihres Handys unterbrach den Gerichtsmediziner. Heather blickte auf das Display. Sullivan. Sie drückte auf das grüne Hörer-Symbol. »Rollins.«

Sie hörte ihrem Captain schweigsam zu, hob die Hand mit der Mappe zum Abschied und verließ dann eilig den Büro-Glaskasten.

Tomlinson sah Detective Rollins nach, bis sie die Pathologie verlassen hatte. Dann ließ er den Kopf auf die Schreibtischplatte sinken. »Du Trottel! Warum hast du sie nicht einfach direkt gefragt, ob sie mit dir ausgehen möchte?«, machte er sich selber Vorwürfe. Ein Klopfen an der Glasscheibe ließ ihn aufschrecken. Es war Clarice. Sie lächelte ihn freundlich an und hielt mit der linken Hand ein Körperorgan in die Höhe.

»Hey, keine Zeit für ein Nickerchen! Hier wartet noch eine Trinker-Leber auf Sie.«

3

DER ARCHÄOLOGE

METROPOLITAN MUSEUM OF ART

Nur eine Stunde nach dem Besuch bei Tomlinson erreichte Heather das Met. Der Schnee war mittlerweile wieder verschwunden, nur leichte matschige Reste waren noch zu erkennen. Die Mittagspause war gerade vorbei, auf dem Weg zum Museum hatte sie noch kurz einen Stopp bei einem Hotdog-Stand eingelegt. Jetzt meldete sich ihr Magen protestierend.

Ich hätte was Vernünftiges essen sollen.

Sie stieg die Treppen zum Museumseingang hinauf, ging durch die Türen und zeigte an den Kassen ihre Dienstmarke vor. Dann bat sie eine der Mitarbeiterinnen vom Informationsschalter, der zentral in der pompösen Eingangshalle des Museums stand, den Direktor zu rufen. Sie musste nicht lange warten, dann kam ein ziemlich schwergewichtiger Mann mit Brille ins Foyer, um sie abzuholen. Er stellte sich als Direktor Frank Hawkins vor. Heather folgte ihm zu seinem Büro im ersten Stock durch die verschiedenen Ausstellungsräume, durch die sich eine Unmenge an Besuchern drängte. Touristen vornehmlich.

Dabei musterte sie den dicken Direktor genau, es war ein Faible von ihr, Menschen, die sie neu kennenlernte, aufgrund ihres Aussehens zu analysieren und dann später befriedigt zur Kenntnis zu nehmen, wie richtig sie doch lag.

Hawkins sah aus wie Mitte fünfzig, war aber ohne Zweifel jünger. Sie schätzte ihn auf höchstens achtundvierzig Jahre. Das Übergewicht und sein mit Sicherheit ungesunder Lebensstil trugen das ihrige dazu bei, um ihn älter wirken zu lassen. Seine Haare waren fast alle ausgefallen, nur ein dünner Haarkranz, knapp über den Ohren und von etwa zwei Zentimetern Breite, leistete der Glatzköpfigkeit noch verzweifelt Widerstand. In seinem Nacken konnte Heather Schweißperlen erkennen. Obwohl sie nicht allzu schnell gingen, brachte ihn alleine die Anstrengung, seinen übergewichtigen Körper zu bewegen, schon in Schweiß.

»So, Detective Rollins. Da wären wir.« Hawkins öffnete seine Bürotür und ging voran. Der Raum wirkte düster und war deutlich zu vollgestellt. Aber an der linken Wand war eine große Fensterscheibe eingelassen. Heather ging näher heran und konnte auf einen der Ausstellungsräume hinabblicken. »Toller Blick, nicht wahr? Ich stehe hier oft und beobachte das Treiben da unten.«

»Ja, wirklich beeindruckend«, erwiderte Heather unbeeindruckt.

»Womit kann ich dem NYPD denn behilflich sein? Es geht bestimmt um den Toten, der heute Nacht vor unserem Museum gefunden wurde? Earl, unser Nachtwächter, hat mir alles berichtet. Ich habe hier außerdem die Liste mit allen Personen, die einen Schlüssel für das Museum besitzen, für Sie. Earl sagte mir, dass Sie die haben wollten. Ich habe dem armen Kerl gesagt, ich kümmere mich darum. Ich hoffe, das ist in Ordnung für Sie?«

Heather nahm die Liste entgegen und blätterte kurz darin. Es waren sechs Seiten. »Vielen Dank.«

»Schrecklich, dass sowas ausgerechnet vor unserem altehrwürdigen Institut geschehen musste.«

»Ich vermute, dass es kein Zufall war, dass der Tote hier vor dem Gebäude lag. Deswegen wollte ich Sie fragen, ob Sie den Mann vielleicht kannten?«

»Ich glaube zwar nicht, dass dem so ist, Detective, aber ich bin gerne bereit, Sie zu unterstützen.« Hawkins nahm ein Brillenetui von seinem Schreibtisch und fummelte etwas umständlich eine schmale Lesebrille daraus hervor, die er sich auf seine spitze Nase setzte. Heather hielt ihm eines der Bilder aus der Mappe von Tomlinson unter die Nase. »Großer Gott! Das gibt's doch nicht«, keuchte der Direktor erschrocken auf.

»Erkennen Sie ihn?«

»Und ob. Das ist Professor James Waterston. Ein Archäologe, der quasi ausschließlich für unser Museum tätig ist, äh ... war. Er betreute hier eine unserer Ausstellungen.«

»Warum haben Sie ihn dann nicht als vermisst gemeldet?«, fragte Heather.

»Wie bitte? Ich verstehe nicht ganz. Sie haben ihn doch erst heute Nacht hier gefunden, wie sollten -«

»Richtig. Er wurde heute Nacht hier gefunden, aber die Obduktion hat ergeben, dass er bereits seit acht Wochen tot ist.«

Hawkins wurde bleich, nahm die Brille ab und ging zu seinem Schreibtisch. Dort ließ er sich auf seinen Stuhl fallen, der unter dem Gewicht laut aufächzte. Er vergrub sein Gesicht in seiner rechten Hand.

»Also, ich höre.«

Der Direktor blickte sie mit traurigen Augen an.

»Ich kann Ihnen leider nicht helfen, ich weiß absolut nichts.«

»Einer Ihrer Mitarbeiter ist zwei Monate fort und Sie machen sich keine Gedanken darüber, wo er sein könnte?«

»Nein. Ich meine, normal natürlich schon, aber Big Jim, ich meine James ... er war ... speziell. Es war gang und gäbe bei ihm, dass er für längere Phasen nicht im Museum war. Meist war er dann auf Ausgrabungen unterwegs, neue Artefakte für die Ausstellungen beschaffen und solche Dinge.«

»Einfach so? Er verschwand von einem Tag auf den anderen?«

»Ja, das kam durchaus öfter vor, wenn er die Chance hatte, bei einer größeren Ausgrabung dabei zu sein. Warten Sie, ich zeige Ihnen mal etwas.« Hawkins hob den Zeigefinger der rechten Hand und öffnete seine Schublade. Dort holte er eine zerknitterte, weißschmierige Serviette hervor. Er legte sie auf den Schreibtisch und strich sie vorsichtig glatt. »Die habe ich mal vor drei Jahren von James bekommen. Lag am Morgen in meinem Briefkasten.«

Heather zog die Serviette über die Tischplatte zu sich hin. Mit krakeliger Handschrift waren dort einige Worte draufgekritzelt. Leise las sie vor: »Lieber Frank. Komme wohl einige Wochen nicht ins Met. Bin im Dschungel unterwegs, Reichtum und Ruhm erwarten mich. Bis bald, Big Jim.«

»Tja, so war es dann auch. Es dauerte damals ganze elf Wochen, bis er wieder in New York auftauchte.« Hawkins sah sie ernst an. »Und kein Lebenszeichen zwischendurch. So war er nun mal.«

»Und das haben Sie durchgehen lassen?«

»Ja, James hat uns von diesen Ausflügen immer schöne Stücke für unser Museum mitgebracht - alles ganz legal, versteht sich«, fügte der Direktor schnell hinzu. »Deswegen haben wir ihn nie daran gehindert. Es wäre auch schwer möglich gewesen, Big Jim an etwas zu hindern, wenn er sich etwas in den Kopf gesetzt hatte.« Hawkins lachte.

»Big Jim - war das sein Spitzname?«

»Ja, er wurde eigentlich von allen so genannt. Er war da sehr eigen. Ständig versuchte er, eine Entdeckung zu machen, von der er hoffte, sie würde die archäologische Welt auf den Kopf stellen.«

»Reichtum und Ruhm«, fasste Heather knapp zusammen.

Hawkins seufzte tief. »Ja, genau das. Aber leider klappte es nicht. James fand zwar durchaus einige interessante Artefakte, aber nichts, was wirklich von so großer Bedeutung gewesen wäre, um seinen Namen dadurch für immer in den Annalen der Archäologie zu verewigen.«

Heather starrte schweigend einen Augenblick lang auf die schmierige Serviette vor ihr. Dann schob sie das Stück Stoff wieder zu Hawkins.

»Haben Sie eine Personalakte von James Waterston?«

»Ja, natürlich.«

»Es wäre gut, wenn Sie mir die mitgeben könnten. Wissen Sie, ob er Angehörige in der Stadt hatte? Frau, Kinder, Eltern?«

»Nein, nein. Nichts dergleichen. James war der Typ einsamer Wolf. Bindungen waren ein Gräuel für ihn. Ich lasse Ihnen die Akte an den Empfang bringen, wenn es Ihnen recht ist.«

Heather nickte dem Direktor zu. »Gut, vielen Dank für Ihre Mitarbeit. Eine Frage hätte ich allerdings noch.«

»Ja?« Hawkins sah sie erwartungsvoll an.

»Hatte Professor Waterston irgendwelche Feinde oder gab es Streit mit irgendjemandem?«

Der Direktor blähte seine Wangen auf und atmete dann lang andauernd und geräuschvoll aus. Dann lehnte er sich nach vorne und stützte sich mit beiden Armen auf seine Schreibtischplatte.

»Detective, kennen Sie den Typ Mensch, der so ehrgeizig ist und mit allen Mitteln versucht, sein Ziel zu erreichen, dass ihm dabei alles andere egal ist?« Er blickte Heather ernst an. »So jemand war Big Jim. Ich glaube, es gibt keinen Mitarbeiter hier im Museum, den er durch seine Art nicht vor den Kopf gestoßen hat. Mich eingeschlossen, wir sind des Öfteren aneinandergeraten. Aber ihn deswegen töten?« Hawkins schüttelte energisch den Kopf. »Nein, das kann ich mir nicht vorstellen.«

»Ich verstehe. Bitte kommen Sie morgen bei uns im Revier vorbei, ich benötige jemanden, der den Leichnam identifiziert.«

Heather wartete keine Antwort ab und verließ das Büro des Direktors. Sie ging in Richtung des Eingangs. Die Personalakte von Waterston lag dort schon bereit. Mit der Akte unter dem Arm verließ sie das Museum und fuhr zurück zum 42. Revier.

»Siehst du, was hab ich dir gesagt? Das NYPD ermittelt und jetzt kommt Bewegung in die Sache, wir hätten den alten Drecksack schon viel früher hierher bringen sollen.«

»Warten wir es ab. Ich glaube immer noch nicht, dass die mehr rausfinden als wir.«

»Es kann auf jeden Fall nicht schaden. Besser als weiterhin mit leeren Händen dazustehen. Außerdem konnte Big Jim nicht ewig in meiner Gefriertruhe bleiben.«

»Nein, das wäre wohl wirklich keine gute Idee gewesen,

wahrscheinlich hättest du ihm dann noch mehr entfernt als nur sein Gehirn!«

»Hey, das war nur zur Übung. Ich wollte das schon immer mal ausprobieren und ihn hat es mit Sicherheit nicht mehr gestört.«

4

BESUCH

HEATHER BLIEB NUR SO LANGE auf dem Revier, bis sie den ersten Bericht für Captain Sullivan fertig hatte. Danach packte sie die Personalakte von Waterston und den Bericht der Gerichtsmedizin ein und verließ das Revier, um zu Hause weiterzuarbeiten. Sie war hundemüde und brauchte dringend erst einmal eine kurze Pause. Es war zum Glück nicht weit vom Revier bis zu ihrer kleinen Wohnung in Hells Kitchen. Der Aufzug in ihrem Wohnblock war schon defekt, seit sie hier vor sieben Wochen eingezogen war und es sah nicht danach aus, als ob sich an diesem Zustand bald etwas ändern würde. Sie stieg die Treppen bis in den sechsten Stock hinauf und hörte bereits im Hausflur den Gesang. Laut und falsch, aber voller Hingabe. Eigentlich hatte sie sich auf einen ruhigen Abend gefreut, aber sie konnte sich ein Lächeln trotzdem nicht verkneifen. Sie ging zu ihrer Wohnungstür, schloss auf und trat ein.

Der Sänger hatte ihr Eintreten nicht bemerkt. Laut und aus vollem Halse singend, tanzte er wie ein Derwisch durch ihre Küche und kümmerte sich dabei um zwei Töpfe auf dem Herd und den Backofen. Der große Mann sah dabei lächerlich aus. Er war fast zwei Meter groß, äußerst muskulös, mit immer noch militärisch kurz geschorenen, grauen Haar und trug eine rosafarbene Schürze mit einem Comicelefanten, die Heather vor ewig langer Zeit einmal geschenkt bekommen hatte.

»She's a lady. Whoa, whoa, whoa. Talkin' about that little lady, and the lady is mine.«

Heather hätte dem Sänger noch eine Ewigkeit zusehen können, aber schließlich ging sie zu dem Küchenradio und stellte Tom Jones ab. Sofort drehte sich ihr Vater zu ihr herum. Seine Augen leuchteten auf, als er sie ansah.

»Hey, wie lange bist du schon da, Kleines?« Er wischte sich seine Hände an der Schürze ab und drückte sie zur Begrüßung fest an sich.

»Hi Dad, was machst du hier?«

»Wonach sieht es denn aus?« Ihr Vater lachte. Es war ein ansteckendes Lachen. »Ich sorge dafür, dass meine Tochter auch mal was Anständiges auf den Teller bekommt und nicht ständig nur Fast Food in sich reinstopft.« Er zwinkerte ihr zu. »Du kannst schon mal den Tisch decken, in zehn Minuten müsste alles fertig sein. Es gibt dein Lieblingsessen: Spareribs aus dem Ofen und dazu noch ordentlich Kartoffeln und sogar etwas Gemüse.« Er lachte erneut.

Heather gab ihm einen Kuss auf die Wange. »Danke, Dad.«

Das Essen war hervorragend, wie immer, wenn ihr Vater kochte. Es war schon eine ganze Weile her, dass Heather mit ihrem Vater alleine war. Auch die Trennung von David hatte sie ihm nur am Telefon mitgeteilt. Umso überraschter war sie nun, dass ihr Vater sie besuchte. Er wohnte in Jackson, nahe den White Mountains, gute sechs Stunden Autofahrt von New York entfernt. Heather deckte nach dem Essen ab und holte zwei Bier aus dem Kühlschrank.

»Also Dad, was willst du wirklich hier?«, fragte sie, als sie ihm das Bier hinstellte.

»Was denn? Darf ein Vater nicht mal mehr für seine kleine Tochter sorgen?« Er prostete ihr zu und nahm einen Schluck Bier.

»Dad. Ich bin beinahe vierzig. Ich kann alleine für mich sorgen.«

»Schatz, du siehst höchstens aus wie dreißig.« Er lachte. »Und was das andere angeht: Das mit dem Kochen war doch eine gute Idee von mir, oder nicht?«

»Ja, okay. Du hast recht. Das Essen war wirklich ausgezeichnet. Noch mal vielen Dank dafür. Aber trotzdem bist du nicht allein deswegen hier, oder?« Sie sah ihren Vater prüfend an, der schnell noch einen Schluck aus der Flasche nahm. »David hat dich angerufen, hab ich recht?«

»Ja. Hat er. Ist es wahr, dass du ihn vor Gericht zerren willst?«

Ihr Vater konnte seine Zeit in der Army nicht verheimlichen. Der Sergeant im Ruhestand war immer noch direkt und sagte ohne Umschweife, was er dachte.

»Dad, das ist eine Sache zwischen mir und David. Bitte halt dich da raus.«

»Ich mein ja nur -«

»Du weißt doch überhaupt gar nichts!« Wütend sprang Heather auf und stieß dabei ihren Stuhl um.

»Was weiß ich nicht? Dass dein Mann dich immer noch liebt? Schatz, du und David, ihr hattet doch eine gute Zeit zusammen, für über zehn Jahre. Soll das wirklich vor Gericht enden?«

Heathers Unterlippe begann zu zittern. Jetzt kamen all die Lügen zu ihr zurück. Ihre Feigheit. Ihr Unvermögen, ihre Schwäche einzugestehen. Sie konnte ihrem Vater nicht böse sein. Wie auch? Er hatte David vom ersten Augenblick an gemocht, als sie ihn damals als ihren neuen Freund vorgestellt hatte. Ihr Vater, der alte Army-Sergeant und der neue Mann in ihrem Leben, ein aufstrebender NYPD-Detective, das hatte einfach gepasst. Die beiden Männer hatten sich auf Anhieb verstanden, was Heather damals glücklich machte. Die beiden waren zusammen sogar auf Angelausflüge gegangen, gemeinsam zum Baseball, hatten sich Football-Spiele angeschaut - alles, was Väter eben mit ihren *Söhnen* machten. Sie hatte es nie fertig gebracht, ihrem Vater später die Wahrheit zu sagen. Über ihre Tollpatschigkeit in den letzten Jahren. Über die blauen Flecke. Die vielen Stürze. Der Bruch der Augenhöhle. Wie konnte sie ihm also verübeln, dass er nicht verstand, warum diese harmonische Beziehung mit seinem Schwiegersohn plötzlich nicht mehr sein sollte? Auch diesmal brachte sie es nicht fertig, ihrem Vater die Wahrheit zu sagen.

»Dad, bitte vertraue mir. Ich hatte meine Gründe, die Beziehung zu David zu beenden. Gute Gründe.«

»Schatz, ist es, weil es mit dem Kinderkriegen nie geklappt hat? David hat mir gesagt, dass es für ihn kein Problem ist, er akzeptiert das.«

Heather schluckte. Sie wusste, zu was David imstande war, aber dass er jetzt sogar versuchte, ihren Vater gegen sie zu instrumentalisieren, überraschte sie dennoch. Trotzdem hielt sie weiterhin die Fassade aufrecht. Sie hatte es über die letzten Jahre perfektioniert, sich nie etwas anmerken zu lassen.

»Dad, lass es gut sein, bitte. Hast du nicht noch Lust auf einen Nachtisch? Ich habe noch Eis im Gefrierfach.«

Einen Moment lang musterte ihr Vater sie mit seinem besonderen Blick. So hatte er sie auch damals als Kind immer angesehen, wenn sie etwas ausgefressen hatte und nicht mit der Wahrheit rausrücken wollte. Aber schließlich sah er sie milde lächelnd an.

»In Ordnung, Liebes. Für Eis bin ich immer zu haben, das weißt du doch.«

»Und ob ich das weiß.« Heather zwang sich zu einem Lächeln. »Warte kurz, ich hole das Eis.« Sie verließ das Zimmer und ging in die Küche. Dort stellte sie sich vor den großen Kühlschrank und lehnte ihren Kopf dagegen. Am liebsten hätte sie ihrem Vater die Wahrheit über David erzählt. Aber sie war noch nicht so weit. Vielleicht würde sie es nie sein, aber die Geschichte mit David würde sie in jedem Fall alleine zu Ende bringen, ohne seine Hilfe.

Als sie zurück ins Esszimmer kam, hatte ihr Vater die Akten vor sich aufgeschlagen, die sie sich aus dem Büro mitgenommen hatte.

»Dad, was machst du da? Das sind vertrauliche Dokumente, da kannst du nicht einfach deine Nase reinstecken.«

Ihr Vater blätterte weiter. »Ist das dein neuer Fall? Sieht ja interessant aus, hast du schon einen Verdächtigen?«

Sie stellte ihm einen Eisbecher hin und nahm ihm die Akten weg. Sie legte die Akten neben sich auf den Tisch.

»Nein, bisher noch nicht. Die Leiche wurde erst heute Nacht vor dem Metropolitan gefunden. Ich habe vorhin mit dem Direktor gesprochen. Der Tote war nicht sonderlich beliebt, aber Feinde soll er keine gehabt haben.« Sie stocherte in ihrem Eisbecher herum, bis sie ein Cookie-Stück darin gefunden hatte.

»Was wurde gestohlen?«, fragte ihr Vater, während er seinen Eisbecher schon beinahe zur Hälfte geleert hatte.

»Wie kommst du darauf, dass etwas gestohlen wurde?«

»Na ja, der Tote hat doch für das Museum gearbeitet. Da gibt's doch haufenweise kostbares altes Zeug. Hab ich zumindest gehört. Du weißt ja, ich gehe nicht in Museen.« Er blinzelte ihr zu. »Kann doch gut sein, dass der Kerl was Wertvolles gefunden hatte und deswegen ermordet wurde.«

Heather ließ ihren Löffel im Eis stecken. Warum hatte sie diesen Gedanken nicht schon früher gehabt? »Du hast recht, Dad. Das ist ein sehr gutes Motiv.« Sie zog sich die Personalakte von Waterston heran und blätterte darin herum. Er war als Kurator für die ägyptische Kunstsammlung des Museums zuständig. Den letzten Einträgen nach hatte der Archäologe allerdings schon über ein Jahr keine neuen Artefakte dafür mehr ins Museum gebracht. In den Jahren zuvor hatte er jedoch in schöner Regelmäßigkeit immer wieder Fundstücke aus eigenen Grabungen an das Museum geliefert. Etliche Dokumente von Zollabfertigungen aus Kairo und der New Yorker Zollbehörde belegten einen regen Handel, der vor zehn Monaten plötzlich abgebrochen war.

»Dad, wäre es schlimm, wenn ich dich alleine lasse? Ich müsste noch einmal kurz weg.«

»Na klar, Schatz. Geh nur, ich kümmere mich hier um alles. Isst du dein Eis nicht auf?« Er zeigte auf ihren halbvollen Eisbecher.

Heather stand auf, ging um den Tisch herum und gab ihrem Vater einen Kuss auf die Stirn. »Danke, Dad. Nimm den Becher ruhig. Sehen wir uns später noch?«

»Aber sicher doch, ich habe doch jetzt viel Zeit als verwitweter Rentner. Ich schlafe auf der Couch und warte, bis du nach Hause kommst. Wie früher.«

»Bleib nicht wegen mir zu lange wach. Bis später.«

Mit den Akten unter dem Arm eilte Heather aus der

Wohnung und machte sich auf den Weg zur Adresse, die als Wohnsitz von James Waterston angegeben war. Die Wohnung lag auf der anderen Seite des Hudson, in Hoboken, nur knappe zwanzig Minuten von ihrer eigenen Wohnung entfernt. Von unterwegs rief sie auf dem Revier an und bestellte die Kollegen von der Spurensicherung zur Wohnung. Heather lenkte ihren Dienstwagen in den Lincoln-Tunnel durch den Feierabendverkehr. Sie war zwar immer noch etwas müde, aber es war gut, dass sie ihre Gedanken jetzt wieder auf den Fall konzentrieren konnte.

Der Wohnblock des toten Archäologen lag in einer Seitenstraße, die etwas heruntergekommen wirkte. Einige der Straßenlaternen waren ausgefallen, was diesen Eindruck noch verstärkte. Sie parkte direkt vor dem Block. Auf der Straße war niemand unterwegs. Schnell ging sie in den Wohnblock und suchte nach dem Klingelschild mit dem Namen Waterston. Diesmal hatte sie Glück, die Wohnung war im zweiten Stock gelegen. Als sie vor der Wohnungstür stand und überlegte, ob sie auf die anderen Kollegen warten sollte, kam eine ältere Frau in einem ausgeblichenen Arbeitskittel den Flur entlang auf sie zu.

»Der Professor ist nicht zu Hause.«

»Ich weiß, Ma'am.« Heather zog ihre Dienstmarke hervor und hielt sie der Frau entgegen. »NYPD. Detective Rollins.«

Die Alte hielt sich eine Hand vor den Mund und rief erschrocken: »Oh mein Gott. Ist ihm etwas zugestoßen?«

»Er ist tot.« Die alte Dame schaute sie entgeistert an und brachte keinen Ton mehr heraus. Heather war nie besonders gut darin gewesen, den Leuten etwas schonend beizubringen. Früher war dieser Part immer ihrem Partner zugefallen, also David. »Kannten Sie Mr. Waterston gut?«

»Ich … er hat immer pünktlich seine Miete gezahlt. Es

gab nie irgendwelche Probleme mit ihm, er war ein wunderbarer Mieter, er hatte diese Wohnung schon seit fast zwanzig Jahren gemietet.«

»Sie sind die Hauseigentümerin? Dann haben Sie doch bestimmt einen Zweitschlüssel für diese Wohnung?«

»Natürlich.« Die Frau zog sofort einen großen Schlüsselbund aus ihrem Kittel hervor, mit unzähligen Schlüsseln daran. Trotzdem wählte sie zielsicher einen der Schlüssel aus und ging damit zur Tür. »Passt«, sagte sie zufrieden mit sich selbst und schloss die Tür auf.

»Vielen Dank, Miss ...«

»Brockmeyer.«

Heather nickte ihr zu. »Können Sie mir den Schlüssel da lassen, meine Kollegen werden ihn später wieder bei Ihnen vorbeibringen. Aber wir werden einige Zeit benötigen, bis wir hier fertig sind.«

»Selbstverständlich. Mein Apartment hat die Nummer 2034, sie können rund um die Uhr bei mir klingeln, keine Sorge.«

»So spät wird es nicht werden«, Heather wollte gerade in die Wohnung hineingehen, als sie die Vermieterin vor sich hinreden hörte.

»Es ist schon seltsam, vorgestern ging es ihm endlich wieder gut und jetzt ist er einfach so tot.« Heather drehte sich auf der Stelle um.

»Was haben Sie da gesagt? Sie haben ihn vorgestern noch gesehen?«

Die Frau zuckte zusammen, wegen der Schärfe in Heathers Stimme.

»J-ja. Also, gesehen habe ich ihn nicht, nur durch die Tür mit ihm gesprochen. Der Professor war ein ziemlicher Eigenbrötler, er hat sich nie so oft gezeigt. In den letzten Wochen war er aber viel zu Hause, er hatte wohl eine hartnäckige Viruserkrankung oder so etwas. Auf jeden Fall klang er sehr erkältet. Ist ja auch kein Wunder, bei dieser Kälte vor der Tür. Der Winter kommt dieses Jahr sehr früh.«

»Gut, gehen Sie jetzt bitte in Ihre Wohnung. Ich werde bestimmt noch einmal bei Ihnen vorbeischauen.« Die alte Frau nickte ihr zu und ging dann etwas verunsichert in ihr Apartment zurück, das ganz am Ende des Hausflurs lag. Heather wartete, bis sie die Tür schließen hörte, und zog dann ihre Waffe. Sie hielt die Luft an und ging dann langsam in die Wohnung hinein. Offenkundig hatte Miss Brockmeyer mit dem Mörder von Waterston gesprochen. Sie betätigte den Lichtschalter. Das Wohnzimmer wurde hell erleuchtet, es war alles sehr ordentlich, fast schon zu ordentlich. In der Mitte des Raumes stand eine große, dunkelblaue Couch und davor ein niedriger, brauner Couchtisch. Auf dem Tisch stand ein Laptop mit aufgeklapptem Display. Langsam und unter Anspannung ging Heather auf den Couchtisch zu. Kurz bevor sie ihn erreichte, gab es einen lauten Knall aus dem Nebenraum. Sie fuhr herum und richtete ihre Pistole auf die Tür. Erneut gab es ein dumpfes Geräusch dahinter.

»Rauskommen. Sofort!«

Nichts passierte.

»NYPD! Rauskommen, habe ich gesagt, wird's bald?«

Ein Kratzen an der Tür war zu hören. Heather entsicherte ihre Pistole und bewegte sich vorsichtig zu dem Raum hin. Das Geräusch verstummte. Bedachtsam streckte sie ihre Hand zur Türklinke und umfasste sie, während sie mit der Waffe in der anderen Hand auf die Tür zielte. Langsam drückte sie die Klinke nach unten und drückte die Tür nach innen auf.

Etwas Schwarzes schoss zwischen ihren Beinen entlang. Heather erschrak und stieß einen Schrei aus. Die Katze lief zielstrebig zur Couch und sprang die Rückenlehne hinauf. Dann setzte sie sich hin und sah Heather neugierig an.

»Mistvieh!« Heather atmete tief durch und brachte ihren Puls wieder etwas herunter. Sie stieß die Tür ganz auf, dahinter lag das Schlafzimmer. Auf dem Boden neben dem Bett lag die Nachttischlampe, wahrscheinlich von der Katze umgeworfen. Auch im Schlafzimmer war alles ordentlich, das Bett war gemacht. Nachdem sie den Raum inspiziert hatte, ging sie wieder ins Wohnzimmer zurück, wo sich die Katze inzwischen auf der Couch breitgemacht hatte. Sie schien sich nicht im geringsten von dem unbekannten Besuch stören zu lassen und putzte sich ausgiebig.

Kurz darauf trafen die Kollegen vom Revier ein und machten sich an die Arbeit. Aber Heather war sich sicher, dass sie nichts finden würden. Es gab nur eines, was von Interesse war und das war der Laptop, der wie zum Angebot auf dem Couchtisch platziert worden war.

Die Wohnung war nicht in dem Zustand, wie sie es hätte sein müssen, nachdem der Bewohner über zwei Monate tot war. Sie war sauber. Zu sauber. Nirgends war auch nur ein Körnchen Staub zu finden. Heather blickte zur Katze hinüber, die immer noch in aller Seelenruhe auf der Couch lag und nur ab und zu den Kopf hob, um zu sehen, was die vielen Besucher so trieben. Das Tier war gut genährt, jemand musste sich in den vergangenen Wochen um die Katze gekümmert haben. Der Mörder? Nachdem zwei erfolglose Stunden der Suche nach Hinweisen verstrichen waren, entschied Heather sich dazu, diese abzubrechen. Sie schickte die Kollegen nach Hause. Sie selber stattete der Vermieterin noch einen Besuch ab. Ihre Armbanduhr zeigte Viertel vor zehn. Hoffentlich noch nicht zu spät für die alte Dame. Aber sofort, nachdem Heather bei ihr angeklopft hatte, öffnete diese auch schon blitzartig die Tür. Mit einem freundlichen Lächeln bat sie Heather hinein und führte sie in ihr Wohnzimmer. Dort ließ sie Heather auf einem sehr wuchtigen Sofa Platz nehmen.

»Nun, Frau Detective? Haben Sie etwas in der Wohnung von Mr. Waterston gefunden?«

»Nein. Nur seine Katze.« Argwöhnisch betrachtete Heather die Vermieterin. »Miss Brockmeyer, Sie sagten vorhin, dass Sie vorgestern noch durch die Tür mit Mr. Waterston gesprochen haben.«

»Ja, das habe ich auch. Zweifeln Sie etwa an mir?« Empörung schwang in der Stimme der Alten mit.

»Natürlich glaube ich Ihnen. Aber Sie sollten wissen, dass der Professor vor über acht Wochen getötet wurde. Sie haben also höchstwahrscheinlich mit seinem Mörder gesprochen.«

»Aber das ... das kann doch nicht sein«, erwiderte die Vermieterin perplex. »Das hätte ich doch bemerkt. Es gab keinerlei Anzeichen, dass etwas nicht stimmte, auch die Miete wurde immer weiter bezahlt. Er hat mir immer Bescheid gesagt, wenn er die Stadt verlassen hatte, wenn er schon wieder zu einer Ausgrabung oder Ähnlichem unterwegs war.« Mit leerem Blick starrte sie Heather an.

»Ich denke, der Mörder hat nach etwas Bestimmtem gesucht. Er hat sich viel Zeit genommen, um es zu finden. Hat der Professor jemals mit Ihnen über seine Arbeit gesprochen? Zum Beispiel, wo er seine Ausgrabungsstücke aufbewahrt?«

»Nein, nie.« Frau Brockmeyer schüttelte den Kopf. »Wie schon gesagt, er war ein ziemlicher Eigenbrötler. Nicht, dass Sie mich falsch verstehen, er war immer sehr höflich, wenn wir uns getroffen haben. Aber wir haben nie über seine Arbeit oder gar Privates gesprochen.«

Heather nickte. »Ich verstehe. Dann möchte ich Sie für heute auch nicht länger stören.« Sie stand auf, aber die alte Dame griff nach ihrem Arm und hielt sie fest.

»Detective, was wird denn jetzt aus der Katze? Jemand muss sich doch um das Tier kümmern.«

»Möchten Sie das gerne machen?«

Die Vermieterin schüttelte energisch den Kopf. »Ich würde gerne, aber mit meiner Katzenhaarallergie? Nein, nein. Auf keinen Fall.«

»Ich schicke Ihnen morgen jemand vom Tierheim vorbei, damit sie die Katze abholen.«

»Erst morgen? Könnten Sie das arme Tier nicht heute schon mitnehmen?«

Heather seufzte innerlich. Aber dem inständig bittenden Blick der alten Frau konnte sie nichts abschlagen. »Gut, ich werde die Katze mitnehmen und morgen im Tierheim vorbeifahren.«

Die Vermieterin strahlte sie an. »Vielen Dank, Detective. Sie sind ein guter Mensch.«

5

RÄTSEL

IN DER WOHNUNG von Waterston hatte Heather schnell eine Katzentransportbox gefunden. Die schwarze Katze - ein ziemlich fauler Kater - ließ sich bereitwillig in die Holzbox tragen. Heather packte auch das Katzenfutter ein, das noch in der Wohnung vorhanden war. Jetzt hievte sie die schwere Box und alles andere an Katzenzubehör in ihrem Haus in den sechsten Stock hoch. Sie öffnete die Wohnungstür leise und ging vorsichtig in ihre Wohnung. Aber schnell merkte sie, dass die Rücksichtnahme unnötig war. Aus dem Wohnzimmer erschallten laute Anfeuerungsrufe.

»Mach ihn fertig, gib's ihm!«

Ihr Vater saß auf dem Fernsehsessel und starrte gebannt auf den Bildschirm, wo gerade zwei schwitzige, halbnackte Männer in knappen Höschen damit beschäftigt waren, sich gegenseitig möglichst spektakulär durch den Ring zu werfen. Er bemerkte gar nicht, wie sie ins Wohnzimmer kam. Sie fühlte sich in der Zeit zurückversetzt, wie früher, wenn sie vom abendlichen Ausgehen mit ihren

Freundinnen wieder zurück nach Hause kam, wo ihr Vater - genau wie jetzt - vor dem Fernseher saß und sich Wrestling anschaute.

»Hallo Dad.«

»Oh, hallo Liebes. Da bist du ja schon wieder. Was hast du denn da Schönes mitgebracht?« Er deutete auf die Katzentransportbox, die Heather in der rechten Hand hielt.

»Das ist mein einziger Zeuge. Ich habe ihn in Schutzhaft genommen.«

»Zeig doch mal her, den Burschen.« Ihr Vater stand auf und nahm ihr die Transportbox ab. Er stellte sie auf dem Fußboden ab und öffnete die Klappe der Box. Überhaupt nicht schüchtern kam der Kater auch sofort heraus und beschnüffelte ihren Vater genau.

»Ich glaube, der mag mich.«

»Aber sicher doch, Dad. Ich lass euch beide mal alleine. Ich muss unbedingt unter die Dusche und dann ins Bett. Ich bin hundemüde.«

»Mach nur. Hat er einen Namen?«

»Wer?«

»Na, der Kater!«

Heather rollte mit den Augen. »Er hat ihn mir nicht verraten. Nenn ihn doch Mr. X.«

»So ein Prachtkerl hat garantiert einen passenden Namen. Herkules zum Beispiel.«

»Wie du meinst, Dad.« Heather gähnte. »Ich geh dann mal.«

Als sie zwanzig Minuten später im Bademantel aus dem Bad herauskam und noch einmal im Wohnzimmer nach dem Rechten schauen wollte, sah sie ihren Vater schlafend auf der Couch liegen. Die Katze lag zusammengerollt auf seinem Bauch und ließ sich auch von dem gelegentlichen Schnarchen ihrer Schlafunterlage nicht stören.

. . .

Am nächsten Morgen wurde Heather von dem Geruch frischen Kaffees geweckt. Sofort stand sie auf und schaute verwundert in die Küche, in der ihr Vater eifrig dabei war, das Frühstück vorzubereiten.

»Da bist du ja, kleine Langschläferin. Zieh dir was an, es gibt Pancakes mit Ahornsirup.«

Kopfschüttelnd schlurfte Heather durch die Wohnung zum Bad und während sie sich noch wunderte, was in ihren Vater gefahren war, stolperte sie beinahe über die schwarze Katze, die sich im Flur breitmachte. Vorwurfsvoll erhob sich der Kater und tippelte in Richtung der Küche davon.

Viel Zeit blieb Heather allerdings nicht für die Morgenwäsche, weil ihr Handy kurz darauf klingelte und Captain Sullivan sie sofort aufs Revier bestellte. Ihr Vater nahm die Nachricht enttäuscht zur Kenntnis.

»Willst du denn nicht wenigstens kurz frühstücken?«

»Ich würde gerne, Dad, aber es geht wirklich nicht.«

»Na schön, aber zum Abendessen sehen wir uns, ja?«

»Ich versuch's, aber ich kann nichts versprechen.« Heather gab ihrem Vater einen Kuss auf die Wange. »Danke fürs Frühstückmachen. Bis später.« Sie ging ins Wohnzimmer und holte die Katzentransportbox.

»Was hast du denn damit vor?«, wollte ihr Vater wissen.

»Die Katze ins Tierheim bringen natürlich. Hier kann er nicht bleiben.«

»Du kannst Herkules doch nicht einfach wegbringen.«

»Dad, bitte. Ich kann mich nicht um eine Katze kümmern, außerdem habe ich nichts hier für ihn. Vor allem kein Katzenklo.«

Ihr Vater kam auf sie zu und nahm ihr die

Transportkiste ab. »Schatz, mach dir keine Sorgen. Ich werde mich um alles kümmern. Versprochen.«

Heather sah ihren Vater amüsiert an. Sie fühlte sich, als ob sie die Rollen getauscht hätten. Früher war sie es immer gewesen, die versucht hatte, ihren Vater davon zu überzeugen, Haustiere bei sich aufzunehmen.

»Also gut, Dad. Meinetwegen kann er noch hierbleiben. Aber wenn du wieder wegfährst, bringe ich ihn weg.«

Auf dem Revier herrschte ungeachtet der frühen Tageszeit - es war kurz vor acht Uhr morgens - schon hektisches Treiben. Sullivan lief gerade zur Hochform auf, als Heather aus dem Fahrstuhl trat. Der Captain schaffte es, sämtliche Kollegen auf Trab zu bringen und stand dabei ungerührt wie ein Fels in der Brandung, während er seine Befehle kurz und knapp in den Raum bellte.

»Rollins, da sind Sie ja endlich. Was hat Sie aufgehalten? Herrscht Krieg auf den Straßen oder sind Außerirdische gelandet?«, belferte er sie an, als er sie erblickte. »In beiden Fällen gilt: Das ist keine Entschuldigung. Kommen Sie sofort in mein Büro. Hey Santiago, Sie sehen zu, dass Sie mir unseren Computer-Fuzzi in mein Büro schicken. Macht nichts, wenn's schnell geht!« Der angesprochene Detective, Ruben Santiago, einer der wenigen Kollegen, die Heather bei ihrem Amtseintritt schon kennengelernt hatte, lief sofort los. Santiago hatte seine Wurzeln in Puerto Rico und stets ein verschmitztes Lächeln im Gesicht, was ihm einen jungenhaften Charme verlieh.

Heather folgte dem Captain in sein Büro, wo dieser sich schnell hinter seinen Schreibtisch schwang.

»Was gibt es denn so Dringendes?«, wollte sie wissen.

Sullivan sah sie erstaunt an. Dabei zog er seine rechte Augenbraue hoch. Heather fühlte sich dabei immer an Leonard Nimoy erinnert, den Darsteller des Mr. Spock aus den ›*Star Trek*‹-Filmen.

»Wie kommen Sie darauf, dass es dringend ist?«

»Nun, ich dachte -«

»Ich wollte Sie nur testen, Rollins. Und Sie haben bestanden. Ich erwarte von meinen leitenden Detectives jederzeit Einsatzbereitschaft. Kaffee?«

»Gerne.«

»Gut, bringen Sie mir auch einen mit, die Maschine steht links vor meinem Büro.«

Heather sah den Captain prüfend an. Es begann in ihr zu brodeln. Sie mochte es nicht, von oben herab behandelt zu werden. »Und danach? Soll ich Ihnen noch einen Kuchen backen und die Hemden aufbügeln?«, fragte sie mit Schärfe in der Stimme.

»Für den Anfang würde mir eine Erklärung genügen, was Sie sich gestern Abend dabei gedacht haben, als Sie die Wohnung unseres Toten durchsucht haben, ohne dies vorher mit mir abzustimmen? Ich hatte diesbezüglich heute Morgen um sechs Uhr ein unangenehmes Gespräch mit dem Commissioner.« Sullivan lehnte sich in seinem Stuhl zurück und sah sie grimmig an.

»Seit wann ist ein Durchsuchungsbefehl nötig, um die Wohnung eines Mordopfers zu durchsuchen?«, verteidigte sich Heather und versuchte dabei noch grimmiger dreinzuschauen als der Captain.

»Vielleicht dann, wenn die Wohnung in einem anderen Bezirk liegt, für den ein anderes Revier zuständig ist, und die Kollegen gerne informiert worden wären, wenn auch deren Mitarbeiter der Spurensicherung angefordert werden?«

»Aber ich habe … Oh, verdammt -« Heather stockte. Sie hatte gestern Abend aus alter Gewohnheit die in ihrem Handy gespeicherte Nummer für die Tatortsicherung gewählt. Aber das war die Nummer der Einheit vom 31. Revier. Davids Revier. Am liebsten hätte sie sich selber für diese Dummheit geohrfeigt.

»Ich warte«, sagte Sullivan.

»Trinken Sie Ihren Kaffee schwarz oder mit Milch?«, fragte Heather zerknirscht.

»Schwarz, ein Stück Zucker. Mein Lieblingskuchen ist Käsekuchen mit Blaubeeren, meine Hemden werden erst gestärkt, danach gebügelt.« Sullivan sah sie ernst an. Dann bogen sich seine Mundwinkel langsam nach oben und er grinste sie breit an. Er stand auf, ging an ihr vorbei aus dem Büro und bog nach links ab. Heather konnte sehen, wie er zwei Becher Kaffee einschenkte. Er kam damit zurück ins Büro und reichte ihr einen.

»Danke, Sir.« Sie fühlte sich schuldig.

»Vergessen Sie's. Ich habe dem Commissioner schon lange mal den Marsch blasen wollen.« Sullivan lachte. »Dem alten Fettsack habe ich ganz schnell den Wind aus den Segeln genommen, als ich gemerkt habe, woher dieser weht. Ich habe die Wogen geglättet, um im Bild zu bleiben. Ich habe gesagt, dass ich vergessen hatte, die Unterstützung förmlich bei meinem geschätzten Kollegen Captain Rollins anzufordern. Versprechen Sie mir nur eines, Rollins.«

»Was denn, Sir?«

»Zeigen Sie's Ihrem Ex-Mann vor Gericht ordentlich!«

Heather fand ihr Lächeln wieder. »Das habe ich vor, Sir.«

»Gut. Dann lassen Sie uns jetzt mit diesem Fall weitermachen. Ich habe mir den Laptop, den Sie gestern in der Wohnung unseres Opfers sichergestellt haben, schon herbringen lassen.« Sullivan klopfte mit den Fingern der rechten Hand auf das silberfarbene Notebook auf seinem Schreibtisch. »Wo steckt denn Santiago so lange?« Er trat erneut vor seine Bürotür. »SANTIAGO!«

»Bin schon da!« Der junge Detective hastete durch das Großraumbüro, gefolgt von einer jungen Frau, deren lange, brünette Haare zu einem Zopf gebunden waren und die einen schicken dunkelblauen Hosenanzug trug. Sie sah nicht so aus, wie Heather sich den Computer-Fuzzi vorgestellt hatte, nach dem Sullivan verlangt hatte.

»Entschuldigung, der Fahrstuhl hat gestreikt und ich musste zu Fuß hinunterlaufen.«

»Sparen Sie sich Ihre lahmen Ausreden für Ihre Freundin auf, Santiago. Setzen Sie sich hin.«

»Jawohl, Sir.« Der schwer atmende Santiago setzte sich auf das breite, schwarze Ledersofa, das rechts von Sullivans Schreibtisch stand.

»Laurie, ich habe Arbeit für Sie!« Sullivan nahm den Laptop von seinem Tisch und hielt ihn der brünetten Polizistin entgegen.

»Alles klar, Captain«, antwortete die Polizistin selbstbewusst lächelnd. »Wie viel Zeit habe ich? Suchen wir etwas Bestimmtes?«

»Detective Rollins leitet die Ermittlungen in diesem Fall, sie wird Sie alles Nötige wissen lassen.« Sullivan deutete auf Heather. Die Brünette musterte sie mit interessiertem Blick. »Entschuldigen Sie, wo habe ich nur meine Manieren? Ich habe ganz vergessen, Sie einander vorzustellen«, sagte Sullivan. »Detective Heather Rollins, dies ist Police Officer Laurie Brannigan, sie ist unsere Cyber-Spezialistin.«

»Freut mich«, sagte Heather und streckte die Hand aus.

»Gleichfalls«, erwiderte Laurie und umfasste ihre Hand mit festem Griff. »Also, wonach soll ich suchen?«

»Ich weiß es nicht genau. Wir haben den Laptop in der Wohnung unseres Mordopfers gefunden. Ich bin mir sicher, der Mörder hat ihn uns da hingestellt«, sagte Heather an Laurie gerichtet, »er hat über zwei Monate lang nach etwas gesucht, es auf dem Laptop aber nicht gefunden und jetzt sollen wir das für ihn erledigen.«

»Gewagte Theorie«, erwiderte der Captain skeptisch.

»Überhaupt nicht«, sprang Laurie ihrer Kollegin bei. »Es gab schon verschiedene solcher Fälle, aber meist waren das Morde von Familienangehörigen, die auf ein dickes Erbe hofften.«

»Aber wie soll es dem Mörder helfen, wenn wir etwas auf dem Laptop finden? Er würde nie etwas erfahren, geschweige denn an die Ergebnisse herankommen!«

»Außer, der Täter ist Polizist!«

Sullivan wandte sich um zu Ruben Santiago, der immer noch auf der Couch saß und einen eher gelangweilten Eindruck machte.

»Wenn ich heute noch so einen dummen Spruch von Ihnen höre, Santiago, dann regeln Sie in den nächsten Wochen den Verkehr auf dem Times Square, verstanden?« Das jugendliche Gesicht des Detective gefror auf der Stelle bei der Androhung des Captains.

»Lassen Sie ihn, Sir«, sagte Heather belustigt. »Er hat gar nicht mal so unrecht. Aber es gibt noch eine weitere Möglichkeit.«

»Die da wäre?«

»Professor Waterston war Archäologe, und zwar einer von der besonders ehrgeizigen Sorte, wie mir der Direktor des Metropolitan erzählte. Er war immer wieder unterwegs auf Ausgrabungen, um etwas Besonderes zu finden, etwas, dass ihn berühmt machen würde.« Heather ging zum Schreibtisch und klopfte mit ihren schlanken Fingerknöcheln gegen den Laptop. »Vielleicht hat er es ja gefunden, dieses bestimmte Artefakt, das ihn berühmt gemacht hätte. Und wenn es so etwas Besonderes wäre, würde das sicherlich auch an die Presse gelangen. Dann hätte der Mörder seine Informationen.«

»Das würde bedeuten, einer seiner Kollegen hat ihn auf dem Gewissen.«

Heather nickte. »Die Chance darauf steht gut.«

»Was machen Sie dann noch hier, Rollins? Statten Sie dem Museum noch einen Besuch ab. Santiago, Sie begleiten sie, damit Sie langsam mal lernen, wie richtige Polizeiarbeit aussieht. Laurie, Sie versuchen inzwischen, auf diesem Laptop etwas zu finden. Zerlegen Sie ihn in Einzelteile, wenn es sein muss!«

Heather und die anderen beiden Detectives verließen Sullivans Büro. Während Santiago noch schnell zu seinem Schreibtisch spurtete, um seine Winterjacke zu holen, begleitete Laurie Heather zu ihrem Platz.

»Ich wünsche Ihnen viel Erfolg bei diesem Fall, Detective Rollins. Ich werde jedenfalls alles tun, um Sie dabei zu unterstützen, soweit dies möglich ist.« Sie klopfte zweimal auf den Laptop von Waterston, den sie unter den linken Arm geklemmt hatte. »Auch wenn ich nicht erwarte, hierauf etwas zu finden.«

»Ich weiß das zu schätzen. Nennen Sie mich doch bitte Heather.« Sie streckte Laurie die Hand entgegen.

»Freut mich sehr, Heather. Ich bin Laurie«, sagte sie und schüttelte ihr die Hand.

»Natürlich wirst du nichts finden«, fuhr Heather fort, »Wenn da etwas zu finden wäre, hätte es der Mörder in den letzten Monaten auch geschafft. Nein, ich glaube, dieser

Laptop war für den Professor nur ein besserer Briefbeschwerer.«

»Aber wonach suchen wir dann?«

Heather zuckte mit den Schultern und warf sich dann ihren Mantel über. »Keine Ahnung. Aber ich bin mir sicher, die Lösung für dieses Rätsel ist im Met zu finden.«

6

IM TEMPEL VON DENDUR

Sie ließ Santiago den Wagen zum Museum fahren. Der junge Detective war sichtlich froh darüber, sie begleiten zu dürfen. Aber Santiago war sowieso eher der fröhliche Typ. In den drei Tagen, die sie nun ihren Dienst im 42. Revier versah, hatte sie ihn stets nur mit einem Lächeln im Gesicht gesehen. Es war wohl schwer, den jungen Puerto-Ricaner die gute Laune auszutreiben. Selbst Captain Sullivan vermochte dies nur phasenweise.

»Also, Detective Rollins, wie gefällt es Ihnen bei uns auf dem 42. Revier?«, fragte er, während sie bereits an der dritten roten Ampel warten mussten.

»Ausgezeichnet.«

»Wirklich? Ihnen ist aber schon aufgefallen, dass unser Captain einen Pakt mit Satan abgeschlossen hat?«

Heather lachte. »Wie kommen Sie denn darauf?«

»Ich habe da eine Theorie, wollen Sie sie hören?«

»Nichts lieber als das.«

»Also, unser Captain hat seine Seele an den Satan verkauft. Im Gegenzug dafür stattete ihn der Teufel mit der

Macht der absoluten Bosheit aus und der Fähigkeit, die Geschicke ihm unterstellter Mitmenschen - besonders von armen Puerto-Ricanern - zu lenken und sie mit unmenschlichen Diensten zu drangsalieren.«

»Ach, ist das so? Sie scheinen doch eher sein Liebling zu sein«, erwiderte Heather lachend.

»Ja, das ist seine Fassade. Aber glauben Sie mir, es kommt der Tag, da wird er nach meiner Seele verlangen.« Santiago grinste breit. Dann riss er plötzlich die Augen weit auf. »Oh, das ist ein Supersong, stört es Sie, wenn ich das Radio lauter drehe?«

Ehe Heather etwas entgegnen konnte, dröhnte laute Rockmusik scheppernd aus den zu schwachen Türlautsprechern.

»They travel on the road to redemption ... a highway out of yesterday ...«

»Sind Sie nicht zu jung für diese Art Musik? Der Song ist ja älter als Sie«, schrie Heather laut, um die Musik zu übertönen.

»Das ist von 1991, da war ich sechs Jahre alt«, erwiderte Santiago. »Außerdem ist Rockmusik doch zeitlos, finden Sie nicht? Und Rush war schon immer meine Lieblingsband. Welche ist die Ihre?«

»Queen.«

»Ah, Freddie Mercury, gute Wahl.« Er drehte die Lautstärke wieder auf ein erträgliches Maß herunter. »Rush haben 1999 ein Konzert in San Juan gegeben und es war grandios. Sie können sich nicht vorstellen, wie absolut genial das war. Ich war da und war noch Tage später geflasht, ich lief wie auf Wolken.« Santiago geriet ins Schwärmen.

»Hey, achten Sie auf die Straße, sonst läuft gleich jemand anderes auf Wolken!« Heather griff ins Lenkrad und riss es nach rechts hinüber, während Santiago erschrocken auf die Bremse trat. Schräg vor einem alten Mann, der gerade die Straße überquerte, kam ihr Wagen zum Stehen. Der Alte brüllte nur einmal kurz »Idiot« und ging dann ungerührt weiter. Typisch New Yorker eben. Heather atmete erleichtert aus.

»Das war knapp«, sagte Santiago konsterniert. »Danke fürs Eingreifen, das wäre sonst schon der Dritte in diesem Monat gewesen, den ich überfahren hätte. Das hätte mir der Captain übelgenommen.« Er blickte Heather todernst an. Einen Moment lang sahen sie sich stumm an. Dann brachen beide in schallendes Gelächter aus.

Nachdem das Hupkonzert der Fahrzeuge hinter ihnen sie zum Weiterfahren veranlasst hatte, sagte Santiago an der nächsten roten Ampel zu ihr: »Haben Sie was dagegen, wenn ich Sie mit Vornamen anrede, Detective Rollins?«

»Ganz und gar nicht. Ruben, richtig?«

»Ja, aber alle nennen mich Rico - abgesehen vom Captain.«

»Rico wegen Puerto Rico?«, fragte sie.

»Nein, das hat andere Gründe. Das muss ich dir ein anderes Mal erzählen«, er zwinkerte ihr zu. »So, da wären wir.« Er stoppte den Wagen direkt vor dem Museum.

Heather ging mit Ruben direkt zum Büro von Direktor Hawkins, der jedoch nicht dort war. Sie schnappte sich den nächstbesten Museumsguide, der ihr mitteilte, dass Hawkins sich gerade im Sackler-Flügel aufhielt und führte sie zu ihm.

In diesem Flügel des Metropolitan Museums wurde ein ganz besonderes Ausstellungsstück beherbergt. Ein kompletter ägyptischer Tempel aus der römischen Epoche. Der Tempel von Dendur, den die Vereinigten Staaten von der ägyptischen Regierung zum Dank für die

Unterstützung beim Assuan-Staudammprojekt in den sechziger Jahren des vorigen Jahrhunderts geschenkt bekamen. Als der relativ kleine Sandsteinbau - er war gerade einmal sechzig Fuß lang und dreiundzwanzig Fuß hoch - Ende der siebziger Jahre im Metropolitan Museum wieder errichtet worden war, hatte es mehrere Architekten gegeben, die den Sackler-Flügel dafür vorbereitet hatten. Die Decke und die nördliche Wand bestanden aus Glas, was einen Lichteinfall wie an seinem Ursprungsort in Nubien möglich machen sollte. Ein großer, länglicher Pool war vor dem Tempel installiert worden, um den Nil zu repräsentieren. Eine schrägansteigende Wand hinter dem Bauwerk sollte die Klippen seines alten Standorts simulieren. Heather war schon öfter in diesem Raum gewesen und doch bot ihr der kleine Tempel immer wieder einen faszinierenden Anblick. Normalerweise drängten sich Unmengen von Besuchern in diesen Raum, doch heute war er für die Öffentlichkeit gesperrt. Laut einem Schild an der Tür wegen Arbeiten an der Ausstellung. Der Museumsguide hielt ihnen die Tür auf und zeigte zum Tempel, wo Heather den Direktor erblickte.

Hawkins stand direkt vor dem Tempel und war gerade damit beschäftigt, sich lautstark mit zwei weiteren Personen zu streiten, als sie bei ihm ankamen.

»Professor Waterston hätte das niemals gutgeheißen«, echauffierte sich eine junge Frau mit einer auffälligen Brille. Heather musterte die aufgeregte Frau schnell. Sie hatte eine zierliche Figur, war höchstens einen Meter sechzig groß, Anfang dreißig und ihre schwarzen Haare waren straff zu einem Knoten zusammengebunden.

»Aber Waterston ist nicht mehr hier. Also entscheide ich jetzt, was in dieser Ausstellung gemacht wird.« Hawkins brüllte die Frau an, sein Gesicht verfärbte sich vor

Wut puterrot. »Ich möchte, dass Sie beide mich ab sofort über jede Änderung, die Sie planen, vorher informieren. Haben wir uns verstanden?« Diesmal wandte er sich an die zweite Person, einen Mann, der einige Meter weiter weg von ihm stand und ungefähr im selben Alter war wie die Frau.

»Selbstverständlich, Herr Direktor«, erwiderte der Mann aufreizend desinteressiert und wandte sich dem Pylon vor dem Tempel zu. Heather taxierte auch ihn kurz. Er wirkte wie ein kalifornischer Surferboy. Blonde Haare, braungebrannt und durchtrainiert, sehr von sich selbst überzeugt. Sie kannte diesen Typus Mann. Schließlich ließ sie sich gerade von einem dieser Sorte scheiden.

Auch wenn David nicht blond ist. Und kein Surfer.

Sie verwarf diese Gedanken und räusperte sich hörbar. Sofort drehte Hawkins sich zu ihr um. Mit einiger Überraschung nahm er ihre Anwesenheit zur Kenntnis.

»Oh, Detective. Was führt Sie zu mir? Haben Sie schon etwas herausgefunden?«

Heather ignorierte die Fragen des Direktors. Schließlich war sie diejenige, die Antworten brauchte. »Guten Tag. Dies ist mein Kollege, Detective Santiago. Wir haben noch einige Fragen betreffend Professor Waterston.«

Hawkins schnaufte einmal tief durch. »Aber gerne doch, Detective. Wollen wir in mein Büro gehen?«

»Nicht nötig, wir können das gerne hier machen. Sie beide kannten Professor Waterston auch, wie ich Ihrem Gespräch gerade entnehmen konnte?« Heather ließ ihren Blick von der Frau zu dem Surfer wandern.

»Detective, darf ich vorstellen«, sagte Hawkins, »Dies sind Kenneth Barnes und Erin Dempsey. Die beiden haben eng mit Professor Waterston zusammengearbeitet.«

Der blonde Mann, den Hawkins als Kenneth Barnes

vorgestellt hatte, begann zu lachen und kam auf Heather zu.

»Eng zusammengearbeitet, der Witz ist echt gut.« Er streckte Heather die rechte Hand entgegen. »Freut mich Sie kennenzulernen, Detective ...?«

»Rollins.« Sie ergriff die Hand von Barnes kurz und zog ihre Hand schnell zurück. »Es stimmt also nicht, was Direktor Hawkins sagt? Sie haben nicht eng mit Professor Waterston zusammengearbeitet?«

Der Blonde hob die Schultern. »Na ja, wenn man bedenkt, was für ein Typ Big Jim war, dann haben wir für seine Verhältnisse wohl wirklich eng zusammengearbeitet.«

»Was war er denn für ein Typ?«, hakte Heather nach, während sie aus dem Augenwinkel zufrieden feststellte, dass Rico sich Notizen auf einem Block machte.

»Ehrlich? Er war ein Arsch!«

»Kenneth! So was kannst du doch nicht sagen«, rief die schwarzhaarige Frau beinahe erschrocken aus. »Ohne ihn hättest du diesen Job gar nicht.«

»War ja klar, dass du ihn wieder in Schutz nimmst, Erin. Aber sei doch ehrlich, du hast genauso über ihn gedacht.« Barnes sah seine Kollegin abschätzig an. »Das haben hier übrigens alle«, fügte er mit Blick auf Hawkins hinzu. »Und bevor Sie mich jetzt fragen: Nein, ich habe ihn nicht getötet. Denn eines muss man schon sagen, man konnte gut mit ihm arbeiten. Er war ja selten hier.« Kenneth zwinkerte Heather zu, was sie ignorierte und sich stattdessen der jungen Frau zuwandte.

»Was ist mit Ihnen, Miss Dempsey? Wie empfanden Sie die Arbeit mit Professor Waterston?«

»Sehr professionell. Big Jim war sehr genau, wenn es um seine Ausstellung ging.«

»Sie meinen, *unsere* Ausstellung, Erin!«, ging Hawkins ermahnend dazwischen.

»Auf jeden Fall stammen beinahe die Hälfte aller Exponate in dieser Ausstellung aus Grabungen von Big Jim. Er war besessen, wenn es um seine Arbeit ging, sie war sein Leben, er -« Sie unterbrach sich selber, laut schluchzend.

»Wissen Sie, ob Professor Waterston gerade an einem besonderen Projekt gearbeitet hat?«

Erin schüttelte den Kopf. »Nein, er war immer sehr verschlossen, was dies anging.«

»Sag es, wie es war: Der Kerl hat niemandem vertraut. Nicht uns, nicht den Museumswärtern und schon gar nicht der Museumsleitung«, sagte Kenneth fröhlich grinsend.

»Warum war das so?«, fragte Heather.

»Weil er Angst hatte, jemand könnte ihn ausstechen, ihm seinen Platz im Scheinwerferlicht wegnehmen. Als ob es irgendeine Sau gejuckt hätte, was er da gefunden hat.«

»Er hat etwas gefunden? Woher wissen Sie das?«

»Ich bin seit knapp zwei Jahren hier im Museum bei ihm tätig gewesen. Jedes Mal, wenn er eine Entdeckung gemacht hatte, wurde er noch verschlossener und wortkarger, als er es ohnehin schon war. Man konnte es ihm förmlich ansehen, wie es in ihm arbeitete und er hoffte, endlich das ganz große Ding gefunden zu haben.«

»Aber das hat er nie«, fügte Hawkins hinzu. »Leider. Es wäre nicht nur für ihn persönlich ein Erfolg gewesen, sondern selbstverständlich auch für das Museum.«

»Das glaube ich Ihnen gerne«, sagte Heather. »Ich habe den Anstellungsvertrag von Professor Waterston gelesen. Er hatte ein deutlich zu niedriges Grundgehalt für jemanden in seiner Position.«

Hawkins machte seinen Rücken gerade. »Das hat er selbst so vorgeschlagen! Dafür hat das Museum ihm seine -

nicht gerade günstigen - Exkursionen zu den verschiedensten Ausgrabungen rund um den Globus finanziert. Er konnte frei entscheiden und dabei über beträchtliche finanzielle Mittel verfügen.«

»Wofür er im Gegenzug sämtliche Exponate, die er im Rahmen seiner Ausgrabungen fand, an das Museum abzutreten hatte.«

»Eine völlig normale Vertragsregelung, wie sie bei jedem Museum in den Vereinigten Staaten zu Dutzenden vorkommt, Detective!«

Heather sah Hawkins ernst an. Der Direktor hatte schon wieder einen hochroten Kopf bekommen, schwitzte leicht und seine Pupillen waren stark geweitet. Aber er schien ehrlich zu sein. Sie blickte kurz zu Santiago, der einige Meter von ihr entfernt stand und die ganze Befragung wie beiläufig verfolgte, aber dennoch aufmerksam Notizen mitschrieb.

»In Ordnung, Herr Direktor.« Heather zog die Personalakte von Waterston aus ihrer Handtasche hervor. »Die können Sie zurückhaben. Wenn es Ihnen nichts ausmacht, würde ich nun gerne alleine mit Miss Dempsey und Mister Barnes sprechen.«

Hawkins griff nach der Akte und sah Heather missmutig an, sagte aber nichts. Er nickte ihr nur zu. Dann wandte er sich an Erin Dempsey: »Wir reden später weiter, diese Entscheidung ist noch nicht gefallen!« Dann verließ Hawkins den Sackler-Flügel.

Heather wandte sich an Erin Dempsey, die ein wenig konsterniert vor sich zu Boden starrte. »Also, Sie haben gemeinsam mit Professor Waterston an dieser Ausstellung gearbeitet. Ist Ihnen in den Wochen vor seinem Verschwinden etwas aufgefallen?«

Die junge Frau blickte sie ernst an. »Nein, er war

eigentlich wie immer, oder?« Sie sah zu Kenneth Barnes hinüber, der lässig mit vor dem Körper verschränkten Armen an das Pylonentor des Tempels gelehnt stand und Heather mit lüsternem Blick begutachtete.

»Ja, kann man wohl so sagen. Obwohl«, Kenneth machte eine kurze Pause, wie um mehr Aufmerksamkeit zu bekommen, »ein paar seltsame Sachen hat er schon gemacht. Ich meine, noch seltsamer als gewöhnlich.«

»Was denn genau?«, fragte Santiago ihn.

»Hey, ihr Schoßhund kann ja sprechen«, spottete Kenneth.

»Detective Santiago hat Ihnen eine Frage gestellt«, erwiderte Heather ruhig.

Barnes sah Rico einen Moment an, wandte dann aber den Blick schnell ab und wieder Heather zu. »Naja, er hat sich ein Notebook zugelegt, dabei hat er Computer gehasst wie die Pest. Das war schon sehr ungewöhnlich für ihn. Aber ich glaube nicht, dass er es benutzt hat - oder benutzen konnte. Ich musste ihm mehrfach erklären, wie er das Ding überhaupt anschalten konnte.« Kenneth lachte gehässig.

»Gab es sonst noch was Ungewöhnliches?«

»Tja, das andere, das war echt krass.« Kenneth sah zu Erin hinüber. »Oder, was meinst du?«

Sie funkelte ihn böse über die dicken Ränder ihrer Brille hinweg an.

»Ich würde sagen, du übertreibst schamlos.«

»Was hat Professor Waterston denn gemacht?«

»Er hat sich Rat geholt, bei seinem alten Professor und Mentor.«

»Was war daran so besonders?«

»Die beiden haben sich seit Jahrzehnten nicht mehr gesehen, geschweige denn ein Wort miteinander gewechselt.« - »Und dann stand der Typ plötzlich hier, genau da, wo Sie jetzt stehen«, ging Kenneth dazwischen. Seine Augen glänzten im einfallenden Licht. »Das war schon besonders.«

»Professor Waterston hatte ihn eingeladen«, fügte Erin hinzu. »Die beiden haben den ganzen Tag miteinander verbracht und in den Museumsarchiven gesessen. Danach war Big Jim ziemlich ... ausgelassen.«

»Können Sie mir sagen wie der Name des Mannes war, mit dem Waterston sich getroffen hat?«, fragte Heather.

»Natürlich. Das war Professor Falkenburg.«

»Und ich glaube, er könnte so ziemlich einer der Letzten gewesen sein, die Big Jim vor seinem Verschwinden gesehen haben«, sagte Kenneth.

»Abgesehen von Ihnen, meinen Sie«, hakte Santiago nach, während er auf seinen Block blickte und Notizen machte.

»Ja, abgesehen von uns«, betonte Barnes giftig. »Was schreiben Sie da eigentlich die ganze Zeit, Mann? Sollten Sie nicht lieber versuchen, den Mörder von Professor Waterston zu fassen?«

Seelenruhig klappte Santiago seinen Block zu und steckte ihn in die Innentasche seines Jacketts. Dann ging er auf Kenneth Barnes zu und blieb eine Armlänge entfernt von ihm stehen. Der Blonde war etwas größer als Santiago, aber der Puerto-Ricaner war deutlich kräftiger gebaut. Schließlich sagte Santiago: »Für Sie immer noch Detective Santiago. Alles klar, Mann?« Für Sekunden starrten die beiden Männer sich an. Dann wandte Barnes den Blick von Santiago ab und sah zu Heather hinüber.

»Alles klar. War das denn erstmal alles? Wir würden gerne weiterarbeiten.«

»Natürlich«, erwiderte Heather. »Aber halten Sie sich zu

unserer Verfügung, falls wir noch weitere Fragen haben.«

»Kein Problem«, sagte Kenneth. »Erin und ich haben schließlich eine Ausstellung vorzubereiten. Kommen Sie gerne vorbei, Eröffnung ist in vier Tagen mit einer Soiree hier beim Tempel.«

Heather nickte dem Blonden zu, verabschiedete sich von ihm und Erin Dempsey und verließ den Sackler-Flügel. Als sie mit Santiago durch die Ausstellungsräume zurück in Richtung Ausgang ging, brummte ihr Kollege vor sich hin. »So ein arrogantes Arschloch, den hätte ich gerne mit auf das Revier genommen.«

»Weswegen? Weil er dich nicht ernst genommen hat?« Heather sah Santiago an. »Diese Macho-Nummer am Ende hättest du dir auch sparen können. Das wirkt bei solchen Kerlen nicht, das stachelt sie höchstens nur noch mehr an. Versuch beim nächsten Mal professionelle Distanz zu wahren. Du kennst doch das Motto des NYPD: Höflichkeit, Professionalität, Respekt.«

»Jawohl, Ma'am.« Ruben grinste sie an. »Hast du Lust auf einen Hot Dog, bevor wir zurück aufs Revier fahren? Ich lade dich ein.«

»Wenn du auf zwei erhöhst, sage ich gerne ja.«

»Hey, ich bin nur ein kleiner Detective 3rd-Grade, du weißt, dass ich nicht viel verdiene.«

»Genau deswegen ja«, sagte Heather schmunzelnd.

~

Hawkins wartete im Schatten einer Säule in der großen Eingangshalle und sah den beiden Polizisten nach, bis sie das Museum verließen. Dann nahm er seinen braunen Aktenkoffer und machte sich auf den Weg. Er musste sich beeilen.

7

PANIK

Zurück auf dem Revier machte sich Heather gemeinsam mit Ruben daran, sich einen Überblick über den Fall zu verschaffen. Sie schrieb dazu alle Erkenntnisse auf ein großes Whiteboard, das an der Wand gegenüber ihres Schreibtisches hing. Oben in der Mitte hängte sie zudem ein Foto des getöteten Archäologen auf und versuchte die Verbindungen zu den anderen Museumsangestellten darzustellen. Verdächtig kamen ihr alle drei Befragten vor, sowohl Direktor Hawkins als auch Barnes und Dempsey. Nur ein richtiges Motiv wollte sich nicht finden lassen.

Nachdem sie eine Stunde vor dem Whiteboard gesessen hatten und sich ihre Köpfe über mögliche Motive der einzelnen Verdächtigen zerbrochen hatten, kam Laurie Brannigan in das Büro. Sie hatte den Laptop von Waterston wieder dabei und stellte das Gerät auf Heathers Schreibtisch ab.

»Wer auch immer der Besitzer dieses Laptops war, er plante wohl einen hohen Wiederverkaufswert mit ein.«

»Wie meinst du das?«

»Dass er kaum benutzt ist. Beinahe wie neu aus dem Geschäft. Anhand der Seriennummer konnte ich herausfinden, dass das Gerät vor genau fünf Monaten im S-Markt gekauft wurde. Seitdem wurde nicht viel mehr damit gemacht, außer dem E-Mail-Programm und einigen Textdateien ist keine andere Funktion genutzt worden.«

»Nicht mal der Internetbrowser?«, fragte Heather.

»Unbenutzt, wie das meiste andere auch. Nicht eine einzige Adresse wurde damit angesurft.«

»Der Kerl wusste wohl nicht, wie viel Spaß man im Internet haben kann«, sagte Santiago und lachte herzhaft, handelte sich jedoch für diese flapsige Bemerkung nur einen bösen Blick von Laurie ein, der ihn sofort wieder verstummen ließ.

»Wann wurde der Laptop das letzte Mal benutzt?«, wollte Heather wissen.

»Das ist das einzig Merkwürdige daran«, sagte Laurie. »Ich habe das Nutzungsprotokoll ausgelesen. Der Laptop war demnach in den letzten zwei Monaten jeden Tag eingeschaltet und die am häufigsten genutzte Funktion hierbei war die Suche. Das letzte Mal war der Laptop am vergangenen Sonntag eingeschaltet.«

»Einen Tag bevor wir die Leiche von Waterston gefunden haben«, sagte Heather zu Santiago.

»Aber da war der Kerl schon gute zwei Monate tot«, erwiderte dieser.

»Hat der daktyloskopische Identitätsnachweis etwas ergeben?«, fragte Heather an Laurie gerichtet.

»Nein, überhaupt nichts. Der Laptop wurde sehr gründlich gereinigt. Nicht einmal Staub zwischen den Tasten haben wir gefunden. Wie gesagt, es ist ein fast neuwertiges Gerät. Tut mir leid, dass ich dir nicht mehr Informationen liefern kann.«

»Schon gut. Immerhin wissen wir jetzt, dass unser Mörder auch jeden Tag vergeblich versucht hat, an seine Informationen zu kommen. Er ist noch hier und sucht nach dem, was Waterston gefunden hat.«

»Na, dann wünsche ich dir viel Glück, dass du ihm zuvorkommen kannst. Wenn ich dir wieder behilflich sein kann, lass es mich wissen«, sagte Laurie mit einem Lächeln zu ihr. Dann ging sie wieder zurück in Richtung des Fahrstuhls. Einige der männlichen Kollegen aus dem Büro sahen der brünetten Frau mehr oder weniger unauffällig hinterher. Darunter auch Ruben Santiago.

»Was ist nur los mit euch Kerlen? Sobald ihr eine hübsche Frau seht, wandern eure Gehirnzellen in die Genitalien. Alle beide.«

»Hübsch ist ja wohl untertrieben, Laurie ist ... Hey! War das mit den Gehirnzellen gerade eine Beleidigung?«, fragte er mit gespielter Empörung.

Heather stieß einen Seufzer aus. »Rico, für dich wohl eher noch ein Kompliment«, sagte sie gehässig lächelnd.

»Okay, es tut mir leid. Wird nicht wieder vorkommen - solange du dabei bist.«

»Hoffentlich. Dann lass uns mit dem Fall weitermachen.«

»Wenn du mich fragst, sollten wir Kenneth Barnes mal genauer durchleuchten. Bestimmt sind wir dann schlauer.«

»Gute Idee. Wenn du schon dabei bist, kümmere dich auch gleich um die anderen beiden.«

Ruben sah sie missmutig an. »Na schön. Ich werde die Recherche mal anstoßen. Was ist mit dem anderen Namen, dieser Typ, von dem Dempsey erzählt hat. Falkenburg.« Er tippte auf den Namen, den Heather rechts auf die Tafel geschrieben hatte, mit einer Verbindungslinie zu Waterston.

»Den auch. Kann ja nicht schaden. Ich werde in der Zwischenzeit den Bericht für Captain Sullivan fertigmachen.«

»Okay. Hast du Lust nach Dienstschluss noch auf ein Entschuldigungs-Bier mit zu DeAngelo zu kommen? «

Heather schüttelte den Kopf. »Nein danke, ich muss nach Hause, mein Vater ist zu Besuch. Vielleicht ein anderes Mal.«

Santiago nickte ihr zu. »Gut, wir sehen uns dann morgen wieder.«

Erleichtert sah Heather ihm nach, als er den Flur hinunterging und rechts abbog. Erneut war sie dankbar, dass ihr Vater zu Besuch war, denn das Letzte, was sie jetzt brauchte, war ein Abend im DeAngelo. Diese kleine Kellerbar in der 9th Avenue war ein äußerst beliebter Treffpunkt für viele Polizeibeamte von verschiedenen Revieren. Und sie fürchtete nichts so sehr, wie einige ihrer alten Kollegen vom 31. Revier zu treffen. Außerdem war die Chance groß, dort auch David über den Weg zu laufen. Ein leichtes Zittern überkam sie. Ihr Herz hämmerte in ihrer Brust und ihr Puls begann zu rasen. Ohne weiter nachzudenken, packte sie sich ihren Mantel und eilte mit großen Schritten zum Fahrstuhl. Schnell sprang sie hinein und drückte auf den Knopf für das Erdgeschoss. Sie wollte nur noch raus. Aber bevor der Fahrstuhl das Erdgeschoss erreichte, stoppte er im ersten Stock. Ein Mann stieg zu. Es war Tomlinson, der Gerichtsmediziner. Er lächelte sie freundlich an.

»Hallo Detective, schön Sie zu sehen.«

Heather versuchte, etwas zu erwidern, aber ihre Zunge war wie gelähmt. Kalter Schweiß lief ihr den Rücken herab und das Zittern wurde heftiger. Das Atmen fiel ihr zusehends schwerer. Tomlinsons Gesicht bekam einen besorgten Ausdruck. »Alles in Ordnung bei Ihnen?«

»J-Ja«, presste sie mühsam hervor, während ihre Armmuskeln sich anspannten und verkrampften. Sie kippte nach hinten gegen die Fahrstuhlwand und sank langsam zu Boden. Aber Tomlinson packte sie schnell an den Armen und hielt sie oben.

»Ganz ruhig, Detective. Sehen Sie mich an und konzentrieren Sie sich auf meine Stimme. Es ist gleich vorbei, das ist nur ein kleiner Anfall, nichts Schlimmes. Sehen Sie mir in die Augen.« Während er sprach, knetete er leicht ihre Oberarme durch, die Verspannung löste sich. Heather fühlte, wie der Druck auf ihre Lunge verschwand, und konnte wieder freier atmen. Es gab ein lautes Ping, als der Fahrstuhl das Erdgeschoss erreichte und die Türen sich öffneten. Geistesgegenwärtig hakte sich Tomlinson bei Heather ein und führte sie so langsam aus dem Aufzug heraus, vor dem zwei Beamte warteten. Als sie das Gebäude verließen und Heather die kühle Luft einatmete, fühlte sie sich wie befreit. Sie beugte sich leicht nach vorne, stützte ihre Arme auf den Oberschenkeln ab und atmete mehrmals tief durch.

»Wie lange haben Sie diese Panikstörung schon?«, fragte Tomlinson mit wissendem Unterton in der Stimme.

»Zwei Monate.«

»Haben Sie sich in Behandlung begeben?«

Heather richtete sich wieder auf und schüttelte den Kopf. »Sie würden mir einen großen Gefallen tun, wenn dies im Revier nicht bekannt wird. Ich habe zur Zeit eine Menge Stress, wenn das vorbei ist, werden auch die Attacken vergehen.«

»Sie sollten sich in Behandlung begeben, Detective. Glauben Sie mir: Es wird nicht von alleine gehen. Nehmen

Sie das nicht auf die leichte Schulter.« Tomlinson blickte Heather besorgt an. »Und eigentlich sind Sie so gar nicht dienstfähig.«

»Das war der erste Anfall seit über einer Woche. Es wird schon besser. Ich muss nur ... ich darf nicht an bestimmte Dinge denken. Ich habe das im Griff.«

»Sah eben nicht danach aus. Non curatur, qui curat.«

Heather sah Tomlinson mit zu Schlitzen verengten Augen an. »Sie sind ein netter Kerl, aber wenn Sie es wagen, mir noch ein einziges Mal mit Ihren lateinischen Sinnsprüchen zu kommen, dann - das schwöre ich - mache ich Ihnen einen Knoten in die Zunge!«

Tomlinson schlug seinen Mantelkragen hoch, wandte sich wortlos um und ging die Straße in Richtung Osten hinunter. Heather blickte ihm einen Augenblick nach und überlegte, ob sie ihm nachlaufen und sich entschuldigen sollte. Aber sie verwarf diesen Gedanken schnell wieder. »Mimose«, brummte sie vor sich hin, während sie zu ihrem Auto ging.

~

»Es war ein Fehler! Ein gottverdammter Fehler! Wir hätten den Professor nicht einfach so auf die Straße werfen sollen.«

»Beruhige dich wieder. Es läuft doch alles wie geplant. Die Bullen werden uns helfen, an das Artefakt zu kommen. Diese Rollins macht doch einen ganz intelligenten Eindruck. Bestimmt wird sie herausfinden, was Waterston damit gemacht hat.«

»Das sagst du doch nur, weil du scharf auf sie bist! Diese kleine Schlampe, am liebsten würde ich ihr das Herz rausschneiden.«

»Du hast keinen Grund zur Eifersucht. Sie ist nicht mein Typ, keine Sorge.«

»Das will ich dir auch raten, du weißt, was ich mit Big Jim gemacht habe!«

Lautes Lachen ertönte. »Kleines, droh mir nicht, dieses Spiel beherrsche ich besser als du. Außerdem habe ich doch den entscheidenden Anteil an Waterstons Tod gehabt.«

Sie schwieg einen Moment.

»Was ist mit dem Direktor? Ich habe gesehen, wie er sich heute aus dem Museum geschlichen hat. Er ist den beiden Bullen hinterher. Wahrscheinlich ahnt er etwas.«

»Diese fette Kröte? Der ahnt überhaupt nichts, der versucht nur, ebenfalls an das Artefakt heranzukommen. Er weiß nur, dass Waterston etwas gefunden hat.«

»Aber er hat öfter mit Big Jim gesprochen und er kannte ihn lange. Vielleicht weiß er mehr, als du vermutest.«

»Keine Panik. Ich werde mich um ihn kümmern, wie ich mich immer um alles kümmere. Nun aber erst einmal zum angenehmen Teil des Abends.«

Auf ein Klatschen hin wurde das Licht im Zimmer gelöscht. Dann spürte sie den Atem an ihrem Nacken und die Hände, die sich langsam ihren Oberkörper hinunterbewegten. Schnell wurde ihr Rock geöffnet und rutschte ihre Beine herunter. Zielstrebig bewegten sich die Finger über ihren Schamhügel und verharrten dort einen Moment. Sie stieß ein leises, verlangendes Stöhnen aus, als diese ihren Slip beiseiteschoben.

8

DAVID

NACH DEM GEMEINSAMEN Abendessen mit ihrem Vater setzte sich Heather zusammen mit ihm im Wohnzimmer auf die Couch. Auch der Kater von Waterston beanspruchte einen Platz auf dem Sofa für sich und legte sich zu ihrem Vater.

»Der scheint dich wirklich zu mögen, Dad«, sagte Heather, als der Kater laut zu schnurren begann.

»Ist ja auch kein Wunder. Ich habe ihm heute schließlich eine komplette Katzenausstattung gekauft, darunter ein Luxusklo mit integriertem Geruchsfilter. Nicht wahr, Herkules?« Er kraulte den Kopf des Katers.

»Du willst ihn also wirklich behalten?«

»Wenn nichts dagegen spricht? Ich meine, sein Besitzer ist doch tot und das Tierheim ist sicherlich auch so schon voll genug.«

Lächelnd sah Heather ihrem Vater dabei zu, wie er die Katze ausgiebig streichelte. »Als ich früher einen Hund haben wollte, hast du es mir verboten.«

»Schatz, das waren andere Zeiten. Du weißt, dass deine Mutter …«

»... eine Tierhaarallergie hatte. Natürlich, Dad.« Sie legte eine Hand auf den kräftigen Unterarm ihres Vaters. Es war nun beinahe zehn Jahre her, dass ihre Mutter an Krebs gestorben war. Ihr Vater lebte seitdem allein. Er hatte kein Interesse an einer neuen Beziehung, obwohl Heather in den letzten Jahren immer Mal wieder versucht hatte, ihn zu verkuppeln.

»Also gut, Dad. Du kannst meinen Zeugen behalten. Er wird es sicher gut bei dir haben.«

»Und ob.« Ihr Vater grinste. »Hörst du, Herkules? Du darfst mich in die White Mountains begleiten.«

Das Läuten der Türklingel brachte ihren Vater dazu, wie von der Tarantel gestochen aufzuspringen. So schnell, dass sich sogar der träge Kater erschrak und von der Couch sprang.

»Das ist für mich«, sagte ihr Vater schnell und eilte zur Haustür. Verwundert sah Heather ihm nach. Dann hörte sie eine wohlbekannte Stimme sagen: »Guten Abend, Sarge! Schön dich zu sehen«, und ihre Miene gefror.

»Hallo David, mein Junge. Schön dich zu sehen, komm doch herein.«

Heather stand von der Couch auf, als die beiden Männer ins Wohnzimmer kamen. Ihr Vater in Begleitung ihres Ehemanns David - hoffentlich bald ihr Ex-Mann. Der Mann, der ihr so viel Leid zugefügt hatte. Sie ballte ihre Hände zu Fäusten.

»Dad, was macht er hier?« Ihre Stimme schien von weit her zu kommen und war so gefühlskalt, dass es sie selbst schauderte. Sie begann leicht vor Verärgerung zu zittern.

»Ich habe David eingeladen«, antwortete ihr Vater leicht bedröppelt. »Ich dachte, vielleicht ist es gut, wenn ihr zwei euch mal aussprecht. Ich gehe solange in die Küche. Komm, Herkules.« Der Kater folgte ihrem Vater aus dem

Wohnzimmer heraus. Nun war sie mit David alleine im Zimmer, wie zuletzt vor neun Wochen. Damals hatte sie Glück gehabt, mit dem Leben davongekommen zu sein. Sie sah ihn an. Ein verdammt gutaussehender Bastard. Groß, stark, dunkelhaarig. Gnadenlos. Der Mann, mit dem sie ihr Leben verbringen wollte. Von dem sie dachte, er würde sie beschützen, sodass ihr nie etwas zustoßen könnte, solange er an ihrer Seite wäre. Doch die größte Gefahr für sie war er selbst gewesen. Sie hatte es nur zu spät gemerkt. Leider.

»Dass du dich traust, hierherzukommen«, stieß sie zwischen ihren hart zusammengepressten Kieferknochen hervor.

David zuckte gleichgültig mit den Schultern. »Der Sarge hat mich angerufen und gesagt, dass er in der Stadt ist. Ob ich kurz auf ein Bier vorbeikommen möchte, hat er gefragt. Da kann ich doch nicht nein sagen. Schöne kleine Wohnung hast du hier.« Er zog seine Jacke aus und warf sie auf einen Sessel. Selbstsicher schritt er durch den Raum, gerade so, als ob es seine Wohnung wäre. »Apropos Bier: Ich war vorhin noch im DeAngelo und habe ein paar deiner neuen Kollegen vom 42. Revier getroffen.« Er grinste böse. »Aber keine Angst, ich habe nur kurz hallo gesagt. Die meisten kannten dich noch nicht, außer dieser Latino ...«

»Was willst du hier, David?«

»Meine Ehe retten, was sonst?«, sagte er mit einer Stimme, die klang, als ob er Kreide gefressen hätte. »Zumindest habe ich das deinem Vater erzählt.« Er sah sie finster an. »Du hast ihm nichts erzählt. Kein Wort. Weil du weißt, dass er dir nicht glauben würde.« Er kam nun auf sie zu.

»Verschwinde«, wollte Heather schreien, aber sie hauchte es nur leise heraus. David baute sich direkt vor ihr auf. Ihr Herz hämmerte, als ob es ihr aus dem Brustkorb springen wollte. Ihr Vater war nur wenige Meter entfernt im Nebenraum, aber sie brachte keinen Laut heraus. Wieder hatte die Panik sie völlig übermannt. Und dann umklammerte Davids rechte Hand plötzlich ihren Hals. Sein Gesicht war nur noch wenige Zentimeter von ihrem entfernt. Mit leiser Stimme raunte er ihr ins Ohr: »Du wirst deinem Wichser von Anwalt sagen, dass er sein Mandat niederlegen soll, verstanden? Danach wirst du deinen Dienst quittieren und die Stadt verlassen. Zieh zu deinem Vater in die White Mountains. Wenn du es jemals wagen solltest, jemandem zu erzählen, was zwischen uns vorgefallen ist, mache ich dich ein für alle Mal fertig, du kleine Hure! Hast du das verstanden?« Er sah ihr nun direkt in die Augen.

Heather spürte, wie ihr Tränen die Wangen hinunterliefen. Die Panik hatte sie voll im Griff. Sie war nicht fähig, auch nur einen Muskel zu rühren. Auf einmal hörte sie Tomlinsons Stimme in ihrem Kopf: *»Konzentrieren Sie sich auf meine Stimme. Es ist gleich vorbei, das ist nur ein kleiner Anfall, nichts Schlimmes.«*

Es gelang ihr tatsächlich, die Kontrolle über ihren Körper zurückzuerlangen. Sie konnte ihre Hand öffnen. David starrte ihr immer noch in die Augen, seine Lippen bewegten sich, aber sie hörte nichts. Es war, als ob sich alles in Zeitlupe abspielte. Dann traf sie eine Entscheidung.

Sie riss ihr rechtes Bein nach oben. Mit voller Wucht traf ihr Knie David genau in seinen Schambereich. Sofort ließ er sie los und taumelte in sich gekrümmt ein paar Schritte zurück. »Du Fotze«, stieß er hervor und sein Gesicht war zur Fratze verzerrt. Doch bevor er etwas machen konnte, öffnete sich die Tür, die von der Küche ins Wohnzimmer führte und ihr Vater kam herein.

»Ist alles in Ordnung bei euch?«

»David möchte jetzt wieder gehen«, sagte Heather mit fester Stimme. »Bringst du ihn bitte zur Tür, Dad?«

Ihr Vater blickte sie verwirrt an und dann zu David, der sich etwas mühevoll wieder aufrichtete, aber versuchte, seinem Gesicht möglichst wenig anmerken zu lassen.

»Ist schon okay, Sarge. Ich glaube, es hat heute keinen Sinn mehr, dass Heather und ich uns aussprechen.« David ging betont vorsichtig zu dem Sessel, wo er seine Jacke hingeworfen hatte, nahm sie und schlich langsam aus dem Wohnzimmer. »Ich finde alleine heraus. Bis bald, hoffentlich.« Seine letzten Worte klangen harmlos, aber Heather wusste, dass es eine unverhohlene Drohung an sie war. Als sie das Zuschlagen der Wohnungstür hörte, entspannte sich ihr Körper wieder, das Zittern hörte auf.

»Schatz, was ist -«

»Dad«, unterbrach Heather ihn mit scharfer Stimme. »Ich möchte, dass du mir versprichst, so etwas nie wieder zu tun! Lade David nie wieder ohne mein Wissen ein, hörst du? Nie wieder!«

»Na schön, ich verspreche es. Aber -«

»Kein Aber, Dad«, sagte Heather erschöpft. »Ich werde mich von David scheiden lassen, meine Entscheidung steht fest. Und ich möchte, dass du mich in dieser Entscheidung unterstützt und zu mir stehst. Kannst du das?«

Ihr Vater sah sie einen Augenblick an, wie er es früher immer getan hatte, wenn sie weinend aus der Schule nach Hause gelaufen kam und seinen Trost brauchte.

»Aber sicher doch, Schatz.« Er kam auf sie zu und nahm sie in seine Arme. Heather fühlte sich schon lange nicht mehr so geborgen und sicher wie in diesem Augenblick.

»Danke, Dad. Würde es dir was ausmachen, wenn du noch ein paar Tage hierbleibst? Ich werde zwar oft unterwegs sein, aber es würde mir viel bedeuten, wenn ich dich in meiner Nähe wüsste.«

»Kein Problem, das mache ich doch gerne. Herkules wird sich freuen, er fühlt sich in deiner Wohnung richtig wohl.«

Heather lächelte und löste sich aus der liebevollen Umarmung ihres Vaters.

»Sehr schön. Gut zu wissen, dass ich zwei starke Männer im Hause habe. Ich gehe jetzt unter die Dusche und danach ins Bett, der Tag heute war ziemlich kräftezehrend.«

Als sie nach dem Duschen in ihr Schlafzimmer kam, ließ sie das Licht aus und ging im Dunkeln an das Fenster. Sie sah prüfend auf die Straße, die von ein paar Laternen schwach ausgeleuchtet wurde. Obwohl sie nirgendwo eine Spur von David entdecken konnte, fühlte sie sich nicht beruhigt. Heute Nacht würde sie keinen Schlaf finden. Die Nacht verbrachte sie auf ihrem Bett kauernd und dachte immer wieder an Davids Worte. Beängstigend, sicher. Aber es gab etwas, das ihr Grund zur Hoffnung gab. Sie hatte zum ersten Mal zurückgeschlagen. Nie zuvor in all den Jahren hatte sie sich das getraut, aber nun hatte sie es endlich gewagt. Und sie hatte ihm Schmerzen zugefügt. Der Tanz würde nun erst richtig beginnen.

9

DER ZWEITE TOTE

07. DEZEMBER

TOTAL ÜBERMÜDET BETRAT Heather um kurz nach sieben Uhr morgens das Büro des 42. Reviers. Sie ging zuerst zur Kaffeemaschine, wo zum Glück schon einer der Kollegen Kaffee gekocht hatte und schenkte sich eine Tasse voll ein. Diesmal konnte der Kaffee gar nicht bitter genug für sie sein. Auf dem Weg zu ihrem Schreibtisch hörte sie von hinten die Stimme von Captain Sullivan.

»Rollins! In mein Büro.«

Heather seufzte und bog sofort in Richtung von Sullivans Büro ab.

»Guten Morgen, Sir. Ich hoffe, Sie hatten eine gute Nacht.«

»Danke. Besser als die Ihre offensichtlich.« Sullivan musterte sie mit präzisem Blick. Ihm waren Heathers Augenringe nicht entgangen - trotz ihres Versuchs, diese zu überschminken. »Trinken Sie Ihren Kaffee aus und dann schnappen Sie sich Santiago und fahren mit ihm ins Museum.«

»Was ist passiert?«

»Tomlinson ist schon dort.«

Heather ließ die Kaffeetasse sinken. »Ein weiterer Toter? Wer?«

»Allem Anschein nach der Direktor. Der Nachtwächter hat ihn heute Morgen gefunden.«

Keine fünf Minuten später saß Heather bereits mit Ruben Santiago im Wagen in Richtung des Metropolitan Museums. Ihr junger Kollege sah mindestens genauso übermüdet aus, wie ihr eigenes Spiegelbild. Er hatte zur Begrüßung nur etwas von einer langen Nacht im DeAngelos gemurmelt, war aber sofort hellwach, als Heather ihm erzählte, weswegen sie ins Museum fahren mussten. Sie stellte ihren Wagen in die Reihe der Polizeifahrzeuge, die bereits alle vor dem Metropolitan parkten. Es war kurz vor acht Uhr. Das Museum würde erst um zehn seine Pforten für die Besucher öffnen, aber Heather war sich nicht sicher, ob es am heutigen Tag dazu kommen würde, nachdem sie in der Empfangshalle den Tatort erblickte.

Gut ein Dutzend Polizisten war hier damit beschäftigt, Absperrungen zu errichten, Fotos zu machen und vor allem die zum Teil stark geschockten Mitarbeiter des Museums, die schon vor Ort waren, zu befragen und zu beruhigen.

Das Opfer war Direktor Hawkins, daran gab es keinen Zweifel. Er hing mit ausgebreiteten Armen gefesselt an der Brüstung des ersten Stockwerks, genau gegenüber des Eingangs. Er trug den Anzug vom Vortag, als Heather und Ruben ihn beim Tempel von Dendur gesehen hatten. Seine Beine pendelten schlaff herab. Immer noch tropfte Blut von seinen Schuhen. Unter ihm lag der Durchgang zur mittelalterlichen Ausstellung, der jedoch versperrt wurde, durch Teile vom Körperinneren des Direktors, welche in einer beträchtlichen Blutlache lagen. Angewidert blickte

Heather auf den unappetitlichen Haufen von Gedärmen, die unter dem herabbaumelnden Leichnam auf dem Boden lagen. Zwei Gestalten in weißen Schutzanzügen mit Haube und Atemmaske waren gerade unter Anleitung von Tomlinson dabei, die Innereien zu entfernen.

»Mein Gott, ist das eklig. Und wie das stinkt«, sagte Santiago. Er rümpfte die Nase.

Heather schluckte einmal und ging dann zu Tomlinson hinüber. »Guten Morgen.«

Mit versteinerter Miene sah der Gerichtsmediziner sie an. Heather konnte es ihm nicht verdenken. Aber eine Entschuldigung für ihr harsches Benehmen vom Vortag mochte sie ihm jetzt immer noch nicht aussprechen.

»Hallo Detective Rollins«, antwortete Tomlinson kühl.

»Können Sie mir schon etwas sagen?«, fragte Heather unbeirrt.

»Das Opfer ist ein männlicher Weißer, Alter neunundvierzig Jahre. Zeitpunkt des Todes circa zwischen drei und vier Uhr nachts. Todesursache ...«, er stockte kurz und warf einen Blick auf den Gedärmhaufen, »ausgeweidet wie ein Stück Vieh.«

»Ad oculos demonstrare«, sagte Heather ruhig.

Tomlinson sah sie überrascht an und schien für einen Augenblick nicht zu wissen, wie er reagieren sollte, was sie mit einem zufriedenen Lächeln quittierte. Männer waren ja so berechenbar.

»Können wir ihn abnehmen?«, rief ein Polizeibeamter vom ersten Stock zu Tomlinson herunter.

»Ja, ja. Nehmen Sie ihn bloß ab.« Der Gerichtsmediziner wandte sich wieder Heather zu. »Wie gesagt, wahrscheinlich ist der Tod gegen vier Uhr heute Morgen eingetreten, aber ich werde ihn nachher noch eingehend untersuchen.«

»Lebte er noch, als ihm der Bauch aufgeschnitten worden ist?«

Tomlinson sah sie ernst an. »Wäre möglich.«

»Wo ist der Nachtwächter?«, fragte Heather.

»Sitzt dort hinten beim Sani«, sagte Tomlinson. »Hat ausgesagt, jemand hätte ihn bewusstlos geschlagen. Als er aufwachte, fand er den Toten so vor.«

Heather sah den Nachtwächter. Es war derselbe, der schon vor zwei Tagen Dienst gehabt hatte, als sie Waterston gefunden hatten. Er ließ sich gerade von einem der hinzugerufenen Notärzte einen stattlichen Kopfverband anlegen.

»Vielen Dank, Tomlinson. Ich komme Sie später noch besuchen.« Heather wandte sich um und ging zu dem angeschlagenen Nachtwächter hinüber.

»Sie sind jederzeit willkommen, Detective«, rief Tomlinson ihr in freundlichem Tonfall hinterher, was Heather still vor sich hinlächelnd zur Kenntnis nahm.

Das war doch einfacher als eine Entschuldigung, dachte sie.

»Ist er vernehmungsfähig?«, fragte sie den Sanitäter, der gerade mit dem Kopfverband des Nachtwächters fertig war.

»Große Platzwunde am Hinterkopf und er klagt über Kopfschmerzen. Beanspruchen Sie ihn nicht zu lange.«

»Ich beeile mich.« Heather sah den Nachtwächter streng an. Der stämmige Mann saß wie ein Häufchen Elend vor ihr. Sein hellblaues Hemd war auf den Schultern mit Blutspritzern übersät. Er hielt seine Hände wie zum Gebet gefaltet, um deren Zittern in den Griff zu kriegen.

»Es war nicht meine Schuld«, stammelte er abwesend vor sich hin.

»Earl, kennen Sie mich noch? Mein Name ist Detective Heather Rollins, wir haben uns hier bereits vor zwei Tagen kennengelernt, als Sie die Leiche von Professor Waterston gefunden haben.« Heather beugte sich zum Nachtwächter herunter und sah ihm genau in die Augen. Er erwiderte ihren Blick und zwinkerte mehrmals. Der Mann schien unter einem veritablen Schock zu stehen. »Jetzt bin ich wieder hier und Sie haben erneut einen Toten gefunden.«

Der Nachtwächter öffnete den Mund, so als ob er etwas entgegnen wollte, aber verharrte einen Moment und schloss ihn dann wieder.

»Was ist passiert, Earl?«, fragte Heather, jetzt weniger vorwurfsvoll.

Der Mann schüttelte den Kopf und fasste sich dann schnell mit beiden Händen an den Kopf. Der Sanitäter, der immer noch neben ihnen stand, sah sie kritisch an.

»Ich denke nicht, dass es noch Sinn hat, weitere Fragen zu stellen, Detective Rollins. Ich bringe den Mann jetzt besser ins Krankenhaus.«

Heather richtete sich wieder auf. »Gut, machen Sie das. Earl, wir sehen uns später noch.« Sie wandte sich um und suchte die große Halle nach Santiago ab. Schließlich entdeckte sie ihn im ersten Stock beim Geländer, an dem die Leiche von Hawkins festgebunden gewesen war. Er unterhielt sich gerade mit einem der Tatortsicherer. Schnell ging Heather die Treppe hoch und gesellte sich zu Santiago, der sich gerade mit der rechten Hand die Schläfe massierte.

»Hey Rico, alles klar?« Sie legte ihm eine Hand auf die Schulter. Der andere Polizist, mit dem Santiago sich unterhalten hatte, sah sie argwöhnisch an und verabschiedete sich merkwürdig schnell. »Nanu, was hat der denn?«

»Zerbrich dir nicht den Kopf darüber«, sagte Rico. »Der hat sich gestern nur von deinem Ex einlullen lassen.«

»Wie bitte?«

»Im DeAngelos. Gestern Abend. War ein echt wilder Abend. Bis dein Ex-Mann auftauchte.«

Heather sah Ruben jetzt misstrauisch an.

»Hey, keine Angst. Ich habe mir von diesem Spinner nichts erzählen lassen. Der Typ hat eine Menge Scheiß über dich erzählt. Wenn du mich fragst, ist das ein kompletter Vollarsch! Sei froh, dass du den los bist.«

»Gute Einschätzung. Aber wie kommt es, dass du nicht auf seiner Seite stehst?«

Santiago sah sie mit großen Augen an. »Warum sollte ich das tun?«

»Naja, ist so ein Ding unter Männern, dachte ich. Einer erzählt, wie übel seine Ex ihm mitgespielt hat und die anderen Kerle stimmen solidarisch in den Chor mit ein und zücken die Mistgabeln - bildlich gesprochen.«

»Ja, so ähnlich war es.« Rico lachte kurz, dann sah er sie ernst an. »Er hat jedem von unserem Revier, der auch nur ansatzweise in der Nähe stand, ein paar ziemlich unschöne Dinge über dich erzählt. Aber ich habe ihm gesagt, er soll sich verpissen.«

»Wirklich?« Heather sah Rico wissend an.

»Naja, ich habe gesagt, kein Interesse. Er ist ziemlich groß, deswegen ... Aber ich habe ihm kein Wort von dem Mist geglaubt, den er da abgesondert hat. Man hat gemerkt, dass er nur darauf aus war, dich zu diskreditieren.«

Heather lachte lauthals und klopfte Rico auf die Schulter. »Ja, er ist ein großer Bastard. Das war er schon immer, aber ich habe zu lange gebraucht, um das auch zu realisieren.«

»Aber einige andere aus dem Revier haben ihm leider etwas mehr Gehör geschenkt.«

Heather zuckte mit den Schultern. »Egal. Lass die

anderen doch denken, was sie wollen. Daran kann ich eh nichts ändern.«

»Du nimmst das ziemlich locker«, sagte Rico erstaunt.

»Er war gestern Abend noch bei mir und hat versucht, mich einzuschüchtern. Das ist ein gutes Zeichen.«

Santiago zog eine Augenbraue hoch. »Ein gutes Zeichen? Wenn dein Ex dich besucht und versucht, dich einzuschüchtern?«

»Ja, ist es. Das heißt, er hat Angst. Weil er weiß, dass ich ihn vor Gericht an den Eiern zu packen kriege«, sagte sie mit grimmiger Entschlossenheit.

»Du bist echt tough.« Santiago sah sie mit einem Blick an, dem er sonst wohl nur seinen männlichen Kollegen zuteilwerden ließ, wenn diese gerade eine leere Dose Bier an ihrer Stirn zerdrückt hatten.

»So, genug davon.« Heather sah sich die Brüstung genauer an. »Haben die Kollegen noch irgendetwas hier oben gefunden? Kampfspuren?«

Rico schüttelte den Kopf.

»Dann lass uns mal in Hawkins‘ Büro gehen, das ist gleich dahinten, durch den Saal hindurch links.« Sie zeigte in die Richtung. »War da schon einer von den Kollegen?«

»Nein, noch niemand, soweit ich weiß.«

»Okay, worauf warten wir dann noch?«

Schnell ging Heather mit Santiago zu dem Büro von Direktor Hawkins. Als sie die Tür öffnete, bot sich ihr ein Bild der Verwüstung. Sämtliche Regale waren leergefegt worden. Die darin befindlichen Bücher und anderen Dinge lagen über den Fußboden des Raumes verstreut. Alle Schubladen waren herausgezogen und deren Inhalt ebenfalls ausgekippt worden. Die große Scheibe, durch die Hawkins immer den darunterliegenden Ausstellungsraum beobachtet hatte, wies einen gewaltigen Riss auf. Eine der

Schubladen war wahrscheinlich dagegen geschleudert worden.

»Okay, ich denke, hier sollte mal wieder aufgeräumt werden.«

Heather betrat den komplett verwüsteten Raum vorsichtig. Sie holte ein paar Handschuhe aus ihrer Manteltasche hervor und zog sie sich an. Dann begann sie, den Schreibtisch des Direktors zu untersuchen.

»Soll ich die Kollegen rufen?«, fragte Rico.

»Nein, lass uns erstmal alleine schauen.«

»Wonach suchen wir?«

»Nach einem Hinweis.«

»Worauf?«

»Darauf, wonach der Mörder gesucht hat.«

Heather nahm sich einen Stapel Papier vom Schreibtisch, schaute kurz drauf und warf ihn auf den Boden. Dann ging sie zum Bücherregal hinüber, in dem kein Buch mehr stand. Etwas ratlos musterte sie das Chaos zu ihren Füßen.

»Er hat die Beherrschung verloren«, sagte sie schließlich.

»Wie bitte?«, fragte Ruben, der gerade einige der Bücher vom Fußboden aufhob. »Wer hat was verloren?«

»Der Mörder. Er hatte wohl erwartet, hier zu finden, was er suchte. Bevor er hier in das Büro kam, hat er Hawkins getötet. Dann kam er hier siegesgewiss herein und setzte sich an den Schreibtisch. Aber er fand nichts. Der Direktor hat ihn getäuscht. Als ihm das klarwurde, ist er ausgerastet und hat hier gewütet.«

»Meinst du wirklich? Er könnte genauso gut vorher hier drin gewesen sein und der Direktor hat ihn dann überrascht.« Ruben ließ die Bücher wieder zu Boden fallen.

»Ganz sicher. Überleg doch mal. Wir reden hier über

einen Mörder, der sich die Mühe gemacht hat, zwei Monate lang eine Leiche aufzubewahren und dessen Wohnung zu durchsuchen. Zwei ganze Monate lang! Irgendwann wusste er nicht mehr weiter und hat uns dann die Leiche vor dem Museum präsentiert, damit wir auch möglichst schnell die Verbindung des Toten mit dem Metropolitan herstellen können.« Heather ging zu der gesprungenen Glasscheibe und sah in den Ausstellungsraum hinunter, in dem nur das schwache Notlicht brannte. »Aber hier ist sein Geduldsfaden gerissen. Das heißt, er handelt jetzt emotional. Nicht mehr präzise berechnend. Was wiederum zu Fehlern führt.« Sie sah Ruben an.

»Welchen Fehler meinst du?« Ihr Kollege hob beide Hände und zeigte damit auf das Chaos um sie herum. »Ich sehe hier nur einen Fehler, nicht aufgeräumt.«

Heather lächelte Ruben an. »Typisch Mann. Ihr seht das Offensichtliche nie, deswegen enttäuscht ihr auch immer eure Frauen, wenn es darum geht bestimmte Zeichen richtig zu deuten.«

»Okay, dann erklär‘s mir, bitte.«

»Er hat den Direktor vorher getötet. Bevor er das, wonach er sucht, in den Händen hatte. Hawkins hat uns getäuscht. Er wusste sehr wohl, was Waterston gesucht und gefunden hatte. Vielleicht hat er es sogar schon selber an sich gebracht.«

»Aber jetzt weiß es niemand mehr. Wir tappen im Dunkeln und der Mörder ebenso.«

»Deswegen müssen wir jetzt schnell handeln. Kümmere du dich darum, dass Erin Dempsey und Kenneth Barnes zu uns auf das Revier gebracht werden. Wir sollten uns mal eingehender mit den beiden beschäftigen. Sie sind unsere einzigen Verdächtigen.«

»Nur zu gerne«, nickte Rico ihr zu. »Darf ich den arroganten Drecksack in die Mangel nehmen?«

»Das machen wir gemeinsam«, erwiderte Heather.

Sie verließen das Büro von Hawkins und schickten die Kollegen der Spurensicherung hinein. Noch auf dem Weg zum Büro organisierte Santiago, dass Dempsey und Barnes abgeholt und auf das Revier gebracht wurden. Die beiden trafen beinahe zeitgleich mit ihnen dort ein. Heather ließ Barnes, der seinen Unmut lauthals kundtat, in das vordere von zwei Verhörzimmern bringen. Sie ging, gemeinsam mit Santiago und Erin Dempsey, in das danebenliegende. Die zierliche Museumsmitarbeiterin sah sich unsicher um und wirkte wie ein scheues Reh auf Heather. Ihre langen schwarzen Haare trug sie heute offen und im Gegensatz zu ihrem ersten Treffen hatte sie keine Brille aufgesetzt, was ihr Gesicht sehr schmal wirken ließ. Beinahe war Heather versucht, der zerbrechlich wirkenden Frau etwas zu essen anzubieten.

»Könnte mir jetzt bitte einer von Ihnen sagen, was hier eigentlich los ist?« Ärger schwang unüberhörbar in ihrer Stimme mit. »Ihre Kollegen haben mich vom Frühstückstisch weggeholt, also wäre ich Ihnen sehr verbunden, wenn Sie sich beeilen würden. Ich muss um halb zehn im Museum sein.«

Heather beobachtete Erin Dempsey sehr genau, während sie sprach. Sie konnte kein Anzeichen feststellen, dass die junge Frau etwas zu verbergen hatte.

»Ich glaube, das Museum wird heute nicht öffnen und Ihre Anwesenheit dort wird sicherlich nicht notwendig sein.«

»Nicht notwendig?« Dempsey schnaubte wütend auf. »Wissen Sie eigentlich, was ich noch alles vorzubereiten habe, für unsere Ausstellung? Außerdem wird Direktor Hawkins überhaupt nicht erfreut sein -«

»Er ist tot«, unterbrach Heather die sich langsam in Rage redende Frau ruhig.

Mit großen Augen sah Erin Dempsey sie an. »Was sagen Sie da? Aber das ist doch nicht möglich, er ...«

»Wo waren Sie heute Nacht zwischen drei und vier Uhr?«, fragte Santiago die geschockte Frau.

»Ich ... wo ich war? Wieso? Sie glauben doch nicht etwa, dass ich ...«

»Miss Dempsey, bitte beantworten Sie einfach nur unsere Frage. Wo waren Sie heute Nacht?« Heather versuchte, möglichst schroff zu wirken. Der Reaktion von Erin Dempsey war zu entnehmen, dass dies auch ganz gut klappte.

»Zuhause. Ich war zuhause in meinem Bett und habe geschlafen.«

»Gibt es jemanden, der das bezeugen kann?«

»Nein. Ich war alleine.« Die Stimme von Erin Dempsey verlor jetzt an Kraft. Sie schien mit den Gedanken woanders zu sein. »Aber, was wird jetzt nur aus der Ausstellung? Big Jim ist tot, Direktor Hawkins auch ... was soll denn jetzt daraus werden?«

»Wie schön, dass Sie sich darüber Sorgen machen. Vielleicht sollten Sie sich lieber Gedanken darüber machen, ob Sie uns nicht doch noch etwas anderes erzählen möchten?«

»Nein. Da gibt es nichts zu erzählen. Ich habe die Nacht alleine in meiner Wohnung verbracht.« Mit trotzigem Blick blickte Erin Dempsey erst Heather und dann Ruben Santiago an. »Ist das etwa ein Verbrechen? Warum haben Sie mich herbringen lassen? Sie können mich doch nicht ernsthaft verdächtigen, etwas mit den Morden zu tun zu haben?«

»Nun, immerhin kannten Sie beide Opfer, Miss Dempsey«, erwiderte Santiago, »und Sie hatten zu beiden keine besonders gute Beziehung. Wer weiß, vielleicht haben Sie jetzt sogar noch die Möglichkeit, Nutzen aus der Situation für sich zu ziehen?«

Erin Dempseys Lippen wurden noch schmaler, als sie es ohnehin schon waren und formten sich zu einem dünnen Strich.

»Wie können Sie es wagen, mir so etwas zu unterstellen?«, gab sie beinahe fauchend zurück. »Ich werde Ihnen sagen, was ich jetzt zu erwarten habe: Meine Kündigung. Jetzt wo weder Waterston noch Hawkins am Leben sind, wird sich im Museum wohl niemand mehr darum kümmern, unsere Ausstellung wirklich so umzusetzen, wie wir es geplant haben. Das Geld wird wohl in eine andere Abteilung des Museums gesteckt und ich werde vor die Tür gesetzt!« Sie lehnte sich zurück und verschränkte die Arme vor der Brust. »Jetzt bitte ich darum, einen Anwalt rufen zu dürfen.«

»Nicht nötig, Miss Dempsey. Sie dürfen gehen. Aber halten Sie sich zu unserer Verfügung in der Stadt auf.« Heather sah Erin Dempsey freundlich an. »Einen schönen Tag noch.« Heather stand zeitgleich mit Rico vom Tisch auf und sie ließen eine nachdenkliche Erin Dempsey im Zimmer zurück.

»Jetzt auf zu Mister Barnes«, sagte Heather zu Rico.

»Mit dem allergrößten Vergnügen«, erwiderte dieser. »Darf ich diesmal anfangen?«

»Wenn du willst, nur zu.« Dann öffnete Heather die Tür zu dem Verhörzimmer, in dem Kenneth Barnes mit sichtlich missgestimmter Miene saß.

»Das wurde auch langsam mal Zeit«, maulte er sie beim Betreten des Zimmers an. »Glauben Sie etwa, ich hätte meine Zeit gestohlen?« Er lachte gallig über seinen eigenen Witz.

Rico setzte sich ihm genau gegenüber an den Tisch, während Heather sich mit verschränkten Armen schräg hinter Ruben an die Wand lehnte und Barnes genau beobachtete. Er wirkte verärgert, ohne Zweifel. Aber ansonsten waren auch bei ihm keinerlei Anzeichen von Unruhe zu erkennen. Stattdessen strahlte er eine deutlich spürbare Selbstzufriedenheit aus.

»Vielen Dank für Ihre Geduld«, erwiderte Rico in freundlichem Tonfall. »Sie haben also keine Idee, weshalb wir Sie hier aufs Revier gebeten haben?«

»Gebeten? Wollen Sie mich verarschen, Mann? Ihre Kollegen haben mich förmlich aus dem Bett gerissen und hierhergebracht.«

»Wir wissen Ihre Kooperation durchaus zu schätzen.« Rico plauderte so freundlich daher, dass Heather langsam begann, sich Sorgen zu machen. Kenneth Barnes war dagegen sichtlich geladen, er wirkte wie ein Vulkan kurz vor dem Ausbruch.

»Das wird mir jetzt zu blöd hier!« Barnes stand auf und schmetterte seine Hände laut klatschend auf den Tisch. »Sie werden von meinem Anwalt hören und der wird Ihnen die Hölle heißmachen, darauf können Sie Gift nehmen!«

»Hinsetzen!« Ricos plötzlicher, stimmgewaltiger Kommandoton ließ Barnes überrascht zusammenzucken, aber er blieb noch stehen. »Wird's bald? Oder sind Sie schwerhörig, Mann?« Barnes blickte zu Heather hinüber, die ihm mit einem Nicken zu verstehen gab, sich zu setzen. Langsam setzte sich der großgewachsene Blonde wieder an den Tisch.

»Also gut, warum bin ich hier?«

»Wo waren Sie heute Nacht zwischen drei und vier Uhr morgens?«, fragte Heather, während Rico Barnes mit starrem Blick fixierte.

»Zuhause. Im Bett, wo sonst?«

»Kann das jemand bezeugen?«

Kenneth Barnes lächelte und verfiel dann wieder in seine selbstgefällige Pose. Er lehnte sich zurück und verschränkte die Arme vor der Brust. »Und ob. Ich habe die Nacht mit zwei liebreizenden Frauen verbracht und wir hatten eine Menge Spaß zusammen.« Er zwinkerte Heather anzüglich an. Dann blickte er Rico herausfordernd an. »Auch schon mal 'nen Dreier gehabt, Detective?«

Rico blickte ihn gelangweilt an. »Ich spare mein Geld lieber für andere Sachen auf.«

Heather konnte die Halsschlagader bei Barnes pulsieren sehen.

»Du blödes Arschloch! Ich habe es nicht nötig, dafür zu bezahlen, aber dich würde doch keine Frau mit Klasse auch nur mit dem Arsch ansehen, du schmieriger -« Weiter kam Barnes nicht, denn Rico schoss blitzschnell von seinem Stuhl hoch, packte mit der rechten Hand den Kopf seines Gegenübers und stieß ihn mit Schwung auf die Tischplatte. Es gab einen lauten Knall, als der Schädel auf das Holz krachte. Heather fuhr erschrocken zusammen, während Rico sofort neben Barnes stand, ihn an den Haaren packte, nach oben zog und ihn dann nach hinten in den Stuhl drückte.

»Möchtest du noch ein paar Sprüche loswerden, Drecksack?«

Barnes war von dem Aufprall auf die Tischplatte sichtlich benommen und brachte kein Wort heraus.

»Santiago«, stieß Heather heraus, »lassen Sie ihn los!«

Rico zögerte einen Moment, ließ dann aber von Barnes ab und setzte sich wieder auf seinen Stuhl.

»Dafür ... dafür bist du dran, Bulle«, presste Kenneth Barnes mit schmerzerfüllter Stimme hervor. »Du kannst dich schon mal von deiner Marke verabschieden!«

»Sie sollten sich lieber bei Detective Santiago bedanken«, sagte Heather schnell. »Dafür, dass er Sie nach Ihrem Sturz so schnell wieder aufgerichtet und auf weitere Verletzungen hin untersucht hat. Sie müssen darauf achten, nicht so schnell aufzustehen und über Stuhlbeine zu stolpern. Das kann schmerzhaft enden.« Sie sah Barnes ernst an. Der erwiderte ihren Blick und fasste sich dabei mit der rechten Hand an die Stirn, wo eine stattliche Beule schon sichtbar hervortrat.

»Ach, so soll das hier laufen?« Barnes ließ seinen Blick zwischen ihnen hin und her wechseln. Weder Rico noch sie verzogen einen Muskel im Gesicht. »Zwei gegen einen. Okay. Dann kann ich ja wohl erstmal gehen, wenn Sie keine weiteren Fragen haben.«

Rico wollte etwas sagen, aber Heather legte ihre linke Hand auf seinen rechten Unterarm. »Ja, wir sind soweit fertig. Geben Sie uns bitte nur noch die Namen der beiden Frauen, damit wir Ihr Alibi überprüfen können.«

Kenneth Barnes stand langsam auf und starrte Rico finster an. »Wir sehen uns noch.« Als er an der Tür des Zimmers ankam, drehte er sich noch einmal zu Heather um. »Warum wollen Sie eigentlich wissen, wo ich heute Nacht war? Was ist passiert?«

»Direktor Hawkins wurde ermordet im Museum gefunden.« Heather beobachtete die Miene von Barnes genau, während sie ihm das sagte. Die Überraschung darin wirkte absolut echt.

»Hawkins ist tot, aber ... wieso?« Barnes schüttelte den Kopf.

»Wir werden das herausfinden«, sagte Heather. »Guten Tag!«

Sichtlich irritiert dreinblickend verließ Kenneth Barnes den Raum. Als die Tür hinter ihm ins Schloss fiel, wandte sich Heather sofort zu Ruben Santiago.

»Bist du total bescheuert? Was sollte diese Aktion?«

»Der Mistkerl hat mich provoziert, du hast es doch selbst gehört«, verteidigte sich Rico schwach.

»Rico, entweder benimmst du dich wie ein Profi oder wir beenden unsere Zusammenarbeit auf der Stelle! Wenn so etwas noch einmal vorkommt, werde ich persönlich dafür sorgen, dass Barnes recht bekommt, mit seiner Ankündigung. Dann kannst du deine Marke sofort abgeben. Hast du verstanden?« Sie funkelte ihn zornig an. Der Puerto-Ricaner blickte still auf die Tischplatte. »Ich habe so einen Scheiß schon einmal mitgemacht, das tue ich mir kein zweites Mal an, dass ich einen Partner habe, der seine Emotionen nicht im Griff hat!« Sie stand auf und ließ Rico alleine im Verhörzimmer zurück. Vor der Tür atmete sie erstmal tief durch.

»Rollins!« Captain Sullivans tiefe Stimme dröhnte durch das Großraumbüro. Er kam in Begleitung von Laurie Brannigan auf sie zu. »Haben die Befragungen etwas ergeben?«

»Nein, Sir. Nur, dass Erin Dempsey kein Alibi für die Tatzeit hat. Das Alibi von Kenneth Barnes müssen wir noch überprüfen.«

Die Tür hinter ihr öffnete sich und Rico kam heraus.

»Santiago, machen Sie kein Gesicht wie zehn Tage Regenwetter.« Sullivan wandte sich wieder an Heather.

»Laurie hat noch etwas rausgefunden. Los, sagen Sie es ihr«, forderte der Captain die Frau neben sich auf.

»Der Laptop?«, fragte Heather überrascht.

Laurie nickte. »Mir kam noch eine Idee. Ich habe ein Bewegungsprotokoll ausgelesen und konnte feststellen, an welchen Funkmasten sich der Laptop eingeloggt hatte, seit Waterston ihn erworben hatte. Die letzten zwei Monate war die Position unverändert. Aber davor hat er einmal New York verlassen und wurde an einem anderen Ort eingeschaltet, von wo aus er sich automatisch ins Internet eingeloggt hat.« Stolz schwang in ihrer Stimme mit.

»Wo?«, fragte Heather.

»In den Hamptons.«

Heather überlegte, was ein Archäologe wie Waterston an einem Nobelort wie den Hamptons zu suchen hatte. In der Region am Ostende von Long Island hatten für gewöhnlich nur die Superreichen der USA ihre Wochenend- oder Sommerresidenzen.

»Nicht zufällig in der Nähe von Westhampton Beach?«, fragte Rico aufgeregt.

»Doch, ziemlich genau dort«, antwortete Laurie überrascht. »Woher wissen Sie das?«

Rico fand sein Lächeln wieder. »Ich habe alle Namen überprüft, von denen wir wissen, dass sie in Verbindung mit Waterston standen. Einer von ihnen hat ein Haus in den Hamptons: Falkenburg.«

»Worauf warten Sie dann noch? Machen Sie einen kleinen Ausflug in die Hamptons, auch zu dieser Jahreszeit ist es dort toll«, sagte Sullivan und klopfte Laurie Brannigan auf die Schulter. »Gute Arbeit.«

10

FALKENBURG

Gemeinsam mit Rico machte sich Heather auf den Weg Richtung Long Island, in die Hamptons. Diesmal lenkte sie den Dienstwagen. Es war eine schweigsame Fahrt. Heather nahm sich vor, es auch dabei zu belassen, solange Rico sich nicht entschuldigen würde. Bis in die Hamptons waren es knappe fünfundachtzig Meilen, die sie über die Interstate 495 E in zwei Stunden bewältigen würden. Heather rechnete mit einer Ankunft kurz nach Mittag. Nachdem annähernd eineinhalb Stunden der Fahrtzeit um waren, räusperte sich Rico mehrmals.

»Ich habe Mist gebaut. Tut mir leid«, sagte er schließlich gedämpft.

Heather sah ihn fragend an. »Entschuldigung, hast du was gesagt?«

Erneut räusperte sich Rico. »Es tut mir leid«, wiederholte er - diesmal in normaler Lautstärke. »Ich verspreche dir, es wird nicht wieder vorkommen. Ehrenwort. Außerdem finde ich es klasse, dass du mir vor

Barnes den Rücken gestärkt und kein Wort gegenüber Captain Sullivan verloren hast.«

»Geht doch«, erwiderte Heather. »Entschuldigung angenommen. Aber wehe, du bringst mich noch einmal in so eine Situation, in der ich gezwungen bin, für dich den Kopf hinzuhalten.«

»Keine Angst, das passiert mir nicht noch mal. Ich weiß auch nicht, was vorhin mit mir los war. Aber dieser Kerl hat mich einfach so aufgeregt.«

»Vergessen wir's einfach und hoffen, dass Barnes die Sache nicht weiter verfolgt. Jetzt konzentrieren wir uns erstmal auf diesen Falkenburg. Was haben die Kollegen dir über ihn noch mitgeteilt?«

»Nicht sehr viel. Der Kerl ist sechsundachtzig Jahre alt. Ein Professor der Archäologie im Ruhestand. Lebt eigentlich in Boston, hat dort mehrere Jahrzehnte als Dekan ein College geleitet. Ehrendoktortitel en masse, von jedem namhaften Institut in den USA.«

»Privates?«, fragte Heather, während sie den Wagen von der Interstate auf die County Road 111 steuerte.

»Ich nehme an, verheiratet.«

»Du nimmst an?«

»Ja, es gab einige Probleme, gesicherte Auskünfte über ihn zu bekommen, sagten die Kollegen. Sämtliche privaten Informationen über Falkenburg waren mit einer Sicherheitsstufe versehen. Einer verdammt hohen. Es war nicht möglich, Zugriff auf seine komplette Akte zu erhalten. Da hält irgendjemand den Finger drauf.«

»FBI?«

»Wäre möglich. Aber die Kollegen meinten, es roch eher nach Langley.«

»Wie bitte? Die CIA hält die Hand über diesen Kerl? Wer zum Teufel ist das?« Heather schüttelte den Kopf. Das alles ergab keinen Sinn. *Eine Geheimakte über einen Archäologieprofessor beim Auslandsgeheimdienst?*

»Wir werden es ihn ja gleich selbst fragen können«, sagte Rico und deutete auf das Display des Navigationsgeräts. »In einer Viertelstunde sollten wir da sein.«

Es dauerte nicht mehr lange und sie erreichten Westhampton. Die kleine Ortschaft, die am Westrand der Hamptons gelegen war, zählte zu den „geerdeten" Orten der Nobelgegend. Hier gab es keine Protzbauten von Neureichen, die sich gerne gegenseitig mit ihren Villen übertrumpften und von denen ein Bauwerk selten unter vierzig Millionen Dollar kostete. Westhampton hingegen wirkte wie ein kleines, malerisches Fischerdorf. Viele kleine Fischkutter lagen im Hafen vor Anker und es gab zahlreiche Fischlokale. Sie fuhren die Hauptstraße des Ortes entlang und verließen Westhampton in südlicher Richtung wieder. Dann bogen sie scharf rechts auf eine schmale, einsam gelegene Straße ab. Dieser folgten sie bis zum Ende, wo an einer der zahllosen Buchten ein schickes Herrenhaus stand. Keine Villa, aber dennoch ein beeindruckender Bau, dessen Preis bei dieser Lage sicherlich auch im zweistelligen Millionenbereich lag, wie Heather schätzte. Vor dem Anwesen erhob sich ein hoher, gusseiserner Zaun, der das gesamte Grundstück umschloss. Allem Anschein nach blieb der Hausherr gerne für sich. Sie parkten den Wagen rechts vor dem Tor und drückten auf die Klingel. Eine Zeitlang passierte nichts, dann erklang eine Frauenstimme aus der Gegensprechanlage, die links im Mauerwerk eingelassen war.

»Hallo?«, ertönte es in Begleitung eines leisen Hintergrundsirrens.

»Guten Tag. Detective Rollins vom New York Police

Department. Ich möchte gerne zu Herrn Falkenburg.«

Das Sirren der Sprechanlage verstummte kurz. Dann ertönte ein lautes Summen und das Tor schwang nach innen auf.

»Sie können gerne mit Ihrem Auto hereinfahren«, teilte die Frauenstimme ihnen über die Gegensprechanlage mit.

Mit dem Wagen fuhren sie die langgezogene Auffahrt bis direkt zum Haus hoch. Es war ein blau gestrichenes Holzhaus, bestimmt von Ende der sechziger Jahre. Aber es schimmerte im winterlichen Sonnenlicht wie eine Perle. Eine große, überdachte Veranda schloss direkt an das Gebäude an. Als Heather aus dem Wagen ausstieg, öffnete sich auch schon die Haustür und sie erkannte die Silhouette einer Frau, die leicht gebeugt stand. Laut kläffend kam ein kleiner, fast schneeweißer Hund auf sie und Santiago zugeschossen.

»Na, mein Kleiner, bist du hier der Wachhund?« Heather beugte sich zu dem kleinen Hund hinunter und streichelte ihn am Kopf, während sie rätselte, um was für eine Rasse es sich hierbei wohl handelte. Optisch erinnerte sie der Hund an einen Dackel, aber sie hatte noch nie einen weißen Dackel gesehen.

»Ike, hierher«, rief die Frau dem Hund zu, der sofort kehrtmachte und wieder ins Haus wetzte.

Heather und Santiago gingen zu der Frau und zeigten ihre Dienstmarken vor.

»Ich bin Detective Rollins, dies ist Detective Santiago«, stellte Heather sie beide vor. »Wir müssten dringend mit Herrn Falkenburg sprechen. Ist er da?«

»Aber sicher ist er das«, sagte die Frau. Sie hatte graue Haare und tiefe Falten im Gesicht. Sie war sicherlich in einem ähnlichen Alter wie die Vermieterin von Waterston, die Heather letztens getroffen hatte, aber dennoch wirkte sie erheblich jünger. Ihre tiefbraunen Augen strahlten geradezu und wirkten jugendlich frisch. »Kommen Sie doch bitte herein.« Sie machte eine einladende Handbewegung und schloss dann die Tür hinter ihnen. »Mein Name ist Jody Falkenburg«, stellte sie sich ihnen vor. »Folgen Sie mir doch bitte ins Arbeitszimmer.« Die Hausherrin ging voraus, dicht gefolgt von dem dackelähnlichen Hund und schritt geradewegs durch den langen Hausflur in ein großes, lichtdurchflutetes Zimmer. Heather blickte durch ein riesiges Panoramafenster direkt auf den Atlantik. Vor dem eindrucksvollen Ausblick stand ein großer Schreibtisch aus dunklem Holz. Die Wände links und rechts, sowie die Stirnwand mit der Tür waren komplett mit Bücherregalen bedeckt. Rechts vor dem Schreibtisch stand noch eine kleine Sitzgruppe mit einem nierenförmigen Tisch.

»Warten Sie bitte kurz hier. Ich werde meinen Mann holen. Er hält um diese Zeit immer seinen Mittagsschlaf.« Die Frau ließ sie mit dem Hund im Arbeitszimmer alleine und schloss die Tür hinter sich.

»Was für eine Aussicht«, sagte Rico und schnalzte mit der Zunge. »Da kann mein Apartment mit Blick auf den Hudson nicht mithalten.« Er ging am Schreibtisch vorbei und stellte sich direkt vor die Fensterscheibe.

Heather erwiderte nichts. Sie sah sich in dem Zimmer um und schritt links die Bücherregale ab. Der kleine Hund tippelte neben ihr her, als ob er aufpassen wollte, dass sie nichts berührte. Vor einem Regal, auf dessen mittlerem Brett keine Bücher, sondern einige alte Bilder standen, blieb sie stehen.

»Rico, das solltest du dir ansehen.«

»Was kann denn besser sein als dieser Ausblick?«

»Komm einfach.«

Santiago ging vom Fenster weg und stellte sich neben ihr auf. Er ließ seinen Blick über die Fotos gleiten, dann pfiff er eine langgezogene, hohe Tonfolge.

»Okay«, sagte er mit Staunen in der Stimme. »Das sind *einige* Präsidenten. Ich erkenne Nixon, Reagan und Carter.«

»Das hier vorne ist Eisenhower. Und dort sind Johnson und Ford. Und das ist George Bush Senior, wohl gegen Ende der siebziger Jahre, zu der Zeit, als er noch CIA-Direktor war.« Heather tippte auf ein kleines Foto. Dann ließ sie ihren Blick über die kleine Fotogalerie wandern, die einen Jungen braunhaarigen Mann mit sieben verschiedenen US-Präsidenten zeigte. Die Bilder waren chronologisch aufgestellt, Sie starteten ganz links mit Dwight Eisenhower und endeten rechts bei Ronald Reagan. Der braunhaarige Mann auf den Fotos veränderte sich im Laufe der Zeit, Heather konnte ihm förmlich beim Altern zusehen.

»Einen illustren Freundeskreis hat er da, der Herr Falkenburg«, sagte Rico bewundernd. »Kein Wunder, dass man über den Kerl so gut wie keine Informationen bekommt. Meinst du, er war Spion oder sowas?«

»Eher *›oder sowas‹*«, ertönte eine kräftige Stimme von der Tür her. Der Hund lief sofort zu dem Mann, der soeben das Zimmer betreten hatte. »Einen schönen guten Tag, ich bin Max Falkenburg.«

Heather erkannte den Mann von den Fotos sofort in ihm wieder. Nur von dem braunen Haar war nichts mehr zu sehen, Falkenburg hatte nun schneeweißes, wenngleich immer noch volles Haar. Auf einen Stock gestützt, kam er langsam auf sie zu und streckte ihnen die Hand entgegen. Seine Augen wirkten etwas müde.

»Freut mich sehr, Herr Falkenburg«, sagte Heather und ergriff seine Hand. Mit einem festen Händedruck umschloss der alte Professor ihre Hand. Viel fester, als Heather es von einem Mann seines Alters erwartet hätte. »Mein Name ist Detective Heather Rollins und das ist mein Partner, Detective Ruben Santiago. Vielen Dank, dass Sie sich die Zeit nehmen, uns zu empfangen.«

»Kein Problem, ich habe reichlich Zeit. Aber ich befürchte, der Anlass Ihres Besuches ist kein freudiger, oder?«

»Nein, das ist es wirklich nicht. Es geht um Professor James Waterston.« Heather beobachtete die Miene ihres Gegenübers. In Falkenburgs grünen Augen war keine Reaktion zu erkennen. Mit dem rechten Auge des alten Mannes stimmte etwas nicht, es blickte starr geradeaus.

»Ein Glasauge«, sagte Falkenburg plötzlich lächelnd, als ob er ihre Gedanken gelesen hätte, und deutete mit dem Zeigefinger auf sein rechtes Auge. »Haben Sie was dagegen, wenn wir uns setzen?« Er wartete keine Antwort ab und ging zu einem der schwarzen Sessel beim Nierentisch und setzte sich langsam hin. Dabei verzog er sein Gesicht ein wenig - wahrscheinlich vor Schmerz, wie Heather annahm.

»Sie kannten ja eine Menge wichtiger Leute«, sagte Rico, der sich auf den Sessel neben Falkenburg setzte.

»Das sind exakt die richtigen Worte, Detective Santiago. Kannte.« Falkenburg lächelte milde. »Aber heute hat das alles keine Bedeutung mehr.«

»Möchte jemand Kaffee?« Jody Falkenburg kam mit einem Tablett in den Händen zurück ins Arbeitszimmer. Sie stellte es auf dem Tisch ab und verteilte die Tassen.

»Vielen Dank, Liebes. Ich nehme gerne einen. Sie doch auch, Detective, oder?«

Rico ließ sich bereitwillig eine Tasse reichen, Heather lehnte dankend ab. Sie schritt noch einmal die Buchregale ab, bevor sie sich ebenfalls zu Falkenburg und Rico setzte.

Falkenburgs Ehefrau verabschiedete sich und schloss die Tür beim Verlassen des Arbeitszimmers.

»Sie sagten, Ihr Besuch hätte mit Professor Waterston zu tun?«, fragte Falkenburg und nahm einen Schluck Kaffee.

»Ja, das ist richtig. Er ist tot.«

Falkenburg stellte seine Tasse vorsichtig auf dem Tisch ab und lehnte sich dann zurück. Dann faltete er seine Hände, legte sie in den Schoß und schloss die Augen für einen Moment.

»Sehr bedauerlich. James hätte noch Großes erreichen können.« Er seufzte traurig. »Wie ist es passiert?«

»Er wurde vergiftet«, antwortete Rico schnell, was Heather veranlasste, ihm einen bösen Blick zuzuwerfen.

»Herr Falkenburg«, sagte sie, »von Mitarbeitern des Metropolitan Museums haben wir erfahren, dass Sie Professor Waterston kurz vor seinem Tod noch aufgesucht haben.«

»Kurz vor seinem Tod? Ich war vor knapp neun Wochen das letzte Mal im Museum. Dann haben Sie sich aber Zeit gelassen mit Ihren Ermittlungen.« Er sah sie ernst an.

»Die Leiche von Professor Waterston wurde erst vor drei Tagen gefunden.«

»Dann war er das«, murmelte Falkenburg vor sich hin. »Der Tote, der vor dem Metropolitan Museum gefunden wurde. Ich habe es in der Zeitung gelesen.«

Heather nickte ihm zu.

»Wissen Sie noch, worum es bei Ihrem Gespräch mit Professor Waterston ging?«

Falkenburg sah sie erstaunt an. »Natürlich weiß ich das. Oder denken Sie, ich bin senil?«, sagte er mit gespielter Entrüstung. »James hatte mich einige Tage zuvor angerufen. Er wollte mir einen Fund zeigen und meine Meinung dazu hören.«

»Hat Sie das nicht gewundert? Soweit ich weiß, hatten Sie beide kein besonders gutes Verhältnis.«

Falkenburg lachte. »Oh, das wissen Sie? Ja, es ist wahr. James und ich hatten über lange Jahre hinweg durchaus Differenzen. Aber in den letzten Monaten haben wir diese beigelegt. Er war früher einer meiner besten Studenten, weswegen es mich sehr gefreut hat, als er den Kontakt wieder aufleben ließ.«

»Was wollte er genau von Ihnen?«, bohrte Heather nach.

»Fachfragen, Detective. Er hatte einen Fund in Ägypten gemacht und wollte meine Meinung dazu hören«, antwortete Falkenburg ausweichend.

»Könnten Sie das konkretisieren?«

»Ich möchte Sie nicht langweilen, Detective.«

»Es ist sehr wichtig, für uns zu erfahren, worum es ging. Wahrscheinlich ist Professor Waterston deswegen getötet worden.«

Falkenburg blickte bestürzt zu Boden, dann wandte er seinen Kopf zum Fenster und murmelte ein paar Worte vor sich hin, die Heather nicht verstand.

»Entschuldigen Sie, was haben Sie gesagt?«, fragte sie nach.

»Nichts, nur eine altägyptische Totenformel.« Falkenburg wandte sein Gesicht wieder ihr zu. »Das war es, was James mir gezeigt hatte. Eine alte Kalksteinplatte, die er in einem Grab in Amarna gefunden hatte. Eine Totentafel.«

»Hat das irgendwas mit Flüchen zu tun?«, fragte Santiago vorsichtig.

Falkenburg lachte und schüttelte dabei seinen Kopf. »Nein. Keine Sorge, Detective. Und an diesen Flüchen ist sowieso nie etwas dran, glauben Sie mir, ich kenne mich damit aus. Alles nur Sagen und Mythen.« Er zwinkerte mit dem linken Auge.

»Herr Falkenburg, könnten Sie uns mehr dazu erzählen? Jedes Detail, an das Sie sich erinnern, könnte wichtig sein.«

»Ich fürchte nein. Es war zwar etwas ungewöhnlich, dass er dieses Fragment dort gefunden hatte, aber eine Sensation war es nicht. Es sei denn …« Der alte Professor stoppte mitten im Satz und blickte wieder versonnen aus dem Fenster. Dann stand er plötzlich auf und humpelte ohne seinen Gehstock zu dem Bücherregal rechts neben dem Schreibtisch. Für einen Moment verharrte er suchend vor dem Regal, griff dann aber einen großen, dunkelbraunen Folianten heraus und legte ihn auf den Schreibtisch. Schnell schlug er das schwere Buch auf und blätterte aufgeregt darin umher.

»Was ist Ihnen eingefallen?«, wollte Heather wissen und stellte sich neben Falkenburg an den Schreibtisch.

»James hatte mich nicht nur angerufen und gefragt, ob ich ihn im Museum besuchen könnte. Zwei Tage danach hat er mich hier besucht.«

»Das wissen wir«, sagte Santiago von seinem Sessel aus, während er sich selbst noch einen Kaffee nachschenkte. »Er hatte seinen Laptop dabei, wir konnten seine Signatur hierher verfolgen.«

»Was wollte er noch von Ihnen?«

»Es ging ihm immer noch um die Totentafel. Er vermutete, dass der Rest der Platte einen Hinweis auf etwas enthielt, was eine der größten Entdeckungen der jüngeren Geschichte der Ägyptologie wäre: Die Mumie der Nofretete!«

»Die Ehefrau Echnatons, des Ketzerkönigs?«

»Sehr richtig, Detective Rollins«, sagte Falkenburg anerkennend, während er weiter durch das Buch blätterte. »Neben Cleopatra ganz sicher die bekannteste Frau der ägyptischen Geschichte. Ihre Büste im Berliner Museum ist eines der wertvollsten archäologischen Artefakte überhaupt. Sollte es jemals jemandem gelingen, ihr Grab oder gar eine Mumie zu finden, wäre das wirklich eine Sensation, die ihresgleichen sucht. Vom Wert dieses Fundes ganz zu schweigen.« Er hörte auf zu blättern und tippte mit dem Finger auf die Seite. Heather schaute auf die Stelle, auf die Falkenburg zeigte und sah ihn dann fragend an.

»Schöne Schrift. Was für eine Sprache ist das?«, fragte sie leicht lächelnd.

»Oh, Verzeihung, das hatte ich nicht bedacht. Das ist eine altdeutsche Schrift, Fraktur. Mir ist sie noch geläufig, ich bin gebürtiger Deutscher, wie Sie sicherlich an meinem Namen erkannt haben, einige meiner alten Schulbücher in den dreißiger Jahren waren noch mit Fraktur gedruckt. Der Text handelt von der Entdeckung Achet-Atons, der Stadt, die Echnaton bauen ließ. Es werden Grabanlagen für König und Königin erwähnt, aber auch, dass niemand in den Gräbern lag. Hier ist von einer Totentafel die Rede, die das Geheimnis der letzten Ruhestätte von Nofretete bewahren soll.«

»Sie glauben, es ist die, die Waterston gefunden hat?«

»Nun, es wäre theoretisch möglich. Aber mit Gewissheit kann ich das nicht sagen, James hat sie mir zumindest nicht gezeigt - nicht komplett, meine ich. Nur das Bruchstück im Museum und das könnte von so gut wie jeder anderen Tafel stammen.«

Heather runzelte die Stirn. Sie dachte daran, wie sie Waterston gefunden hatten. Mit gebrochenen Beinen und dem entfernten Gehirn. Und daran, wie viel Zeit sich der Mörder genommen hatte, um fündig zu werden. Zwei Monate des Suchens und schließlich hatte der Mörder ihnen die Leiche und dessen Laptop präsentiert. Jetzt sollten sie die Suche fortführen. Aber es gab wohl noch andere, die in diesem Spiel mitwirkten. Direktor Hawkins war ebenfalls eingeweiht gewesen. Der Mörder hatte ihn ausgeschaltet.

»Sie erwähnten vorhin den Wert, den dieser Fund der Nofretete haben könnte. Wie hoch schätzen Sie diesen ein?«

Falkenburg sah ihr fest in die Augen und überlegte einen Moment. »Nun, ich denke, siebenhundert Millionen Dollar könnten dem schon nahekommen.«

Vom Sessel hinter Heather ertönte lautes Husten. Santiago hatte sich offensichtlich am Kaffee verschluckt. »Siebenhundert Millionen Dollar? Für eine alte Mumie?«, fragte der Puerto-Ricaner immer noch leicht hustend.

»Nur geschätzt, Detective. Auf dem Schwarzmarkt ist sicherlich noch mehr drin.« Falkenburg klappte das Buch wieder zu.

»Sie kennen sich gut aus«, sagte Heather zu ihm. »Der Wert, die Größe des Fundes, sicherlich verfügen Sie auch über Kontakte zu den richtigen Leuten, um so etwas zu verkaufen.«

»So ein Haus wie das hier ist bestimmt auch nicht ganz billig«, fügte Rico hinzu.

Das linke Auge von Falkenburg funkelte kurz auf und seine Gesichtszüge verhärteten sich. »Ich kann Ihnen garantieren, dass ich nicht der Mörder von James bin. Und was das Haus betrifft«, er blickte an Heather vorbei zu Santiago, »das gehört meiner Frau. Sie war das, was man gemeinhin eine gute Partie nennt. Alter englischer Landadel.« Sein Lächeln kehrte zurück. In diesem Moment öffnete sich die Tür des Zimmers. Der kleine weiße Hund stürmte wieder herein, gefolgt von Jody Falkenburg.

»So ist das also, du bist immer noch hinter meinem

Besitz her?« Sie betrat das Arbeitszimmer mit einem weiteren Tablett, auf dem diesmal zwei Teller voller Kuchen standen. Sie lachte fröhlich, stellte das Kuchentablett vor Rico auf den Tisch und stellte sich dann neben ihren Mann. »Sie müssen wissen, Detectives, so habe ich meinen Mann damals kennengelernt. Er wollte mir etwas stehlen. Aber ich habe ihn dabei ertappt und gestellt. Und seitdem nie wieder losgelassen. Seit beinahe sechzig Jahren.« Sie blickte Falkenburg versonnen lächelnd an.

»Ich wollte mir deinen Jeep nur kurz ausleihen«, erwiderte dieser grinsend. »Aber das ist doch schon verjährt, nicht wahr, Detective?«

»Ich denke, das sollten Sie besser mit Ihrer Frau besprechen. Vielleicht will sie noch Anzeige erstatten?« Heather zwinkerte den beiden Alten zu.

»Nicht nötig. Er hat seine Strafe verbüßt und es wiedergutgemacht. Glauben Sie mir.« Ein glockenhelles Lachen ertönte. »Darf ich fragen, worüber Sie meinen Mann gerade befragt haben?«

Ehe Heather darauf antworten konnte, sagte Falkenburg: »James ist ermordet worden.«

Jody Falkenburgs Lächeln erstarb augenblicklich. »Aber warum?«

»Das wollten wir von Ihrem Mann wissen. Er war einer der Letzten, die Professor Waterston vor knapp neun Wochen noch lebend gesehen haben.«

»Nein, das ist nicht ganz richtig«, sagte Jody Falkenburg abgeklärt. Sie hielt einen Moment inne. »Sie sagten, vor knappen neun Wochen? Das müsste dann ich gewesen sein.«

Ihr Mann sah sie ebenso überrascht an, wie Heather und Rico.

»Können Sie uns das näher erklären?«, fragte Heather

nach.

»Einen Tag nachdem James uns hier draußen besucht hatte, war ich in New York. Dort bin ich ihm im Museum erneut begegnet. Es war eher zufällig, ich war zu einem Treffen mit dem Museumsrat dort.« Als Jody Falkenburg den fragenden Blick bemerkte, den Heather ihr zuwarf, fügte sie erklärend hinzu: »Ich bin seit knapp dreißig Jahren Mitglied im Rat des Metropolitan.«

»Meine Frau untertreibt ein wenig«, warf Falkenburg ein. »Sie ist eine der größten Förderinnen des Museums. Wenn sie nicht so bescheiden wäre, hätte das Museum schon längst einen Flügel nach ihr benannt.« Stolz schwang deutlich hörbar in Falkenburgs Stimme mit.

»Ich verstehe. Haben Sie mit Professor Waterston gesprochen, als Sie ihn dort angetroffen haben?«

»Nur ganz kurz. Ich bin ihm in der Ausstellung über den Weg gelaufen, aber er sah nicht gut aus. Er schien krank zu sein, meinte, er hätte sich wohl einen Virus eingefangen.« Heather blickte wissend zu Rico hinüber. Der hielt gerade ein Stück Kuchen in der Hand und kaute genüsslich. Aber sein Blick zeigte Heather, dass er dasselbe dachte wie sie auch. Die Vergiftung. Jody Falkenburg fuhr fort. »Wir sprachen nur ganz kurz miteinander, ich machte einen Scherz, dass wir uns ja in den letzten zwanzig Jahren nicht so oft gesehen hätten wie die letzten beiden Tage.« Sie blickte wehmütig ergriffen zu Boden. Der weiße Hund schmiegte sich um ihre Beine. »James sagte, er wolle nach Hause gehen und sich dort erst einmal auskurieren. Viel mehr haben wir eigentlich nicht miteinander besprochen. Aber später, in der Sitzung des Museumsrates, wurde durch Direktor Hawkins erwähnt, dass James demnächst mit einer großartigen Bekanntmachung wieder für ein steigendes Besucheraufkommen des Museums sorgen würde.«

»Sonst hat Waterston nichts zu Ihnen gesagt?«

Jody Falkenburg schüttelte den Kopf. »Nein, nur noch eine Bemerkung zum Abschied. Dass er Max endlich wieder mal einen Scherz gespielt habe.«

Heather blickte die alte Frau fragend an.

»Damals, als er noch Student bei meinem Mann war, da hat James ihm öfter Streiche gespielt. Max fand das in der Mehrzahl der Fälle nicht besonders lustig.« Sie warf ihrem Mann einen Seitenblick zu und grinste dabei. »Meistens ging es darum, dass er ihm vorgegaukelt hatte, einen bestimmten Fund gemacht zu haben und deswegen …«

»Sie glauben, der Grund, weswegen Waterston Ihren Mann vorher aufgesucht hatte, wäre nur einer seiner Scherze gewesen? Dass diese Steinplatte gefälscht war?«, fragte Heather überrascht. Auch Max Falkenburg blickte skeptisch und schüttelte entschieden den Kopf.

»Nein, auf keinen Fall. Das war etwas anderes als seine alten Studentenscherze. Die Totentafel war echt, da gibt es gar keinen Zweifel. Außerdem war James nicht der Typ dafür, nach zwanzig Jahren Funkstille wieder den Kontakt aufzunehmen, bloß um mir einen Streich zu spielen.«

»Aber was meinte er dann mit seiner Aussage, er habe Ihrem Mann einen Scherz gespielt?«, fragte Heather.

Jody Falkenburg hob ratlos die Arme. »Ich weiß es nicht, Detective. Vielleicht hat er es nur so dahingesagt.« Sie blickte ihren Mann fragend an, der seine Stirn in Falten gelegt hatte und vor sich hin grübelte.

»James war doch kurz alleine hier drinnen, als er uns besucht hat. Er könnte … Na warte, das haben wir gleich.« Max Falkenburg humpelte schnell zu den Bücherregalen zurück, zu dem Regal, wo die Fotografien von ihm mit den Präsidenten standen. Er beugte sich mit einem Ächzen nach vorne und ließ seinen Finger über die Bücher in dem

Regalbrett darunter wandern. »Hier ist es! Dieser Spitzbube!« Falkenburg zog ein Buch aus dem Regal. Als er sich wieder aufrichtete, stieß er einen Schmerzensschrei aus und ließ das Buch auf den Boden fallen. Dann stützte er sich mit dem linken Arm zitternd am Regal ab.

»Max, alles in Ordnung?« Jody Falkenburg eilte sofort zu ihrem Mann hinüber. Sie legt sich seinen rechten Arm um die Schulter und führte ihn dann vorsichtig zu einem der Sessel herüber. Dort ließ sich der alte Professor vorsichtig in den Sitz nieder.

Heather ging zu dem Bücherregal und hob das Buch vom Boden auf, das Falkenburg aus der Hand gerutscht war. Ein Sachbuch über die Pyramiden von Gizeh, geschrieben von Falkenburg selbst und einem weiteren Archäologen namens Joseph Carter. Aber was ihr sofort auffiel, war der Schutzumschlag des Buches. Er war verkehrt herum aufgezogen. Sie ging zu Falkenburg und reichte ihm das Buch.

»Was ist damit?«

»James hat es in der Hand gehabt, als er hier war, ohne Zweifel. Er hat den Schutzumschlag umgedreht, sodass die Rückseite vorne ist. Früher wäre mir sowas sofort aufgefallen, ich werde wohl langsam alt. James wusste, wie sehr ich es hasse, wenn in meiner Bibliothek die Ordnung durcheinandergebracht wird.« Falkenburg zog den Schutzumschlag von dem Buch wieder richtig herum auf. Dann blätterte er durch die Seiten. Ziemlich in der Mitte des Buches stoppte er. Heather sah einen kleinen weißen Notizzettel, auf dem ein Smiley gezeichnet war. Max Falkenburg nahm den Zettel heraus und betrachtete ihn kurz, dann wendete er ihn. »Können Sie damit etwas anfangen, Detective?«

Heather nahm die Notiz entgegen. Auf der Vorderseite

des Zettels war nur der lachende Smiley zu sehen. Auf der Rückseite stand eine Kombination aus Zahlen und Buchstaben.

»Darf ich auch mal sehen?«, fragte Santiago, der sich aus seinem Sessel erhob und zu Heather stellte. Sie hielt ihm den Zettel hin.

»Hm, Koordinaten vielleicht? Oder ein Passwort?«

»Werden wir sehen, wir überprüfen das auf dem Revier.« Heather wandte sich wieder an die Falkenburgs. »Falls Ihnen noch etwas einfallen sollte in Bezug auf James Waterston, wäre ich Ihnen sehr verbunden, wenn Sie mich anrufen würden.« Sie reichte Jody Falkenburg eine ihrer Visitenkarten.

»Aber sicher doch, Detective.« Jody Falkenburg nahm die Karte und reichte sie an ihren Mann weiter. »Soll ich Sie zur Tür bringen?«

»Gerne. Vielen Dank für Ihre Zeit und die Hilfe, Herr Falkenburg.« Heather nickte dem grauhaarigen Mann zu, der nachdenklich auf die Visitenkarte in seiner Hand starrte.

»Sicher, sicher. Immer wieder gerne, Detective. Kommen Sie gut zurück nach New York.«

»Vielen Dank auch noch mal für den Kuchen, der war köstlich«, sagte Santiago, bevor sie den Raum verließen.

Heather und Santiago wandten sich um und gingen mit Jody Falkenburg zur Tür. Kurz bevor sie das Arbeitszimmer verließen, drehte Heather sich noch einmal zu Max Falkenburg um. »Eine Frage noch, nur aus Neugier, wenn Sie erlauben.«

Der alte Mann drehte den Kopf zu ihr. »Sie wollen wissen, warum Sie oder Ihre Kollegen so wenig Informationen über meine Person bekommen haben.« Sein linkes Auge funkelte. »Ein Überbleibsel aus alten Zeiten, genau wie diese Bilder im Regal. Heute nicht mehr von Belang, aber Sie wissen ja, wie das bei gewissen Institutionen so läuft. Da drehen sich die Uhren etwas langsamer und die Leute sind etwas vorsichtiger. Machen Sie sich darüber keine Gedanken, Detective.«

Heather nickte ihm zu, obwohl sie diese Antwort nicht wirklich zufriedenstellte. Dann folgte sie Santiago und Jody Falkenburg zur Haustür. Der kleine weiße Hund lief neben ihr her, als wollte er sie zur Tür eskortieren, um sicherzugehen, dass sie auch wirklich ging. Als Santiago und sie auf der Veranda standen, blieb der Hund aufmerksam dreinblickend auf der Türschwelle stehen.

»Einen guten Wachhund haben Sie da«, sagte Heather zu Jody Falkenburg. »Was ist das für eine Rasse?«

»Ein Dachshund. Ein sehr alter, er hat so seine Eigenarten und er ist sehr störrisch«, antwortete diese lachend und blickte liebevoll zu dem Hund hinunter. Danach sah sie Heather ernst an. »Lassen Sie uns bitte wissen, wenn wir Ihnen noch irgendwie helfen können. Ich glaube, mein Mann und ich müssen jetzt erst einmal verarbeiten, dass James tot ist.«

»Ich lasse es Sie wissen. Trotzdem noch einen guten Tag, auf Wiedersehen.« Heather verließ die Veranda und stieg in ihren Wagen ein. Kaum hatte Santiago auf dem Beifahrersitz Platz genommen und die Tür geschlossen, sprach er aus, was sie auch dachte. »Irgendwie komisch, die beiden Alten, die wissen doch bestimmt mehr, als sie uns gesagt haben, meinst du nicht auch?«

»Absolut. Aber für heute reicht es erst einmal. Wir werden jetzt versuchen, herauszufinden, was es mit diesem Zettel auf sich hat.« Heather startete den Wagen und fuhr langsam die Auffahrt hinunter. Im Rückspiegel beobachtete sie das blaue Haus, das von den letzten Sonnenstrahlen hell angeleuchtet wurde. Jody Falkenburg stand noch auf der Veranda und sah ihnen nach, bis sie das Tor passiert hatten, welches sich daraufhin automatisch hinter ihnen schloss.

~

Jody wartete noch, bis die beiden Detectives das Ende der Straße erreichten und auf die Hauptstraße abbogen. Dann ging sie zurück ins Haus. Ike lief gelassen neben ihr her. Als sie wieder ins Arbeitszimmer kam, saß Max bereits am Schreibtisch und durchblätterte seine Visitenkartendatei.

»Warum hast du Ihnen nicht gesagt, was es mit der Zahlenkombination auf sich hat?«

Max blickte auf und sah sie an. »Hätte ich das tun müssen?« Er lächelte grimmig. Kleine Grübchen zeigten sich neben seinen Mundwinkeln. Auf einmal wirkte er zehn Jahre jünger. »Detective Rollins machte einen cleveren Eindruck, sie wird das auch ohne mein Zutun schnell herausfinden. Außerdem hättest du es ihr genauso gut erklären können.«

»Und was hast du jetzt vor? Wen willst du anrufen? Es wäre mir lieber, wenn du dich aus der Sache raushältst und die Arbeit der Polizei überlässt!« Jody legte besonderen Nachdruck in den letzten Satz und sah ihren Mann besorgt an.

»Keine Angst, mein Schatz. Ich werde nur ein kurzes Telefongespräch führen, nur um sicherzugehen, dass niemand Falsches diese Totentafel in die Hände bekommt. James hat mir diesen Zettel nicht ohne Grund in das Buch gelegt.« Max sah sie ernst an. »Das ist das Mindeste, was wir noch für ihn tun können.«

11

EINLADUNG

Sie erreichten New York in den frühen Abendstunden. Die Sonne war bereits untergegangen und die Straßen wurden - zusätzlich zu der normalen Beleuchtung - von Millionen zumeist weißleuchtender LEDs erstrahlt. Normalerweise war dies Heathers liebste Jahreszeit. Es gab für sie keinen schöneren Ort auf der Welt als New York City im Dezember. Aber dieses Jahr war alles anders. Der Besuch bei den Falkenburgs hatte sie nachdenklich werden lassen. Nicht nur was den Fall betraf, sondern auch wegen ihrer privaten Situation. Die beiden hochbetagten Senioren hatten einen Eindruck wie zwei frisch Verliebte gemacht. Heather dachte zurück an den letzten Dezember. Sie und David waren damals glücklich wie nie gewesen. Er hatte zu jener Zeit schon seit längerem keinen seiner unkontrollierten Gewaltausbrüche mehr gehabt. In Heather war deswegen sogar die Hoffnung aufgekeimt, ihn vielleicht doch endlich zu überzeugen, ihr Eheglück endlich perfekt zu machen. Schon lange hegte sie einen Kinderwunsch und es blieben ihr nicht mehr viele Jahre, um diesen Wunsch auch Wirklichkeit werden zu lassen. Es war einer dieser perfekten Tage gewesen. David und sie verbrachten einen traumhaften Sonntag im damals schon winterlichen New York. Am frühen Abend waren sie gemeinsam eislaufen auf der Fläche vor dem Rockefeller Center. David war richtig ausgelassen, fröhlich und übermütig. Er glitt über das Eis wie einst Brian Boitano und versuchte sich sogar an einem Sprung. Während sie so gemeinsam über die Eisfläche glitten, erzählte Heather ihm von ihrem Wunsch. Auf dem Eis ließ sich David nichts anmerken, er lächelte nur kurz, wie immer, wenn sie in der Öffentlichkeit unterwegs waren. Aber als sie am Abend in ihrer Wohnung alleine waren und ein romantisches Abendessen genossen hatten, zeigte er sein wahres Gesicht. Heather wollte ihn nach dem Essen mit einem aufregenden Negligee überraschen, was ihr auch gelang. So dachte sie zumindest. David knöpfte sein Hemd auf und kam dann schleichend auf sie zu. Er löste den Krawattenknoten und zog sich den Schlips langsam vom Hals. Dann wickelte er den Binder jedoch um seine rechte Hand. Von diesem Moment an versagten Heathers Erinnerungen. Nur noch Fragmente dieser schrecklichen Nacht waren in ihrem Gedächtnis präsent. Aus Selbstschutz, wie ihre Therapeutin ihr einmal gesagt hatte. Aber an den ersten Schlag, den Moment, als David seine Faust mit voller Härte in ihren Magen hämmerte, daran erinnerte sie sich gut. Viel zu gut. Ricos Stimme riss sie aus ihren Gedanken.

»Hey, alles in Ordnung mit dir?«, fragte ihr neuer Kollege besorgt.

Heather wischte sich die Träne, die ihre Wange hinunterlief, mit dem Handrücken fort.

»Klar, alles gut. Aber meine Augen fangen an zu

brennen. Kein Wunder, bei dieser ganzen Festbeleuchtung hier«, erwiderte sie mit fester Stimme.

»Da hast du recht. Ich habe mal irgendwo gelesen, dass die Stromkosten für diese Festbeleuchtung höher sind als für eine Kleinstadt mit hunderttausend Einwohnern. Wahnsinn, oder nicht?« Rico blickte aus dem Beifahrerfenster und deutete mit der Hand auf die Lichterketten.

»Ja, absolut. Ein Wahnsinn.« Heather tastete mit der rechten Hand vorsichtig die Knochen ihrer Augenhöhle ab. Auch die kleine Operationsnarbe berührte sie vorsichtig. Die Worte des Arztes, der sie damals im Krankenhaus behandelt hatte, hallten durch ihren Kopf. *»Sie haben Glück, dass Sie noch sehen können. So einen komplizierten Bruch habe ich noch nie zuvor gesehen. Sehr ungewöhnlich, dass es bei einem Sturz sowohl zu Frakturen des Orbitabodens als auch des Orbitadachs kommt.«* Der Arzt hatte sie damals lange angesehen, er war wohl der Erste, der wusste, was wirklich in ihrer Ehe geschah. Aber trotzdem dauerte es noch weitere Monate, bis Heather sich endlich von David lösen konnte. Trotz allem spukte er immer noch täglich in ihrem Kopf herum.

»Houston an Detective Rollins. Hey, du hast die Einfahrt verpasst«, reklamierte Rico plötzlich lautstark.

»Wie bitte?«

»Du bist am Parkhaus des Reviers vorbeigefahren, jetzt müssen wir noch einmal um den Block fahren. Wirklich alles okay bei dir?«

»Ja, alles gut«, sagte sie schnell. »Ich habe bloß darüber nachgedacht, was Falkenburg uns vorhin erzählt hat.« Heather setzte den Blinker rechts und bog in die nächste Straße ab. »Du weißt schon, über diese Totentafel.«

»Was soll damit sein?«, fragte Rico. Er deutete mit dem Finger auf die nächste Querstraße. »Hier wieder rechts.«

»Danke. Also, er hat gesagt, es war nur ein Bruchstück, aber Waterston hätte es ihm nie komplett gezeigt. Aber kaum reden wir mit ihm darüber, kommt ihm eine Idee, wo er nachsehen kann, um was für eine Tafel es sich handeln könnte.«

»Du meinst, der hat uns verarscht?«

»Darauf kannst du deine Marke verwetten.« - »Rechts abbiegen!«

Mit quietschenden Reifen schoss der Wagen um die Kurve. Lautes Hupen von einigen anderen Wagen ertönte, die von Heathers plötzliches Abbiegemanöver überrascht worden waren.

»Okay, beim nächsten Mal fahre ich wohl lieber, wenn du am Nachdenken bist«, sagte Rico mit einem Ausdruck der Erleichterung, als Heather den Wagen schließlich in das Parkhaus lenkte.

»Das werden wir dann sehen. Jetzt kümmere du dich doch bitte darum, noch mehr über Falkenburg herauszufinden. Probiere es über seine Frau. Vermutlich hat sie nicht so eine hohe Sicherheitsstufe. Sie hat gesagt, sie sitzt seit dreißig Jahren im Museumsrat des Metropolitan. Die hat sicherlich mehr Informationen, als sie uns gesagt hat. Bestimmt hat sie Waterston öfter im Museum getroffen.« Heather fuhr den Wagen in eine Parklücke, direkt neben den Wagen von Captain Sullivan, und stellte den Motor ab. Nachdem sie und Rico ausgestiegen und in Richtung des Fahrstuhls gegangen waren, erblickte Heather etwas weiter hinten im Parkhaus eine wohlbekannte Gestalt.

»Geh doch schon mal vor, ich komme gleich hinterher«, sagte sie zu Rico. Dann ging sie zu Tomlinson, der gerade damit beschäftigt war, einige Dinge im Kofferraum seines Autos zu verstauen.

»Hallo Doc, brauchen Sie Hilfe?«

Der Gerichtsmediziner erschrak und zuckte wie vom Blitz getroffen zusammen.

»Detective Rollins! Meine Güte, haben Sie mich erschreckt, schleichen Sie sich bitte nie wieder so an mich heran!«

»Wer schleicht denn hier?« Heather lachte. »Tut mir leid, ich wollte Sie nicht erschrecken. Ich wollte Sie nur noch einmal kurz fragen, ob Sie noch mehr herausgefunden haben, betreffend des Mordes an Direktor Hawkins.«

»Steht alles in meinem Bericht, den ich Ihnen per E-Mail zugeschickt habe«, sagte der Gerichtsmediziner, während er sich wieder mit dem Oberkörper in den Kofferraum hineinlehnte. »Aber um es kurz zu machen, es gab nichts Außergewöhnliches. Dem armen Kerl haben sie schlicht und ergreifend erst die Kehle und dann den Bauch aufgeschlitzt.«

»Sie? Also gehen Sie davon aus, dass es mehrere waren?« Heather wartete auf eine Antwort, während sie Tomlinson einen Moment lang dabei zusah, wie er weiter in seinem Kofferraum herumwühlte.

»Ah, da ist es ja«, sagte er triumphierend und hielt eine kleine, schwarze Ledermappe hoch. Er richtete sich wieder zur vollen Größe auf und drückte einen Knopf an der Innenseite der Kofferraumklappe, woraufhin sich diese automatisch absenkte und schloss. »Meine Kreditkarten.«

»Wie schön für Sie. Können wir noch einmal auf den Mord zurückkommen? Sie glauben, es waren mehrere Täter?«

Der Gerichtsmediziner sah sie überrascht lächelnd an.

»Aber sicher. Einer alleine hätte den Mann nicht über die Brüstung hieven und ihn gleichzeitig an den Armen festbinden können.«

Heather biss sich auf die Unterlippe. Am liebsten hätte sie sich selbst geohrfeigt. Es war nun schon ihre zweite Nachlässigkeit in den vergangenen Tagen. Vielleicht war sie einfach doch zu sehr mit ihren Gedanken abgelenkt.

»Was machen Ihre Anfälle?«, fragte Tomlinson sie, mit leichter Besorgnis in der Stimme.

»Alles gut. Bisher gab es keinen mehr«, log Heather und verschwieg den kurzen Anfall während Davids ungebetenen Besuch in ihrer Wohnung. »Ich habe mich noch gar nicht richtig für Ihre Hilfe beim letzten Mal bedankt.«

»Nein, das haben Sie wirklich nicht«, bemerkte Tomlinson mit einem erwartungsfrohen Gesicht. Für einen Moment überlegte Heather, ihn noch länger darauf warten zu lassen. Dann lächelte sie ihn an.

»Vielen Dank, Tomlinson.«

Der Gerichtsmediziner nickte, aber wirkte dabei etwas enttäuscht.

»Gern geschehen. Würden Sie mir zwei Gefallen tun, Detective?«

»Gleich zwei?«, fragte Heather misstrauisch. »Nun gut, ich höre.«

»Erstens: Bitte nehmen Sie das mit den Panikattacken nicht auf die leichte Schulter. Ich kann Ihnen einen guten Arzt empfehlen, ein alter Freund von mir, der absolute Diskretion walten lässt.« Tomlinson machte eine Pause und sah sie dabei auffordernd an. Als er merkte, dass sie ihm keine Antwort geben würde, fuhr er fort: »Zweitens: Ich würde mich wirklich sehr freuen, wenn Sie mit mir heute zu Abend essen würden.« Die letzten Worte sprach er überhastet aus, wie ein nervöser Teenager, der sein erstes Date klarmachte.

Heather sah den Gerichtsmediziner überrascht an, schwieg aber weiterhin. Sie musterte den großgewachsenen, etwas schlaksigen Mann genauer. Tomlinson war nicht das, was sie gemeinhin als attraktiv bezeichnet hätte, aber er hatte tiefblaue Augen und ein nettes Lächeln. Leider fehlte ihm ein richtiges Kinn, was seinem Gesicht ein zu weiches Aussehen gab. Er wirkte dadurch, trotz den teilweise mit grauen Strähnen durchzogenen braunen Haaren, wie ein Milchbubi. Heather musste daran denken, wie David immer über den Gerichtsmediziner gelästert hatte. Waschlappen und Memme waren da noch die nettesten Bezeichnungen. Obwohl Tomlinson mit Sicherheit einer der fähigsten Rechtsmediziner in New York war, wurde er abseits der Gerichtsmedizin nicht wirklich für voll genommen. Nun stand er vor ihr, mit hängenden Schultern, wie es seine Art war, und sah sie erwartungsvoll mit seinen großen, tiefblauen Augen an. Heather räusperte sich, bevor sie langsam antwortete.

»Das mit dem Arzt werde ich mir überlegen, versprochen. Ich werde Ihnen morgen eine Antwort darauf geben.« Sie legte eine Pause ein, weil sie merkte, wie unwohl sie sich in der Situation fühlte. »Was das Essen betrifft, so lautet meine Antwort: Nein.« Tomlinson blickte sie gefasst an und wollte etwas erwidern, aber sie fuhr schnell fort. »Heute Abend passt es mir nicht, aber was halten Sie von morgen Abend?«

Unversehens erschien ein breites Grinsen im Gesicht des Gerichtsmediziners.

»Sehr gerne, Detective.«

»Also gut, wir sehen uns morgen bestimmt vorher noch.

Ich wünsche Ihnen einen schönen Abend.« Heather wandte sich um und ging in Richtung des Fahrstuhls. Sie hörte Tomlinson ebenfalls noch eine Abschiedsfloskel sagen, dann stieg er in seinen Wagen ein. Als sich die Fahrstuhltüren öffneten, fuhr der Gerichtsmediziner aus der Tiefgarage davon. Heather sah ihm nach, atmete tief durch und stieg in den Fahrstuhl ein.

12

KONFRONTATION

08. DEZEMBER

WIEDER EINMAL MUSSTE Heather das gemeinsame Frühstück mit ihrem Vater ausfallen lassen. Aber der nahm es mit einem Schulterzucken und stoischer Ruhe zur Kenntnis. Der Anruf von Captain Sullivan war diesmal noch eindringlicher als sonst und es war ganz sicher nicht einfach nur ein Test. Sullivan sagte nur einen einzigen Satz, der Heather sofort signalisierte, worauf sie sich gleich gefasst machen musste. »Guten Morgen. Ihr Mann kommt in dreißig Minuten zu uns aufs Revier.«

Sie stellte auf dem Weg ins Büro neue Geschwindigkeitsrekorde auf und missachtete dabei alle geltenden Verkehrsregeln, was zum Glück im New Yorker Stadtverkehr nicht allzu sehr auffiel. Sie verzichtete darauf, den Fahrstuhl zu nehmen, und rannte die Treppen in den dritten Stock hinauf. Außer Atem stürmte sie an den Schreibtischen ihrer Kollegen vorbei, die sie mit argwöhnischen Blicken taxierten. Heather schenkte ihnen keine Beachtung. Schnell ließ sie das große Büro hinter sich und betrat das Dienstzimmer von Captain Sullivan.

»Er wird in fünf Minuten hier sein und er kommt nicht allein.« Sullivan nickte ihr zu und wies auf seine schwarze Ledercouch. Auf dem Tisch davor hatte er schon die Fallakte der Museumsmorde bereitgelegt.

»Der Commissioner?«, fragte Heather und schnaufte noch einmal tief durch.

Der Captain richtete seinen Krawattenknoten. »Alleine traut sich Ihr Gatte wohl hier nicht her. Ich bin gespannt, was die beiden uns gleich vortragen werden. Gibt es noch irgendetwas, dass ich wissen sollte? Haben Sie wieder versehentlich falsche Rufnummern gewählt?« Sullivan sah sie durchdringend an.

»Steht alles in der Akte. Keine weiteren fehlgeleiteten Anrufe getätigt, Sir.« Heather versuchte, ein optimistisches Lächeln aufzusetzen, aber sie war sich sicher, dass es nicht so wirkte wie erhofft.

»Gut. Gut. Dann wollen wir mal, da hinten kommen sie schon.« Sullivan konnte aus seiner Bürotür direkt auf den Fahrstuhl blicken, aus dem in diesem Moment zwei Männer traten. David, ihr Noch-Ehemann, ging vorweg, gefolgt von einem enorm voluminösen Mann. Er war beinahe so großgewachsen wie David, was ihn wie einen fleischgewordenen Berg erscheinen ließ. Commissioner Samuel Laughton, von allen Polizeibeamten New Yorks nur mit dem Spitznamen ›Sam the Sumo‹ bedacht. Er hatte graues, dünnes Haar, das ihm in längeren Strähnen auf der Stirn klebte. Seine kleinen Augen lagen tief in den Höhlen, die breite Nase über den wulstigen Lippen beherrschte das Gesicht. Sein Hemdkragen samt Krawattenknoten verschwand unter einem üppigen Doppelkinn. Die Kollegen im Großraumbüro warfen den beiden Männern überraschte, teilweise bewundernde Blicke zu. David Rollins war das Gesicht der Polizei der Stadt New York. Ein kometenhafter Aufstieg lag hinter ihm und es galt als sichere Wette, dass er in naher Zukunft selbst zum Commissioner der Stadt berufen werden würde.

Laughton hingegen galt als brillanter Kriminalist, er verdiente sich seine Lorbeeren in den siebziger und achtziger Jahren, als er mehrere Gewaltverbrechen aufklärte. David ließ den bulligen Mann an sich vorbei und als Ersten das Büro von Sullivan betreten.

»Guten Morgen, Ron, wie geht's dir?« Laughton streckte Sullivan seine rechte, prankenähnliche Hand entgegen.

»Danke, sehr gut. Dir hoffentlich auch, Sam?« Der Captain ergriff die Hand des Commissioners, die dieser gepackt hielt, als er David hinter sich hereinwinkte.

»Captain Rollins kennst du ja ebenfalls.«

»Sicher. Hallo David.« Sullivan löste seine Hand aus dem Griff Laughtons, vermied es aber, sie David entgegenzustrecken, sondern nickte diesem nur knapp zu.

»Guten Morgen.«

»Können wir uns unter sechs Augen unterhalten, Ron?«, fragte der Commissioner mit Seitenblick zu Heather.

»Detective Rollins ist die leitende Ermittlerin in diesem Fall. Von daher lautet die Antwort nein.« Sullivan sah den beiden Männern souverän ins Gesicht. »Nehmt doch bitte Platz. Möchte jemand Kaffee?«

»Danke, nein.«

Laughton ließ sich geräuschvoll auf die schwarze Ledercouch fallen und beanspruchte den gesamten Platz für sich. Heather und David setzten sich auf Stühle um den schmalen Tisch herum, während Sullivan seine Bürotür schloss und die Lamellen seiner Jalousien zudrehte. Dann nahm auch er Platz, genau zwischen David und Heather, die sich direkt gegenübersaßen.

»Lass es mich gleich direkt ansprechen, Ron«, Laughton

beugte sich nach vorne und sein riesiger Bauch hing zwischen seinen Beinen herab, »wie diese Ermittlungen bisher gelaufen sind, ist ein Desaster. Das wirft kein gutes Licht auf dein Revier und vor allem nicht auf das NYPD im Allgemeinen. Ich musste gestern schon dem Bürgermeister Rede und Antwort stehen.«

»Du verstehst sicherlich, wenn ich das ein klein wenig anders sehe, Sam.« Sullivan sah den massigen Commissioner ernst an. »Detective Rollins hat bisher alles sehr gut im Griff. Die Sache mit dem zweiten Mord war in keiner Weise erwartbar oder vorhersehbar. Aber auch hier haben wir bereits Verdächtige.«

Laughton blickte Sullivan mit einem geringschätzigen Blick an und drehte dann den Kopf zu Heather, bevor er weitersprach. »Alles im Griff? Ruft Detective Rollins deswegen die falschen Kollegen an und bindet so wertvolle Polizeikräfte, während sie im Trübem fischt?«

»Das Einzige, was hier trübe ist, scheint mir dein Urteilsvermögen zu sein«, erwiderte Sullivan ruhig. »Unsere Leute waren vorgestern anderweitig gebunden, weswegen ich Detective Rollins gebeten habe, ihre alten Kollgen hinzuzuziehen. Ich entschuldige mich hiermit nochmals in aller Form bei Captain Rollins für dieses Vorgehen. Aber ich bin mir sicher, er hat Verständnis für diese Situation.«

David sah Sullivan stumm an, ohne eine Miene zu verziehen.

»Wir haben alle Verständnis für diese Situation«, sagte Laughton, etwas säuerlich. »Aber trotzdem will ich jetzt schnelle Ergebnisse sehen. In wenigen Tagen beginnt das Weihnachtsspektakel in der Stadt, das Letzte, was wir brauchen, ist ein Serienkiller, der hier sein Unwesen treibt.«

Sullivan nickte Laughton zu. »Natürlich, es ist auch

unser Ziel, dies schnell zu beenden. Also, warum bist du hier, Sam?«

In den kleinen Augen des Commissioners blitzte es auf. »Ich möchte, dass du den Fall abgibst, Ron. An Captain Rollins. Er wird sicherstellen, dass wir schnell Ergebnisse haben, die wir dem Bürgermeister präsentieren können.«

»Du weißt, dass ich das nicht tun kann.«

»Und du weißt, dass ich es dir befehlen kann! Bei jedem anderen hätte ich es einfach verfügt. Aber weil ich dich kenne und sehr schätze, bin ich persönlich hier, um dich zu fragen. Also, wie lautet deine Antwort?« Laughton fixierte Captain Sullivan mit seinen kleinen Augen.

»Nein«, erwiderte dieser ruhig.

»Verdammt, Ron!« Die rechte Hand des Commissioners klatschte mit einem lauten Knall auf den kleinen Couchtisch, was diesen beinahe zusammenbrechen ließ. Auch Heather zuckte leicht zusammen. »Du beratungsresistenter Esel. Wieso musst du denn immer so ein Sturkopf sein?« Laughtons Stimme nahm nun an Kraft zu, seine Körperfülle diente ihm hervorragend als Resonanzkörper. Aber Sullivan saß weiterhin unbeeindruckt auf seinem Stuhl und strahlte eine tiefenentspannte Ruhe aus.

»War's das, Sam? Detective Rollins und ich haben heute noch einiges zu tun.«

Das Gesicht von Commissioner Laughton bekam eine rötliche Färbung und sein Hals schien den ohnehin viel zu engen Hemdkragen nun endgültig zu sprengen. Ehe es jedoch so weit kommen konnte, sprang David in die Bresche.

»Ron, so kommen wir doch nicht weiter. Der Commissioner und ich sind doch nicht zum Spaß hier. Es hat auch niemand vor, dir in die Suppe zu spucken. Fakt ist nun mal, dass diese Morde hohe Wellen schlagen und der Bürgermeister ein gesteigertes Interesse an einer schnellen Aufklärung hat. Wir sind nicht eure Feinde«, Davids Blick wanderte zu Heather hinüber, »im Gegenteil, wir sind Kollegen, die euch helfen wollen. Sam, ich meine der Commissioner, hat das eben ein wenig überspitzt ausgedrückt, weil er von Seiten der Politik unter großem Druck steht. Ist doch so, oder?« David sah Laughton fragend an, dessen Gesichtsfarbe sich wieder normalisiert hatte.

»Ja, ist es«, antwortete der Commissioner knapp. Es war für jeden offensichtlich, dass dies nicht der Plan war, den er im Hinterkopf hatte, als er das 42. Revier betrat, aber er fügte sich. Heather wusste um Davids Talent, dem Commissioner auch unliebsame Lösungen schmackhaft zu machen. Aber ihr schmeckte Davids Vorstoß ebenso wenig wie Laughton. Hilfesuchend drehte sie ihren Kopf zu Captain Sullivan, der sich mit der linken Hand das Kinn rieb. Kein gutes Zeichen, wusste Heather.

Er überlegt, Davids Vorschlag anzunehmen, dachte sie. *Alles, nur das nicht.*

»Warum denn nicht gleich so? Der Vorschlag von Captain Rollins klingt doch sehr vernünftig. Seine Hilfe ist mir jederzeit gerne willkommen.« Auch Sullivan beherrschte das Spiel von Zeit zu Zeit perfekt. Jetzt war einer dieser Momente, wo er für sich abgewogen hatte, dass es besser war, diese Kröte zu schlucken, als in Gefahr zu laufen, unter die Räder des Systems zu geraten. »Also, meinetwegen können wir sofort loslegen. Ich werde Captain Rollins über den Stand unserer Ermittlungen informieren.«

Der Commissioner warf David einen verstohlenen Seitenblick zu, den dieser mit einem Lächeln quittierte.

»Sehr gut. Entschuldige meine Aufregung, Ron. Du weißt ja, wie sehr ich mich in sowas reinsteigern kann. Haltet mich informiert über den Fortgang der Ermittlungen, alle beide, verstanden?« Laughton stemmte seinen massigen Körper in die Höhe. Sofort standen auch Heather und die beiden Captains auf. »An die Arbeit! Ich erwarte schnelle Ergebnisse.«

Nachdem der Commissioner das Büro verlassen hatte, setzte sich Sullivan wieder hin und zog sich die Akte über die Mordfälle heran. Dann sah er Heather an. »Detective, Sie können sich wieder an die Arbeit machen, während ich Captain Rollins ins Bild setze. Ich erwarte Ihren Bericht wie immer heute Abend.« Dann wandte er sich David zu. Dieser warf ihr noch einen kurzen Blick aus den Augenwinkeln zu, als sie das Büro verließ. Kaum hatte sie die Tür hinter sich geschlossen, huschte ihr ein Lächeln über die Lippen.

Sullivan, der alte Fuchs. Er hält mir David vom Hals, für eine Weile zumindest. Jetzt heißt es schnell sein.

Sie eilte zu ihrem Schreibtisch, wo Rico bereits auf sie wartete und sich die Zeit damit vertrieb, auf dem Whiteboard die Angaben zu den Verdächtigen zu ergänzen.

»Guten Morgen, Rico, wie sieht's aus, haben wir was Neues?«

»Morgen! Sag du es mir. Du bist doch diejenige, die sich mit der Führungsprominenz im Büro verschanzt.« Er klang beleidigt.

»Glaub mir, darauf hätte ich gerne verzichtet, sehr gerne sogar. Also, was hast du für mich?«

Der Puerto-Ricaner sah sie skeptisch an. »Das Alibi von meinem speziellen Freund hat sich leider als wahr erwiesen. Die zwei Frauen, die er genannt hat, haben unabhängig voneinander ausgesagt, dass sie die Nacht mit ihm verbracht haben.«

»Kein Grund, den Kopf hängen zu lassen«, sagte Heather lächelnd. »Sonst noch Neuigkeiten? Irgendwas über Falkenburg?«

Rico schüttelte entschieden den Kopf. »Gar nichts. Auch über seine Frau gibt es nur das Allernötigste zu erfahren. Aber dafür habe ich Erfolg mit dem Zettel gehabt, den wir bei Falkenburg gefunden haben.«

»Diese Zahlen-Buchstaben-Kombination?«

Rico nickte. »Ein Katalogisierungscode, der vom Met genutzt wird. Jedes Stück, das dem Museum gehört, bekommt so einen.«

Heather griff sich ihren Mantel vom Stuhl. »Worauf warten wir noch, lass uns zum Museum fahren, bevor …«, sie warf einen Blick zu Captain Sullivans Büro, wo David mit dem Rücken zur Tür über die Fallakten gebeugt saß, »uns noch jemand dazwischenfunken kann. Komm!« Mit schnellen Schritten stürmte Heather dem Ausgang entgegen. Rico eilte ihr hastig hinterher.

13

GEHEIMNISSE

LEICHTER SCHNEEFALL HATTE EINGESETZT. Die Straßen wurden allmählich immer weißer, wenngleich sich der meiste Schnee sofort in Matsch verwandelte, kaum als er auf dem Boden lag. Aber als Heather und Rico beim Museum eintrafen, war aus dem leichten Schneetreiben schon dichtes Gestöber geworden. Die Temperatur fiel unter den Gefrierpunkt und ein eiskalter Wind fegte durch die Häuserschluchten der Stadt. Als sie aus dem Auto stieg, stellte Heather ihren Mantelkragen auf und ging mit gesenktem Kopf die Treppenstufen zum Museumseingang hinauf. Das Metropolitan hatte heute wieder geöffnet. Die Spuren des grausamen Gewaltverbrechens an Direktor Hawkins in der großen Eingangshalle waren komplett beseitigt, aber die Brüstung war immer noch abgesperrt, damit sich kein Besucher an diese Stelle begeben konnte.

»Wonach suchen wir hier?«, fragte Rico, während er seinen Schal, den er in mehreren Windungen um den Hals gelegt hatte, langsam abwickelte.

»Du sagtest doch, auf dem Zettel stand ein

Katalogisierungscode der Museumssammlung. Wir werden uns jetzt jemanden suchen, der uns sagen kann, um welches Stück es sich handelt.«

Zielstrebig schritt Heather in Richtung der ägyptischen Ausstellung des Metropolitan. Die normalen Ausstellungsräume waren dem Publikumsverkehr geöffnet, nur der Tempel von Dendur war weiterhin gesperrt. Ohne darauf zu achten, öffnete Heather die Tür zum Sackler-Flügel und schaute sich suchend in dem Raum um. Er war nur schwach beleuchtet und trotz der riesigen Fensterfront kam an diesem wolkenverhangenen Tag nur wenig Licht herein. Auf der Freifläche rechts vom Tempel aus gesehen waren zahlreiche kleine Säulenvitrinen aufgestellt worden, Vorboten der kommenden Soiree, die Kenneth Barnes angekündigt hatte.

»Gibt es hier keinen Lichtschalter?«, hörte sie Rico hinter sich schimpfen.

Auf dem Vorhof des Tempels, zwischen Pylon und Sakralbau, erkannte Heather eine weibliche Silhouette.

»Miss Dempsey«, rief Heather einmal quer durch den Raum über den Pool hinweg. Die schemenhafte Gestalt zuckte kurz zusammen und rannte hastig in den Tempelbau hinein.

»Du scheinst sie erschreckt zu haben«, sagte Rico. »Kein gutes Zeichen für ein reines Gewissen.«

»Nein, absolut nicht«, erwiderte Heather. »Miss Dempsey, hier spricht Detective Rollins vom NYPD. Ich muss mit Ihnen sprechen, kommen Sie bitte heraus.« Während sie sprach, umrundete sie mit Rico den Pool und ging dann auf den Tempel zu. Durch die Glasfront konnte sie sehen, dass draußen auf den Straßen nun ein regelrechter Schneesturm tobte und es wurde immer finsterer in dem Ausstellungsraum. Aus dem Tempel gab es ein lautes Geräusch. Einen Knall. Instinktiv ließ Heather sich auf den Boden fallen und zog ihre Dienstwaffe aus ihrem Gürtelholster. Kurz darauf flammten die grellen Neonlampen an der Decke des Raumes auf. Heather kniff die Augen zusammen, sie sah eine Frau aus dem Tempel herauskommen. Erin Dempsey, die sich verwirrt umsah.

»Detective Rollins, ist alles in Ordnung?«, fragte die junge Frau besorgt.

Heather richtete sich auf und steckte die Waffe in ihr Gürtelholster zurück. Sie blickte zu Rico, der sich nach dem Knall ebenfalls flach auf den Boden geworfen hatte. Der Puerto-Ricaner sah misstrauisch zu Erin Dempsey hinüber, während diese durch den Pylon schritt und zu ihnen kam.

»Was war das für ein Knall?«, fragte er, als er wieder auf seinen Beinen stand.

»Meine Tasse ist mir heruntergefallen, als ich nach dem Lichtschalter gesucht habe. Entschuldigen Sie, falls ich Sie beide damit erschreckt haben sollte. Aber Sie haben mir auch einen ziemlichen Schrecken eingejagt«, fügte Erin Dempsey vorwurfsvoll hinzu. »Nach dem, was in den letzten Tagen hier geschehen ist, habe ich kein gutes Gefühl mehr, wenn ich hier alleine bin.«

»Verständlicherweise«, sagte Heather. »Wo ist Ihr Kollege, Kenneth Barnes, denn heute?«

»Er hat sich freigenommen, sagte, er müsse mal wieder den Kopf freibekommen. Sein Vertrag wurde gestern gekündigt. Sobald diese Ausstellung vorbei ist, wird er sich etwas anderes suchen müssen.« In Erin Dempeys Stimme lag ein Hauch von Bitterkeit.

»Der Arme. Nur sein Vertrag?«, hakte Rico nach.

Erin Dempsey zögerte einen Moment und blickte verlegen zu Boden. Schließlich sagte sie: »Ja. Mir wurde von Seiten des Museums eine Festanstellung angeboten. Als hauptamtliche Kuratorin für die altägyptische Ausstellung.« Die Augen der jungen Frau leuchteten auf.

»Meinen Glückwunsch«, sagte Heather kühl. »Dann hat es für Sie ja ein gutes Ende genommen.«

»Danke. Aber leider auf Kosten von Kenneth. Es tut mir schon leid für ihn, aber Sie verstehen doch sicherlich, dass ich diese Chance ergreifen musste, nicht wahr?«

»Selbstverständlich. Machen Sie sich bloß keine Vorwürfe, dieser Barnes hat es sicherlich auch nicht verdient, hierzubleiben«, erwiderte Rico mit leichter Schadenfreude in der Stimme.

Erin Dempsey erwiderte nichts auf Santiagos Bemerkung. Sie wandte ihren Blick wieder zu Heather.

»Was kann ich für Sie tun, Detective? Geht es immer noch um den Mord an Direktor Hawkins? Ich kann leider nichts anderes sagen, als ich Ihnen schon gestern gesagt habe: Ich war die Nacht alleine in meiner Wohnung.«

»Diesmal habe ich eine andere Frage, die Sie mir sicherlich beantworten können. Was bedeuten diese Zahlen und Buchstaben?« Heather zog den Zettel mit dem Code aus ihrer Tasche und hielt ihn Erin Dempsey hin.

Die Archäologin warf einen langen, leicht irritierten Blick darauf, dann antwortete sie: »Das ist der museumsinterne Katalogisierungscode. Jedes einzelne Stück bekommt so einen, sobald es in die Sammlung aufgenommen wird.«

Heather nickte ihr zufrieden zu. »Und können Sie mir auch sagen, wo ich das Stück finden kann, das diesen Code hier hat?«

»Im Keller. Wenn Sie Glück haben. Dieser Code ist schon etwas älter, das erkennt man daran, dass er mit einer ›7‹ beginnt, die Artefakte mit so einer alten Nummer schlummern hier alle in den Kellerräumen des Museums.

Hierfür wenden Sie sich am besten an den Archivar, Mr. Sanderson. Sein Büro ist im Erdgeschoss, direkt neben der großen Halle.«

Heather steckte den Zettel zufrieden wieder weg.

»Vielen Dank, Miss Dempsey. Und entschuldigen Sie, dass wir Sie erschreckt haben. Ich wünsche Ihnen viel Erfolg bei Ihrer neuen Aufgabe aus Kuratorin.« Heather wandte sich um und ging in Richtung des Ausgangs, stoppte aber nach einigen Schritten wieder. »Eine Sache noch: Wenn Sie Ihrem Kollegen Kenneth Barnes noch sehen sollten, dann richten Sie ihm doch bitte aus, dass er sich bei uns auf dem Revier melden soll. Vielen Dank.«

Nachdem Heather den Sackler-Flügel wieder verlassen hatte, ging sie mit Rico wieder zurück in die große Halle und fragte am Informationsschalter nach dem Archivar, den Erin Dempsey genannt hatte. So gelangten sie schnell zu dem richtigen Büro und traten sofort ein. Ein weißhaariger Mann, der gebeugt über seinem Schreibtisch saß, murmelte ein knappes »Moment noch«, während er zwischen seinen Fingern ein kleines Objekt kreisen ließ. Es sah aus wie eine Goldmünze, wenn auch etwas unförmig. Der Archivar hatte vor seinem rechten Auge ein Vergrößerungsglas geklemmt und begutachtete die Münze genau. Dann legte er sie beiseite und machte sich Notizen auf einem Block. Schließlich hob er den Kopf und musterte neugierig seinen Besuch, immer noch mit dem Vergrößerungsokular vor dem Auge.

»Sie wünschen?« Sandersons Stimme klang rau und kratzig. Ganz passend für jemanden, der sich vorwiegend in staubigen Archiven aufhielt. Heather schätzte das Alter des Mannes auf mindestens sechzig Jahre.

»Wir sind vom NYPD, Mr. Sanderson. Wir -«

»Natürlich«, unterbrach der Archivar sie, »das hätte ich

mir ja auch denken können. Furchtbar, was hier in den letzten Tagen geschehen ist. Ganz furchtbar.« Der alte Mann erhob sich von seinem Schreibtischstuhl und stellte dann verdutzt fest, dass er sein Okular noch vor dem Auge trug. Er legte es auf dem Schreibtisch ab und umrundete dann den Tisch. »Ich fürchte, das ist alles meine Schuld. Nehmen Sie mich fest!« Er streckte Heather beide Arme entgegen.

»Würden Sie uns das genauer erklären?«, fragte Heather verwundert und blickte etwas ratlos zu Rico, der auch nur mit den Schultern zuckte.

»Ich habe Professor Waterston vor drei Monaten eines der Artefakte des Museums überlassen. Nur zu Studienzwecken, versteht sich. Jetzt ist er tot. Auch Direktor Hawkins hat dasselbe Artefakt danach entnommen und er ist nun ebenfalls tot!« Sanderson atmete tief durch.

»Das macht Sie nicht zu einem Mörder, Mr. Sanderson.« Heather legte ihre Hand auf die immer noch ausgestreckten Arme des Archivars und drückte sie sanft nach unten. »Aber können Sie uns sagen, ob es sich bei dem Artefakt, welches Waterston und Hawkins entnommen haben, zufällig um dieses hier handelt?« Sie hielt dem Mann den kleinen Notizzettel mit dem Katalogisierungscode hin.

»Ja, das ist es«, erwiderte Sanderson verwundert nach einem Blick auf den Zettel. »Aber woher -«

»Können Sie uns dieses Artefakt zeigen?«, fragte Heather schnell.

»N-Nein. Es ist weg. Ich habe es vorgestern dem Direktor ausgehändigt. Warten Sie.« Der Archivar ging zu seinem Schreibtisch zurück und nahm eine braune Kladde in die Hand. Er schlug sie auf und hielt sie Heather entgegen. »Das ist mein Entnahmebuch. Immer, wenn ich einem Mitarbeiter des Museums ein Stück aus dem Archiv zu Studienzwecken mitgebe, vermerke ich es hier.« Er tippte mit dem Zeigefinger auf die Zeile, in der der Name von Direktor Hawkins stand. Heather verglich den Katalogisierungscode, den Sanderson in der Kladde vermerkt hatte, er stimmte mit dem Code auf dem Zettel überein. Entliehen am 6. Dezember. Einen Tag vor seinem Tod. Ein paar Zeilen darüber fand sie denselben Code noch einmal, diesmal war Waterston als Ausleiher eingetragen.

»Um was für ein Artefakt handelt es sich?«

»Es ist eine Steintafel, nur etwas größer als eine Ausgabe der New York Times.« Der Archivar zeigte die Größe mit seinen Händen an. »Sie stammt aus einer alten Ausgrabung aus den fünfziger Jahren. Kein besonderes Stück, es war niemals Teil einer unserer Ausstellungen, weswegen es schon seit Jahrzehnten im Archiv liegt. Irgendwann ist Professor Waterston darauf aufmerksam geworden.«

»Wissen Sie, ob Professor Waterston noch jemandem davon erzählt hat?«

»Natürlich. Er hat es dem Direktor erzählt, beide waren, kurz nachdem er es das erste Mal gesehen hatte, gemeinsam unten im Archiv. Außerdem war Herr Falkenburg ebenfalls mit Waterston im Archiv deswegen.«

»Hat sonst irgendjemand in den letzten Wochen nach diesem Stück gefragt?«

Der Archivar schüttelte den Kopf. »Niemand. Obwohl, das stimmt nicht ganz. Ich hatte gestern einen Anruf von Professor Falkenburg, der genau nach diesem Stück fragte.«

Heather warf Rico einen überraschten Blick zu. »Von wegen, er kann nichts damit anfangen. Er hat den Code sofort erkannt und ihn sich gemerkt.«

»Wie meinen?«, fragte der Archivar etwas verwirrt.

»Schon gut. Gibt es ein Bild von dieser Tafel?«, fragte Rico.

»Leider nein.«

Heather sah Sanderson prüfend an, dann wandte sie sich an Rico, der mit verschränkten Armen dastand und dabei aussah wie seine eigene Statue.

»Wir müssen herausfinden, was Hawkins mit der Totentafel gemacht hat.« - *Und zwar schnell*, fügte sie in Gedanken hinzu. Es war wahrscheinlich, dass David jetzt schon fertig war bei Captain Sullivan und sich selbst auf die Suche nach dem Täter machen würde. Früher oder später würden sich ihre Wege kreuzen und dann wäre es nicht mehr weit, bis ihr der Fall entzogen werden würde.

Sie überließen den Archivar seinem schlechten Gewissen und machten sich auf den Weg zum Ausgang des Museums.

»Du hattest recht«, sagte Rico. »Dieser Hawkins hat uns getäuscht. Er wusste von Anfang an, worum es eigentlich ging.«

»Ja, und nicht nur das. Er wusste auch ganz genau, dass Waterston sich nicht auf einer seiner üblichen Exkursionen befand. Trotzdem hat er sich still verhalten und das Verschwinden des Professors nicht gemeldet.« Heather dachte zurück an ihre erste Befragung des Direktors und erneut ärgerte sie sich, dass es ihr nicht aufgefallen war, dass der Direktor sie glatt angelogen hatte. Die Liste ihrer Patzer wurde immer länger.

»Warum hat er sich das Artefakt denn nicht einfach schon viel früher geholt? Er wusste, um welches es sich handelte und wo es lag.«

»Vielleicht hatte er zu viel Angst. Oder er hoffte, dass Waterston wieder auftauchen würde. Aber als die Leiche dann vor dem Museum auftauchte, wurde ihm klar, dass er das Artefakt wegschaffen musste.«

»Was ein Fehler war, wie wir wissen«, sagte Rico sarkastisch.

»Er muss befürchtet haben, dass der Mörder von dem Artefakt wusste, und hat es deswegen weggebracht.«

»Aber wohin?«

»Das werden wir rausfinden«, sagte Heather mit Nachdruck in der Stimme, obwohl sie sich in diesem Moment unsicherer als je zuvor fühlte. »Und wir werden uns Falkenburg auch noch einmal vornehmen.«

~

»Es war die ganze Zeit im Museum! Direkt vor deiner Nase und du hast es nicht gewusst? Wie dämlich bist du eigentlich?« Die Ohrfeige traf sie unvorbereitet. Sie machte einen Schritt zurück und rieb sich die Wange.

»Wie hätte ich das wissen können? Waterston hat doch erzählt, er hätte bei einer *›Ausgrabung‹* etwas entdeckt. Zumindest ist es das, was dein Stiefvater gehört und uns erzählt hat! Dass diese Ausgrabung bei uns im Keller stattgefunden hat, konnte doch keiner ahnen.«

»Zumindest der fette Direktor hat etwas geahnt. Und dieser Drecksack hat es aus dem Museum geschafft. Wer weiß, wo es jetzt ist?«

»Hättet ihr den Direktor nicht so vorschnell getötet, hätten wir es jetzt vielleicht schon in den Händen. Aber dein alter Herr musste ihm ja unbedingt vorher schon die Kehle durchschneiden.« Sie machte vorsichtshalber noch einen Schritt zurück, um einer weiteren Ohrfeige zu entgehen. Aber stattdessen erntete sie nur ein eiskaltes Lächeln, das ihr Blut in den Adern gefrieren ließ.

»Du hast recht. Er hat sich hinreißen lassen. Aber immerhin konnte ich später noch das hier aus dem Fettsack rausschneiden.« Sie betrachtete den Schlüssel, den sie aus dem Körper von Direktor Hawkins herausgeschnitten hatten. Ekel überkam sie, als sie daran dachte, wo der Schlüssel gesteckt hatte.

»Aber wir wissen nicht, wo er passt.«

»Oh, glaub mir. Es wird ein Kinderspiel, das herauszufinden. Überlass das ruhig mir.«

14

SPIESSRUTENLAUF

GEGEN MITTAG TRAFEN sie wieder auf dem Revier ein. Heather sah sich um, aber nirgends war Captain Sullivan zu sehen. Und David zum Glück auch nicht. Sie zog ihren Wintermantel aus und legte ihn über die Rückenlehne ihres Bürostuhls. Rico stellte sich sofort an das Whiteboard, auf dem die Fotos der Verdächtigen hingen und starrte eine Weile darauf. Dann nahm er das Bild von Hawkins und schob es in die Mitte der Tafel.

»Der Kerl ist der Schlüssel zu allem. Er wusste, dass etwas nicht stimmte, als Waterston zwei Monate lang nicht im Museum erschienen war. Und ebenso wusste er auch, warum dieser getötet worden ist. Also schnappte er sich das Artefakt und brachte es ... wohin?« Rico trommelte mit den Fingern seiner rechten Hand auf der Tafel neben dem Bild von Hawkins herum.

»Die Frage ist doch, warum hat er es nicht schon viel eher an sich gebracht? Ich nehme nicht an, dass er was mit dem Mord an Waterston zu tun hatte, aber er muss geahnt haben, dass etwas nicht stimmte, als dieser nicht mehr im

Museum erschien. Trotzdem hat er zwei Monate lang dagesessen und gewartet. Erst nach dem Auftauchen der Leiche hat er gehandelt und sich das Artefakt geholt.« Heather stützte sich mit den Ellenbogen auf ihren Schreibtisch und starrte konzentriert auf das Whiteboard. Es musste etwas Wichtiges geben, das sie bei dem Ganzen übersahen. Ihr Blick wanderte von den Fotos von Kenneth Barnes und Erin Dempsey weiter, bis er schließlich beim Namen *›Falkenburg‹* hängenblieb, von dem kein Foto aufzutreiben war. Sie schaltete ihren Computer ein und wartete einen Moment, bis der Startbildschirm aufleuchtete.

»Dieser Falkenburg wusste doch auch von dieser Totentafel, er hat sie sogar gesehen«, sagte Rico, als hätte er ihre Gedanken gelesen. »Und er hat den Archivar angerufen und danach gefragt, nachdem wir bei ihm waren. Vielleicht sollten wir ihm noch einen Besuch abstatten?«

Heather schüttelte den Kopf. »Ich glaube, das hilft uns im Moment nicht weiter. Wir müssen zuerst herausfinden, wo Hawkins die Tafel hingebracht hat. Danach kümmern wir uns um Falkenburg.« Sie startete ihr E-Mail-Programm. Zwei neue Nachrichten waren eingegangen. Eine von Captain Sullivan und eine von Tomlinson. Sie öffnete die Mail von Sullivan, die im Betreff einfach nur *›Rollins‹* stehen hatte und las:

Bin mit Ihrem Mann unterwegs zur Gerichtsmedizin. Danach werden wir zum Met fahren. Wir müssen heute Abend unbedingt noch reden, ich rufe Sie an.

Sullivan.

Der Captain war wie immer knapp angebunden. Aber in diesem Fall konnte Heather es gut nachvollziehen. Wahrscheinlich stand David noch bei ihm im Büro, als er die Nachricht schrieb. Heather öffnete die Nachricht von

Tomlinson mit dem Betreff *›Bericht‹*. Diese war sogar noch knapper als die Nachricht von Sullivan, aber trotzdem gab ihr Inhalt Heather neue Hoffnung.

»Hast du irgendwelche Ideen, was wir jetzt machen wollen?«, fragte Rico, der immer noch verkniffen auf die Tafel blickte.

»Schnapp du dir ein paar Kollegen von der Spurensicherung und nimm dir die Wohnung von Direktor Hawkins vor. Ich erwarte nicht, dass ihr die Tafel dort findet, aber vielleicht gibt es einen Hinweis, wo er sie hingebracht hat.«

»Okay. Und was gedenkst du zu tun?«

Heather lächelte Rico an. »Ich werde unserem Gerichtsmediziner einen Besuch abstatten.«

»Dann viel Spaß. Unter uns, ich habe den Verdacht, der gute Doktor hat ein Auge auf dich geworfen.«

»Ach wirklich?«, fragte Heather mit gespieltem Erstaunen. »Wie kommst du darauf?«

»So wie der dich immer ansieht, ist das doch unverkennbar.«

»Wenn du meinst. Los jetzt, wir müssen uns beeilen. Ich glaube nicht, dass wir noch viel Zeit haben, um an diesem Fall alleine weiterzuarbeiten und ich möchte so viele Ergebnisse wie möglich vorzuweisen haben, ehe ...«

»Ehe was?«, fragte Rico, der sich gerade wieder seinen Schal und seine Handschuhe genommen hatte.

»Es könnte gut sein, dass der Fall an das 31. Revier geht. Deswegen war der Commissioner heute Morgen hier. Er wollte uns den Fall entziehen, aber Sullivan hat erreicht, dass wir wenigstens noch gemeinsam daran arbeiten können. Aber ich glaube nicht, dass das lange Bestand hat, wenn wir nicht schnell Ergebnisse vorzuweisen haben.« Sie blickte Rico ernst an.

»Verstanden. Ich gebe mir Mühe.« Rico zwinkerte ihr zu, dann drehte er sich um und eilte aus dem Büro. Im Gehen zückte er sein Smartphone und telefonierte, um die Unterstützung für die Wohnungsdurchsuchung zu organisieren.

Heather schaltete ihren Computer wieder aus und wollte sich gerade ihren Mantel nehmen, als sich plötzlich drei Männer vor ihrem Schreibtisch aufbauten. Sie kannte die drei nur flüchtig vom Sehen, es waren ebenfalls Detectives hier in der Mordkommission. Sie wusste nur von einem den Namen, der Mann in der Mitte hieß Gonzalez. Die Männer betrachteten sie mit ernsten Mienen.

»Kann ich euch irgendwie helfen?«, fragte Heather kurz angebunden.

»Hm, lass mal überlegen, wie könntest du uns am besten helfen?«, fragte Gonzalez übertrieben nachdenklich. »Ich hab's: Verschwinde!«

»Wie bitte?« Heather legte ihren Mantel wieder auf ihren Stuhl ab und umklammerte die Rückenlehne mit beiden Händen.

»Schwerhörig, was? Du sollst abhauen«, sagte einer der anderen Männer, ein vollbärtiger Blonder mit Brille.

»Wir brauchen hier keine Kollegen, die andere Polizisten falsch beschuldigen und vor Gericht ziehen wollen, nur um von ihren eigenen Fehltritten abzulenken«, fügte der dritte Kerl hinzu.

Davids Werk, schoss es Heather durch den Kopf. Sie versuchte, betont ruhig zu bleiben, als sie antwortete: »Wo genau liegt euer Problem, Jungs? Habt ihr etwa Angst, eine Frau macht euren Job besser als ihr?«

»Wir wissen alle, was du besser kannst als wir«, erwiderte Gonzalez verächtlich. »Du hast dich nur hochgebumst, das ist alles. Aber jetzt ist dein Aufstieg vorbei, seit dein Mann dir auf die Schliche gekommen ist. Deswegen versuchst du, seinen Namen in den Schmutz zu ziehen.«

Wer hier wohl wen in den Schmutz zieht, dachte Heather. Aber es hatte wenig Sinn, mit drei Männern zu diskutieren, die ihre Abneigung ihr gegenüber offen zur Schau stellten.

»Gonzalez, richtig?«, fragte sie ruhig und blickte ihm fest in die Augen. »Wie wär's, wenn Sie und Ihre zwei Chauvi-Freunde sich jetzt erstmal wieder in die Höhle zurückziehen, aus der Sie herausgekrochen sind? Morgen früh können wir das Thema gerne noch einmal ausführlich mit Captain Sullivan besprechen.«

Der angesprochene Detective lachte verächtlich auf.

»Habt ihr das gehört, Leute? Die kleine Misses Ehebrecherin möchte uns zurechtweisen. Wahrscheinlich hat sie unserem Captain auch schon den Kopf verdreht, ich hab gesehen, wie er ihr Kaffee gebracht hat. Das ist doch deine Masche, nicht wahr?« Gonzalez sah sie mit herausfordernd aufgerissenen Augen an.

Heather trat hinter ihrem Schreibtischstuhl hervor und baute sich direkt vor Gonzalez auf, der nur knapp größer als sie war.

»Pass mal gut auf, ich sage das jetzt nur einmal. Verschwindet aus meinem Sichtfeld oder ich werde euch an den Eiern zusammenbinden und euch dann in den Fahrstuhlschacht werfen«, sagte Heather so schroff wie möglich.

Die beiden anderen Männer machten einen Schritt nach vorne, stellten sich neben Gonzalez auf und sahen sie bedrohlich an.

»Hey, alles in Ordnung hier?« Laurie Brannigan war links neben Heathers Schreibtisch aufgetaucht und beobachtete die Szene genau. »Geh mal lieber einen Schritt zurück, Gonzo, sonst kippt Heather noch nach hinten weg, wenn sie deinen Mundgeruch riechen muss.« Gonzalez drehte seinen Kopf zu Laurie hinüber. Die fügte eindringlich hinzu: »Ich meine es ernst. Haltet ein bisschen mehr Abstand, klar, Jungs?«

»Wir sehen uns noch«, sagte Gonzalez zu Heather und wandte sich dann ab. »Kommt, lasst uns was essen gehen.«

Als die drei Männer davontrotteten, atmete Heather einmal tief durch.

»Alles okay?«, fragte Laurie sie besorgt.

»Ja, keine Sorge. Mit den Kerlen wäre ich auch alleine fertig geworden, aber vielen Dank für deine Hilfe.«

»Worum ging es? Hast du Gonzalez den Parkplatz oder den letzten Donut geklaut?«

Heather lachte kurz auf. »Weder noch. Mein reizender Ex-Mann hat ihnen nur ein paar Lügen über mich erzählt und ist auf dankbare Zuhörer gestoßen.«

»Männer. So typisch. Die kommen doch alle vom Affenplaneten«, sagte Laurie verächtlich. »Lass dich von diesen Idioten nicht provozieren. Die sind den Ärger nicht wert.«

»Danke. Ich werde versuchen, das nächste Mal daran zu denken, auch wenn es manchmal schwerfällt.« Heather nahm ihren Mantel und warf ihn sich über den Arm. »Ich muss jetzt los. Noch mal danke, Laurie.«

»Warte, ich komme noch ein Stück mit. Ich will eh runter.«

Gemeinsam mit Laurie betrat Heather den Fahrstuhl. Sie drückte auf die Taste für den ersten Stock, wo sich die Gerichtsmedizin befand.

»Wie läuft es mit deinem Fall? Gibt es schon was Neues?«

»Es geht. Momentan sind wir dabei, die Ursache für die beiden Morde zu finden.«

»Ursache? Also das Motiv?«

»So ähnlich, es geht um einen Gegenstand aus dem Museum.« Der Aufzug stoppte. »Ich muss hier raus. Bis bald, Laurie.«

Heather verließ den Aufzug zügig und ging in Richtung der Gerichtsmedizin. In den Räumen war diesmal nur Tomlinson alleine, die Metalltische waren allesamt leer, was Heather irgendwie erleichterte. Der Gerichtsmediziner stand mit dem Rücken zur Tür und bemerkte ihr Eintreten nicht.

»Guten Tag«, sagte Heather, was Tomlinson erschrocken zusammenfahren ließ.

»Das wird langsam zur schlechten Angewohnheit von Ihnen, mich immer so zu erschrecken«, erwiderte Tomlinson lachend.

»Entschuldigen Sie, aber ich konnte nicht widerstehen. Kommt nicht wieder vor. Versprochen.« Heather blickte ihn fragend an. »Also, Sie haben in Ihrer E-Mail geschrieben, dass Sie noch etwas gefunden haben?«

Tomlinson nickte. »Captain Sullivan war vor einer Stunde hier, in Begleitung Ihres Mannes.«

»Sagen Sie ruhig Ex-Mann, das wird er bald sein«, sagte Heather nachdrücklich. »Haben Sie den beiden schon alles erzählt?«

»Ja - und nein.« Der Gerichtsmediziner sah sie ernst an.

»Wie darf ich das verstehen?«

»Nun, wäre Captain Sullivan alleine gewesen, hätte ich ihm bestimmt *alles* erzählt, aber durch die Anwesenheit Ihres ..., äh, vor Captain Rollins hielt ich es für angebracht, nicht alle meine Vermutungen kundzutun.«

»Vermutungen? Sie schrieben, Sie hätten etwas gefunden.«

»Ja, das habe ich, aber es ist nicht leicht zu beweisen, es könnte auch andere Gründe geben, daher erstmal nur eine Vermutung.«

»Okay, verstanden. Was vermuten Sie denn nun? Geht es um die Todesursache von Direktor Hawkins?«

»Nein, nicht ganz«, sagte Tomlinson und lehnte sich gegen einen Metalltisch in seinem Rücken. »Es sieht eher danach aus, als ob die Mörder ihn, nachdem er tot war, aufgeschnitten haben. Sie erinnern sich noch daran, wie ausgeweidet der arme Teufel war?«

Heather konnte sich nur zu gut an den Haufen Gedärme erinnern, der unter der Leiche im Museum lag. Sie nickte.

»Ich vermute», fuhr Tomlinson fort, »dass die Mörder das gemacht haben, weil sie etwas suchten. Es gibt mehrere Einstiche und Schnitte im Bereich der Speiseröhre und den Darmwindungen. Auch der Magen wurde geöffnet.«

»Sie glauben, dass Hawkins etwas verschluckt hat, bevor er das Museum betrat? Einen Schlüssel womöglich?«

»Genau das. Aber wie gesagt, es lässt sich schwer beweisen.«

»Und davon steht auch nichts in Ihrem Bericht?«

»Nein, kein Wort.«

Heather lächelte. »Sehr gut, dann machen wir uns jetzt auf den Weg.«

»Wir?«, fragte der Gerichtsmediziner verblüfft. »Wohin denn?«

»Na, wir wollten doch zusammen essen gehen«, sagte Heather und grinste den verdutzten Gerichtsmediziner an.

15

HOT DOGS

HEATHER KONNTE sich das Grinsen nicht verkneifen, als sie in das enttäuschte Gesicht von Tomlinson blickte. Der Gerichtsmediziner stand da wie ein begossener Pudel, als er mit seinem Hot Dog in der rechten Hand und Schnee in den Haaren unter dem Vordach des Krankenhauses stand.

»Mögen Sie Ihren Hot Dog nicht?«, fragte Heather und biss herzhaft in ihren hinein.

»Doch, es ist nur ... Ich hatte mir unsere Verabredung zum Essen eigentlich anders vorgestellt«, erwiderte Tomlinson etwas geknickt dreinblickend.

»Keine Angst, das ist nur ein vorgezogenes Essen«, sagte Heather und zwinkerte ihm aufmunternd zu. »Wir holen das mit dem Abendessen noch nach, versprochen. Betrachten Sie dies hier als kleinen Bonus.«

Tomlinson seufzte und biss ebenfalls in seinen Hot Dog. Er verzog das Gesicht.

»Was denn? Nicht gut?«

Der Gerichtsmediziner zwang sich, den Bissen

hinunterzuschlucken. »Nein, überhaupt nicht gut. Also, wenn das der Bonus sein soll … Das Brot ist sicherlich mehrere Tage alt und die Wurst … Ich wage gar nicht daran zu denken, aber das könnte wirklich Hund sein!« Er sah sie für einen Moment lang ernst an und brach dann in Gelächter aus.

»Sie haben recht, er schmeckt scheußlich«, sagte Heather mitlachend und entsorgte ihren Hot Dog in der nahestehenden Mülltonne. »Kommen Sie, lassen Sie uns einen Krankenbesuch machen.«

Tomlinson tat es ihr gleich und warf seinen Hot Dog auch in die Mülltonne. Dann folgte er ihr in den Eingangsbereich des Lenox Hill Hospitals. Das Krankenhaus war nach dem Viertel benannt, in dem es lag, und war eines der ältesten in New York City. Es war nur eine halbe Meile entfernt vom Metropolitan Museum gelegen, in der Upper East Side von Manhattan.

»Wem statten wir denn einen Besuch ab?«, fragte Tomlinson, während er seine Lederhandschuhe auszog und in seine Manteltaschen stopfte.

»Earl, der Nachtwächter aus dem Met, ist hier untergebracht. Ich konnte ihn gestern leider nicht befragen, daher hole ich das heute nach.«

»Verstehe, aber warum bin ich hier?«

»Weil ich dachte, es könnte nicht schaden, einen Arzt dabeizuhaben.« Heather lächelte Tomlinson an, dann ging sie zum Empfang und erkundigte sich, wo der Nachtwächter untergebracht war. Danach stieg sie gemeinsam mit Tomlinson in den Aufzug.

»Also, warum wollen Sie mich wirklich dabeihaben?«, hakte Tomlinson nach, als sich die Türen des Fahrstuhls schlossen.

»Ich bin zurzeit nicht die Aufmerksamste und mir entgehen einige Details, daher brauche ich jemanden, der ein scharfes Auge hat und dem ich vertrauen kann.«

Der Gerichtsmediziner sah sie überrascht an und hob die linke Augenbraue.

»Sie vertrauen mir?«

»Absolut«, erwiderte Heather mit Nachdruck. »Sie hätten die Sache mit meiner Panikattacke auch anders handhaben können, aber Sie haben es für sich behalten. Wofür ich Ihnen sehr dankbar bin. Außerdem vertraue ich Ihrem Urteilsvermögen.«

Tomlinson nickte ihr zu. Der Aufzug stoppte im fünften Stockwerk, sie stiegen aus und Heather ging den Flur nach rechts entlang, bis sie vor einem der Krankenzimmer stehen blieb. Die Tür stand einen Spalt weit offen. Sie schob die Tür nach innen hin auf und klopfte dabei gegen das Türblatt.

»Ja?«, kam eine unsicher klingende Stimme aus dem Zimmer.

Es war nur ein Bett in dem kleinen, in spartanischem Weiß gehaltenen Raum. Darauf lag der Nachtwächter aus dem Museum, er hatte einen Turban aus Verbandsmaterial auf seinem Kopf. Das obere Ende seines verstellbaren Krankenbettes hatte er fast vollständig hochgefahren und saß einigermaßen aufrecht in dem Bett. Mit halb erschrockenem Blick musterte er seinen unerwarteten Besuch.

»Hallo Earl. Wie geht es Ihnen? Kennen Sie mich noch?«, fragte Heather und trat an das Fußende des Bettes. Tomlinson hielt sich hinter ihr zurück.

»Guten Tag, Detective. Ja, ich kenne Sie noch, wir haben uns doch heute Nacht im Museum gesehen. Ich habe den

Toten auf der Straße entdeckt«, sagte der Nachtwächter leicht abwesend. »Ich sollte heute bei Ihnen vorbeikommen und Ihnen eine Liste mit allen Personen bringen, die einen Schlüssel zum Museum haben.«

»Das war vor drei Tagen, Earl. Wir haben uns in der Zwischenzeit aber erneut im Museum getroffen, gestern Morgen, erinnern Sie sich? Sie haben einen weiteren Toten gefunden, Direktor Hawkins. Sie wurden dabei vom Täter niedergeschlagen.« Heather warf einen Blick zurück zu Tomlinson, dann wandte sie sich wieder dem Nachtwächter zu und ging zum Kopfende des Bettes. Sie sah Earl direkt in die Augen, er hatte einen leicht glasigen Blick und er zwinkerte sehr häufig. Tomlinson nahm sich das Krankenblatt, das am Fußende des Bettes angehängt war, und studierte es eingehend.

»Ich ... Ich erinnere mich nicht. Alles, was ich weiß, ist, dass ich mir den Kaffee über die Hose geschüttet habe, nachdem Sie in mein Büro gestürmt sind und ... und -« Earl verstummte und fasste sich mit beiden Händen an den immensen Kopfverband.

»Retrograde Amnesie«, las Tomlinson vor. »Als Folge eines harten Schlages auf den Kopf. Ihm scheinen zwei volle Tage seiner Erinnerungen zu fehlen.« Der Gerichtsmediziner hing das Krankenblatt wieder an das Bettgestell zurück.

»Na toll«, brummte Heather. Sie wandte sich noch einmal an den Nachtwächter. »Earl, es ist ein weiterer Mord passiert, diesmal direkt im Museum, in der Eingangshalle. Sie müssen etwas bemerkt haben, der Mörder hat Sie niedergeschlagen. Versuchen Sie, sich an etwas zu erinnern, es ist sehr wichtig.«

Der Nachtwächter kniff beide Augen zusammen und legte die Hände an die Schläfen. Dann blähte er seine

Wangen auf. Es wirkte, als wollte er seine Erinnerung herauspressen.

»Das bringt nichts«, sagte Tomlinson, der leicht amüsiert einen Blick auf Earl warf. »So einfach werden seine Erinnerungen nicht wieder zurückkommen. Es kann Wochen oder sogar Monate dauern, bis die wiederkommen. Qui vivra, verra.«

»So viel Zeit habe ich nicht. Earl, was ist? Können Sie sich an irgendwas erinnern?«

Der Angesprochene atmete kräftig aus, wie nach einer großen Anstrengung. Er schüttelte den Kopf, den er sich aber kurz darauf wieder mit schmerzverzerrtem Gesicht hielt. »Tut mir leid, Detective, aber da ist nichts.« Er blickte zu Tomlinson. »Herr Doktor, gibt es denn keine Möglichkeit, meine Erinnerung schneller wiederzubekommen?«

»Leider nicht. Es hilft nur Ruhe. Wenn Sie Ihre Arbeit im Museum wieder aufnehmen, kann es sein, dass die Erinnerungen plötzlich wiederkommen.«

»Verdammt«, fluchte Heather leise.

»Tut mir wirklich sehr leid«, stammelte Earl kleinlaut.

»Ja, mir auch. Wenn Ihnen doch noch etwas einfallen sollte, rufen Sie mich an. Würden Sie das tun, Earl?« Heather reichte ihm eine ihrer Visitenkarten. »Egal was, jedes noch so kleine Detail könnte wichtig sein. Verstanden?«

Der Nachtwächter nickte eifrig. »Verstanden, Detective.«

»Gut. Dann lassen wir Sie mal wieder alleine.« Heather wandte sich um und verließ den Raum. Tomlinson verharrte noch einen Augenblick am Fußende des Bettes und verabschiedete sich dann. »Erholen Sie sich gut.«

Vor der Zimmertür wandte sich Heather an Tomlinson. »Und? Was ist Ihre Meinung?«

Der Gerichtsmediziner überlegte kurz, bevor er antwortete: »Schwer zu sagen. Ein Gedächtnisschwund ist nichts Ungewöhnliches nach einem Schädel-Hirn-Trauma. Es kann natürlich auch nur eine Schutzbehauptung sein, er wirkte auf mich irgendwie … verängstigt.«

Heather nickte ihm zu. »Dasselbe habe ich auch gedacht. Er wirkte auch kein bisschen überrascht, als ich ihm erzählt habe, dass Direktor Hawkins tot ist.«

»Sie glauben, er kennt den Täter und deckt ihn?«

»Oder er arbeitet mit ihm zusammen.« Heather zog ihr Smartphone aus der Innentasche ihres Mantels. »Ich werde eine Überwachung unseres Freundes hier veranlassen.«

Vor dem Krankenhaus verabschiedete sich Heather von Tomlinson, der wieder zurück in die Gerichtsmedizin musste. Da sie schon in der Nähe war, beschloss sie, noch einmal ins Met zu gehen. Vielleicht würde sie dort Sullivan und David treffen, aber das war ihr im Moment ganz recht. Sie musste wissen, ob David schon von dem verschwundenen Artefakt wusste.

Der Schneefall hatte nachgelassen, nur vereinzelt schwebten noch ein paar Flocken zu Boden. Die Straßenmeisterei New Yorks war derweil anscheinend mit allen zur Verfügung stehenden Leuten ausgerückt. Etliche Männer waren damit beschäftigt, die weiße Pracht schnellstmöglich von den Gehsteigen und Straßen zu entfernen. Trotzdem benötigte sie bis zum Metropolitan Museum keine zehn Minuten zu Fuß. Von der Park Avenue bog sie auf die 79th Avenue ab, die beinahe direkt bis vor das Museum führte. Als sie die 5th Avenue erreichte, klingelte ihr Telefon. Ein Blick auf das Display zeigte Ricos Nummer.

»Hast du was gefunden?«, fragte Heather sofort, als sie das Gespräch entgegennahm.

»Negativ. Es sei denn, du nennst es eine Entdeckung, dass der Kerl Pizzakartons in allen Größen gesammelt hat. Aber eine schöne Wohnung hat er, ich blicke direkt auf den Central Park. Vielleicht sollte ich mal beim Vermieter nachfragen, ob ich die haben kann, ich meine, die steht jetzt ja leer und -«.

»Vergiss es, Rico. Das kannst du dir nicht leisten«, sagte Heather. Sie stand jetzt beinahe direkt vor dem Metropolitan Museum, auf der entgegenliegenden Straßenseite. Gerade rechtzeitig, um zu sehen, wie Captain Sullivan und David die Stufen des Haupteingangs hinabgingen.

»Mag sein, aber der Ausblick wäre mir schon einiges wert. Hast du denn von deinem Verehrer etwas Neues erfahren?«

»Er vermutet, dass der Direktor vor seinem Tod etwas verschluckt hat, einen Schlüssel womöglich, und ihn der Mörder deswegen so ausgeweidet hat.« Heather beobachtete, wie Sullivan und David in dessen Dienstwagen stiegen und davonfuhren.

»Einen Schlüssel?«, hörte sie Rico fragen. »Vielleicht von einem Bahnhofsschließfach? Ich habe zwischen den Pizzakartons auch eine Fahrkarte der Metro gefunden, wenige Stunden vor seinem Tod gekauft!« Er klang jetzt aufgeregt.

»Es gibt aber keine öffentlichen Bahnhofsschließfächer mehr in New York seit 9/11, Rico.«

»Doch, ein Bahnhof bietet noch welche an«, sagte Rico und Heather konnte ihn dabei förmlich grinsen hören.

»Und das wäre wo?«, fragte sie ungeduldig.

»Penn Station.«

»Wo ist die Wohnung von Hawkins?«, fragte Heather hastig.

»Keine fünf Minuten vom Met entfernt.«

»Gut, ich bin gerade vor dem Museum. Komm vorbei und hol mich hier ab, wir fahren zur Penn Station.«

16

PENN STATION

Noch während sie im Auto waren, telefonierte Heather mit Laurie Brannigan. Als IT-Beamtin des Reviers konnte sie auf die Überwachungskameras von öffentlichen Orten wie der Penn Station zugreifen. Heather nannte ihr den Zeitstempel von Hawkins' Fahrkarte und ließ die Aufzeichnungen der Bahnhofskameras jeweils zwei Stunden vor und nach der angegebenen Zeit nach dem Direktor durchsuchen. Sie hörte Laurie im Hintergrund eifrig tippen und hin und wieder auch leise fluchen. Rico lenkte den Dienstwagen derweil durch die verstopften Straßen, die ein schnelles Vorankommen durch den wieder einsetzenden Schneefall erschwerten. Auch nachdem Rico ein Blaulicht auf dem Dach des zivilen Dienstwagens setzte und mit laut heulender Sirene ausscherte, kam er nicht wirklich besser voran. Heather hielt sich das linke Ohr zu und drückte die Lautstärkeregelung ihres Smartphones auf die höchste Stufe, um zu verstehen, was Laurie ihr erzählte.

»... Gleisbereich ist nichts von ihm zu sehen. Warte, ich

wechsele noch mal in den Bereich der Fahrkartenautomaten.«

»Vielleicht hast du mehr Glück, wenn du es gleich bei den Schließfächern versuchst«, schrie Heather in das Mikrofon des Telefons, um die Sirene zu übertönen.

»Hey, schrei nicht so, ich höre noch gut«, erwiderte Laurie lachend. »Sag Ricochet, er soll die Sirene ausschalten. Das bringt doch in New York um diese Uhrzeit sowieso nichts, außer ... Hey, wen haben wir denn hier?«

»Hast du Hawkins gefunden?«

»Und ob ich das habe, in voller Lebensgröße. Er hat sich einen Schokoriegel gekauft. Hershey's, wenn ich das richtig sehe. Ich bin immer wieder begeistert, wie gut die Auflösung unserer neuen Kameras ist.« Laurie schnalzte mit der Zunge.

»Vergiss die Schokolade, hat er eine Tasche oder einen Koffer dabei?«, fragte Heather ungeduldig.

»Ja, hat er. Einen braunen Aktenkoffer. Wenn ich dichter ranzoome, kann ich dir sogar sagen, welcher Hersteller.« Offensichtlich war Laurie schwer begeistert von den technischen Möglichkeiten der Überwachung.

»Mir reichts, wenn du mir sagen kannst, wo er hingeht.«

»Kommt sofort. So, hier geht er weiter und dann - Bingo. Der gute Mann geht zu den Schließfächern, hier gibt es leider keine Kameras mehr, warte, ich schalte mal in den Schnellvorlauf. Da kommt er wieder heraus, aber er hat den Koffer noch immer dabei.«

»Er kann die Tafel auch so in das Schließfach gelegt haben«, mutmaßte Heather. »Vielen Dank für deine Hilfe, Laurie. Du hast was gut bei mir!«

»Immer gerne«, sagte Laurie. »Viel Glück.«

Heather beendete das Gespräch. Rico hatte es mittlerweile geschafft, sich über eine arg verstopfte

Kreuzung zu drängen, mittels Einsatz der Sirene und ständigem Hupen.

»Wie lange noch?«, fragte Heather.

»Wir sind gleich da. Keine zwanzig Minuten und das bei dem Verkehr und Schneetreiben. Ich sollte Taxifahrer werden.«

»Nur, dass die kein Blaulicht zur Verfügung haben.«

»Hey, nimm mir nicht meine Illusionen«, lachte Rico. »So, da wären wir. Pennsylvania Station, alle aussteigen bitte.«

Er lenkte den Dienstwagen ruppig halb auf den Bürgersteig vor dem Eingang des Bahnhofs. Heather sprang aus dem Wagen und rannte durch den immer weiter anschwellenden Schneefall hindurch in den Bahnhof hinein.

Der Eingangsbereich der Penn Station war, wie gewöhnlich um diese Uhrzeit, hoffnungslos überfüllt. Bei der Pennsylvania Station, im Volksmund immer nur Penn Station genannt, handelte es sich um einen Durchgangsbahnhof, in dem verschiedene Metro-Linien und Züge von drei Eisenbahngesellschaften Station machten. Außerdem gab es einen direkten Durchgang von der Penn Station zum Madison Square Garden, der auf dem alten Gelände des vor beinahe fünfzig Jahren abgerissenen alten Bahnhofsgebäudes errichtet worden war und nun direkt über den unterirdischen Gleisanlagen thronte.

Heather drängte sich zwischen den Menschenmassen hindurch in Richtung des Schließfachbereiches, des einzigen, den es in New York City nach den Anschlägen noch gab. Dieser wurde allerdings von einem privaten Unternehmen betrieben. Sie drehte sich kurz um, um nach Rico zu sehen, fand in dem Gedränge allerdings keine Spur von dem nicht gerade großgewachsenen Puerto-Ricaner.

Sie eilte weiter, bis sie bei der Schließfachstation ankam. Sofort ging sie zu einem der Mitarbeiter der Schließfachfirma. Es war aufgrund der strengen Sicherheitsvorschriften nicht mehr möglich, ein Gepäckstück inkognito einfach in ein Schließfach zu legen. Alle mussten sich mit Namen anmelden, um einen Schließfachschlüssel zu erhalten. Heather hoffte, dass Hawkins keinen Decknamen verwendet hatte.

»Name?«, fragte ein sichtlich gelangweilter, pickelgesichtiger Kerl mit einem ungepflegten Vollbart sie. Ohne zu antworten, zog Heather ihre Dienstmarke hervor und hielt sie dem Bartträger vors Gesicht. »Oh«, sagte der nur. »Noch jemand. Lassen Sie mich raten. Hawkins, richtig?« Beim Grinsen entblößte er seine unappetitlich gelben Zähne, wobei noch die Reste seiner letzten Mahlzeit zu sehen waren.

»Richtig«, sagte Heather leicht perplex und steckte ihre Marke wieder ein. »Wer war noch hier?«

Der Bärtige zeigte mit dem Finger zu den Schließfächern. »Ein Kollege von Ihnen, der müsste noch bei den Fächern sein.«

»Verstehe«, sagte Heather. »Ich werde dann mal zu ihm gehen.«

»Ganz wie Sie wollen«, erwiderte der Mann und blickte sie anzüglich lächelnd an. »Darf ich Sie was fragen? Gibt's einen Kalender vom NYPD, wo ich Sie im Bikini bewundern kann? Sie sehen rattenscharf aus.« Ein widerliches, schmieriges Grinsen wurde zwischen den speckigen Barthaaren sichtbar.

Heather wandte sich um. »Nein, aber es gibt einen, wo Sie ihn bewundern können!« Sie nickte lässig mit dem Kopf in Richtung von Rico, der gerade hinter dem Kerl auftauchte. Verwirrt drehte der Mann sich um.

»Alles klar, Kumpel?«, fragte Rico sofort.

»Öhem, ja. Ich wollte Ihrer Freundin -«

»Sie haben gerade einen Detective des New York Police Departments sexuell belästigt, ist Ihnen das klar, Mann?«, fragte Rico barsch. »Name?«

Der Bärtige begann zu stottern und blickte panisch um sich.

Heather grinste nur, nickte Rico zu und ging weiter in den abgetrennten Schließfachbereich. Sie bog um die Ecke und sah einen Gang mit einer langen Reihe von zweistöckigen Schließfächern vor sich. Niemand sonst war hier. Sie ging einen Gang weiter, auch hier war niemand. Bevor sie den dritten Gang erreichte, klingelte ihr Handy. Schnell friemelte sie dieses aus ihrer Hosentasche heraus. Sie sah Lauries Namen im Display und drückte sie weg, als auch schon ein Mann um die Ecke gerannt kam und sie grob zur Seite gegen einen der Schließfachschränke stieß. Sie prallte mit dem Rücken gegen den Stahlschrank und verlor das Gleichgewicht. Sie sah den Mann nur von hinten beim Weglaufen. Er trug eine blaue Jeans, eine braune Jacke und einen schwarzen Rucksack. Außerdem hatte er eine weiße Baseballmütze aufgesetzt. Schnell sprang Heather wieder auf die Beine und rannte dem Flüchtenden hinterher.

»Rico«, brüllte sie, so laut sie konnte. »Halt ihn auf!«

Aber es war bereits zu spät. Als Heather wieder um die Ecke zum Eingang des Schließfachbereichs bog, sah sie nur noch, wie der Mann am Angestellten vorbei über den Tisch sprang, dabei Rico zu Boden streckte und schnell in der Menschenmenge verschwand. Schnell zog sie Rico wieder auf die Beine.

»Schwarzer Rucksack, weiße Kappe«, sagte sie gehetzt und rannte los.

»Holen wir uns den Kerl.«

Gemeinsam bahnten sie sich ihren Weg durch die Menschenmassen. In einiger Entfernung erkannte Heather eine weiße Kopfbedeckung, die sich in Richtung der Amtrak-Züge bewegte. Ihr Telefon klingelte erneut. Wieder Laurie. Diesmal nahm sie das Gespräch entgegen, während sie sich weiter so schnell wie möglich durch die Menge drängte.

»Ja?«

»Was ist los bei dir? Ich kann dich sehen, wohin läufst du?«, fragte Laurie.

»Es war schon jemand bei den Schließfächern. Er hat sich als Polizist ausgegeben. Wir verfolgen ihn.«

»Beschreibung?«

»Eine weiße Kappe, braune Jacke, blaue Jeans und ein schwarzer Rucksack. Läuft in Richtung der Amtrak-Gleise.«

»Moment, den hab ich gleich.« Laurie klang hochkonzentriert. »Da ist er. Gleis sieben, der Zug fährt gerade ein.«

»Danke.« Heather steckte das Handy ein. Sie sah nach Rico, der etwa zwanzig Meter von ihr entfernt durch die Menge pflügte. »Gleis sieben!«, brüllte Heather ihm zu. Er gab ihr ein Handzeichen, dass er sie verstanden hatte. Sie erreichte die Treppen, die zu den Gleisen herabführten, rechts neben der Treppe gab es eine Rolltreppe, die im Schneckentempo mit zusammengepferchten Menschen abwärts fuhr. Die Treppe war dahingegen verhältnismäßig leer, am Fuß der Treppe erspähte Heather den Mann von den Schließfächern. Er drehte sich gerade um und blickte nach oben. Als er sie sah, legte er die Hand an den Mützenschirm, wie zum Gruß. Heather erkannte ihn sofort. Es war Kenneth Barnes. Schnaufend kam Rico neben ihr an, auch er entdeckte Barnes sofort.

»Ich wusste es«, presste er hervor. »Holen wir ihn uns.«

Mit einem lauten Pfeifen fuhr der angekündigte Zug auf Gleis sieben ein. Heather und Rico hatten den Weg die Treppe hinab gerade zur Hälfte zurückgelegt, als die Fahrgäste aus dem haltenden Zug strömten. Barnes zwängte sich zwischen die herausdrängenden Reisenden, schien aber schnell zu merken, dass er es nicht schaffen würde, in den Zug zu kommen. Er drehte sich um zu Heather und Rico, die nun beinahe am Fuß der Treppe angelangt waren.

Heather sah, wie er den Rucksack vom Rücken nahm und etwas herausholte.

»Eine Waffe! Der hat eine Waffe«, schrie eine Frau, die direkt neben Barnes auf dem Bahnsteig stand.

Dann ging alles sehr schnell. Panikartig drängten die Menschen weg vom Bahnsteig, zur Treppe hin. Die Massen kamen auf Heather und Rico zu. Heather versuchte, die Menschen zu beruhigen, hielt ihre Dienstmarke hoch und rief »NYPD«, aber da feuerte Barnes einen Schuss in die Luft ab. Von da an gab es kein Halten mehr, das Schreien der Menschen nahm Orkanstärke an und alle schoben und stießen sich ohne Rücksicht auf Verluste die Treppe hinauf. Heather wurde zurückgedrängt und stürzte schließlich nach hinten weg. Mehrere Menschen trampelten auf ihre Beine und ihre Arme, ein Knie traf sie im Gesicht. Sie war benommen, aber ehe sie noch weiter malträtiert wurde, hoben sie zwei Arme hoch und rissen sie zum Treppenrand zurück.

»Alles okay?«, hörte sie Ricos Stimme wie durch Watte hindurch fragen. Es dauerte einen Moment, bis sie wieder klarwurde. Immer noch rannten Menschen von Panik getrieben vom Bahngleis weg, die Treppe hinauf. Heather hörte Frauen weinen, Kinder brüllen und Männer schreien.

Ein weiterer Schuss brach und kam von den Wänden des Bahnhofs wie ein Donnerhall zurück. Sie blickte die Treppe hinauf, am oberen Absatz konnte sie einige Männer und Frauen in der vertrauten blauen Uniform des NYPD erkennen, aber diese hatten keine Chance, schnell nach unten zu gelangen. Sie assistierten den flüchtenden Menschen und sorgten dafür, dass niemand, so wie Heather, buchstäblich unter die Räder kam.

»Los, komm. Wir müssen ihn schnappen.« Sie zog ihre Glock 19 aus ihrem Schulterholster und verschaffte sich dadurch und mit Ellenbogeneinsatz genügend Platz, um am Rand der Treppe nach unten auf den Bahnsteig zu gelangen. Dieser war nun beinahe völlig entvölkert. Am Ende des bereitstehenden Zuges konnte Heather Barnes laufen sehen.

»Wo will der Verrückte denn hin?«

»Er will auf die Gleise, in den Tunnel«, rief Heather. »Schnell hinterher.«

Sie rannten, so schnell es ihre Beine zuließen am Zug entlang. Barnes hatte das Ende des Zuges bereits erreicht, sprang vom Bahnsteig auf die Gleise hinab und spurtete dann weiter in den Tunnel hinein. Heather war schneller als Rico, der nun schon ein gutes Stück hinter ihr zurücklag und heftig am Schnaufen war.

»Beeil dich, Rico, sonst entkommt er uns.« Sie hatte den letzten Zugwaggon passiert und sprang ebenfalls in das Gleisbett hinab. Sofort lief sie weiter in die Schwärze des Eisenbahntunnels vor ihr. Hinter sich hörte sie Rico fluchen, als er in das Gleisbett stürzte. Ohne weiter auf ihn zu achten, preschte sie mit der Waffe im Anschlag in den Tunnel hinein. Augenblicklich wurde es dunkel um sie herum, es dauerte einen Moment, bis sich ihre Augen an die Finsternis gewöhnten. In einiger Entfernung sah sie vereinzelte Notbeleuchtungen, die zu verschiedenen Notausgängen und Servicezugängen gehörten. Wenn Barnes es in einen von ihnen schaffen würde, wäre es schwer, ihm noch zu folgen. Sie verringerte ihr Tempo und lauschte in die Dunkelheit hinein. Von hinten hörte sie lautes Schnaufen. Rico kam mit schweren Schritten in den Tunnel hinein. Ein Geräusch zu ihrer Rechten ließ sie herumfahren, aber es war zu spät. Ein wuchtiger Faustschlag traf sie im Gesicht. Sie stürzte zu Boden, wurde aber sofort an den Haaren gepackt und wieder auf die Beine gezogen.

»Du blöde Schlampe«, zischte Kenneth Barnes sie an. »Ich mach dich fertig.«

Normalerweise hätte Heather irgendetwas versuchen müssen, um sich zu wehren. Aber als Barnes die ersten Worte gesprochen hatte, hörte sie nicht mehr seine Stimme, sondern die von David. Es waren dieselben Worte, die er damals benutzt hatte, mit derselben Verachtung ausgesprochen. Auch David hatte vor, sie *›fertigzumachen‹*, es wäre ihm auch geglückt, aber irgendwann hatte er von alleine von ihr abgelassen. So viel Glück würde sie jetzt wohl nicht haben. Die Panikattacke war so stark wie lange nicht mehr, sie war nicht fähig, eine Hand zu rühren, geschweige denn zu sprechen.

»Beweg dich, verdammt«, brüllte Barnes und zerrte an ihr. Aber sie sank langsam wie ein nasser Sack zu Boden. »Steh auf«, schrie Barnes.

»Waffe fallen lassen«, dröhnte Ricos Stimme durch die Schwärze des Tunnels. Aber Heather konnte seine Silhouette sehen, die sich vor dem Restlicht des Tunneleingangs deutlich abzeichnete. Sie wollte ihn warnen, aber brachte kein Wort über ihre Lippen. Auch

Barnes sah die Gestalt. Er feuerte seine Pistole mehrmals ohne Vorwarnung ab.

Heather wollte schreien, als sie Rico zusammenbrechen sah, aber es gelang ihr nicht. Eine Träne lief ihre Wange hinab. Barnes zerrte weiterhin an ihr und fluchte, als es ihm nicht gelang, sie wieder auf die Beine zu stellen.

»Blödes Miststück!« Er schlug ihr mit dem Griffstück der Waffe auf den Hinterkopf. Absolute Schwärze umfing sie.

Lautes Schreien, Schüsse und eine wohlbekannte Stimme holten sie wieder zurück.

Als sie die Augen wieder aufschlug, befand sie sich immer noch in der Finsternis des Eisenbahntunnels. Sie lag mit dem Kopf auf einer Schiene. Nur mühsam gelang es ihr, ihren Körper wieder zu kontrollieren und sich vorsichtig aufzurichten.

»Waffe fallen lassen, wird's bald«, hörte sie David im Befehlston sagen. Als Antwort brachen zwei Schüsse. Heather konnte das Mündungsfeuer sehen, es war in einiger Entfernung von ihr, in der Nähe eines Notausgangs.

Weiteres Mündungsfeuer blitzte auf, diesmal von der entgegengesetzten Tunnelseite aus abgefeuert. Sie hörte Barnes aufschreien. Dann riefen mehrere Stimmen »Zugriff!« und etliche Taschenlampen flammten auf. Die Schritte von unzähligen Polizisten hallten durch den Tunnel, zwei Männer kamen zu ihr gelaufen, einer kniete sich neben ihr hin.

»Alles in Ordnung? Sind Sie verletzt?«

»N-Nein, aber Rico …« Sie blickte zum Tunneleingang zurück und konnte sehen, wie mehrere Leute sich über Rico beugten.

»Meine Kollegen sind bei ihm. Kommen Sie.« Der Mann, ein Polizist in der dunkelblauen Uniform der

Notfalleinsatzeinheit des NYPD reichte ihr eine Hand und half ihr auf die Beine.

»Ich übernehme, Officer.« David tauchte wie aus dem Nichts neben dem Beamten auf und nickte ihm zu. Der lief sofort weiter in den Tunnel, wo seine Kollegen mit Kenneth Barnes beschäftigt waren.

»Das hast du ja prima hinbekommen«, sagte David schroff zu ihr. »Ein verdammter Tumult, das ist genau das, was die Stadt jetzt gebraucht hat. Hast du eine Ahnung, was oben vor dem Bahnhof los ist? Die Pressemeute steht schon bereit, um uns in der Luft zu zerreißen. Die reden schon wieder von einer Terrorattacke.«

Heather wandte sich um und wollte zu Rico, wurde aber von David am Oberarm gepackt.

»Wo willst du hin?«

»Zu meinem Kollegen«, sagte sie und riss sich los. Ihr Herz hämmerte wild in ihrer Brust, als sie bei Rico ankam. Er lag bereits auf einer Trage, bereit zum Abtransport.

»Hey, alles klar bei dir?«, fragte er schwach hustend, als er sie sah. Die Männer, die ihn eigentlich gerade wegbringen wollten, warteten noch einen Moment.

»Bei mir schon, was ist mit dir?«, fragte sie besorgt, als sie den bereits durchgebluteten Verband um seinen Bauch sah, auf den Rico seine Hand presste.

»Das wird schon wieder«, gab er hustend zurück. »Hauptsache, wir haben den Arsch gefasst.« Er hustete stärker.

»Bringt ihn raus hier, schnell«, sagte einer der Männer an der Trage bestimmt. Rico hob die andere Hand zum Abschied, ließ sie aber schnell wieder sinken. Heather blickte ihm noch einen Moment nach.

»Die hast du verloren.« David stand hinter ihr und hielt ihre Dienstwaffe in der Hand. Sie wollte danach greifen, aber er zog sie weg. »Das war's mit diesem Fall für dich. Ab sofort ist das mein alleiniger Fall. Ich denke, du kannst froh sein, wenn die dich nicht rausschmeißen.«

»Wir werden sehen«, erwiderte sie schmallippig und schnappte sich ihre Waffe.

17

FALSCHE FÄHRTE

David hatte nicht untertrieben. Vor dem Eingang zur Penn Station, der durch die Polizei abgeriegelt worden war, hatte sich ein ganzes Heer von Pressevertretern aufgebaut. Heather beachtete die Meute nicht und sah dem Krankenwagen hinterher, der gerade mit Rico an Bord mit Blaulicht und Sirenengeheul davonfuhr. Sie legte den Kopf in den Nacken und blickte in den düsteren Abendhimmel, von dem immer noch zarte Schneeflocken herabrieselten.

»Rollins?«

Sie drehte sich herum und sah Captain Sullivan in einem dicken Wintermantel mit einer Fellmütze auf dem Kopf hinter sich stehen. Sein Blick verhieß nichts Gutes.

»Hallo Captain.«

»Sie haben uns ganz schön Ärger eingebrockt.« Er stellte sich neben sie. »Der Bürgermeister hat bereits angeordnet, dass ab sofort das 31. Revier den Fall übernimmt. Wir sind raus. Endgültig.«

»Aber das ist nicht fair! Wir haben hier nur eine Spur verfolgt, es war nicht vorherzusehen, dass dies so enden würde.« Hinter ihnen wurde es plötzlich laut, die Journalisten riefen aufgeregt durcheinander. Aus der Penn Station kamen mehrere Polizisten, unter anderem auch David, der sich selbstsicher den Fragen der Journalisten stellte und äußerst souverän und sachlich über die Lage aufklärte.

»Nach allem, was wir im Moment wissen, ist er mit hoher Wahrscheinlichkeit ein Einzeltäter gewesen. Es wurden drei Zivilisten leicht verletzt und ein Police Officer wurde angeschossen. Der Täter ist tot.«

Sofort, nachdem David eine Pause machte, schwoll die Lautstärke unter den Reportern wieder an, Heather konnte kein Wort verstehen.

»Da steht er, unser kommender Commissioner. Es wird nicht mehr lange dauern, bis er Sam auf seinem Stuhl nachfolgt, das ist sicher«, sagte Sullivan, der die Szene ebenfalls aufmerksam verfolgte. Dann blickte er Heather an. »Sie hätten mir vorher Bescheid geben müssen, als Sie wussten, dass der Direktor hier bei den Schließfächern etwas deponiert hat. Dann hätte es nicht so enden müssen.«

»Wie endet es denn jetzt? Werde ich suspendiert?«

Sullivan schüttelte den Kopf. »Nicht, solange ich noch etwas zu sagen habe. Aber trotzdem werde ich Sie für die nächste Zeit an Ihren Schreibtisch verbannen.«

»Sir! Ist das Ihr Ernst? Ich kann -« Sie verstummte, als der Captain seine rechte Hand hob.

»Das gefällt mir genauso wenig wie Ihnen, glauben Sie mir. Aber in der jetzigen Situation bleibt mir keine Wahl. Kommen Sie, wir fahren zum Revier, Sie müssen Ihren Bericht schnellstmöglich schreiben, um den anderen zuvorzukommen. Unterwegs können Sie mir noch ausführlich erzählen, wie die Sache sich hier zugetragen hat. Dann überlegen wir uns das weitere Vorgehen.«

. . .

Auf der Fahrt zum 42. Revier erzählte Heather dem Captain alles bis ins kleinste Detail, was sich seit dem Vormittag zugetragen hatte. Sullivan hörte aufmerksam zu, ohne auch nur ein Wort zu verlieren. Nachdem sie das Revier erreicht hatten und in den Büroräumen ankamen, ließ der Captain zuerst nach Tomlinson und Laurie Brannigan schicken. Während Heather an ihrem Platz wartete, zog sich Sullivan zum Telefonieren in sein Büro zurück. Nachdenklich starrte Heather auf die Tafel neben ihrem Schreibtisch, ihr Blick blieb auf dem Foto von Kenneth Barnes haften.

»Hey, ist alles in Ordnung bei dir?« Heather drehte sich zur besorgt dreinblickenden Laurie Brannigan um. »Ich wollte dich vorhin noch anrufen, um dich zu warnen, dass die Kollegen vom 31. Revier ebenfalls auf dem Weg zur Penn Station waren. Meine Schuld.« Sie senkte den Blick zu Boden.

»Ich habe nur leichte Kopfschmerzen. Aber Rico wurde angeschossen. Was meinst du damit, du bist schuld, dass David dort auftauchte?«

»Meine Anfrage nach den Daten der Überwachungskameras. Das geht zwar relativ schnell, aber es werden mehrere Personen informiert, damit sich niemand unbefugterweise Zugriff auf die Daten verschafft. In diesem Fall wurde das zuständige Revier informiert, dass ich mir Zugang erbeten habe, also …«

»Ich verstehe«, unterbrach Heather Lauries Entschuldigung. »Macht nichts. Im Gegenteil. Wenn David nicht gekommen wäre, dann wäre Barnes uns sicherlich entkommen. Und wer weiß, ob ich noch am Leben wäre.«

»Also haben Ex-Ehemänner doch noch was Gutes«, scherzte Laurie halbherzig. Heather gab darauf keine

Antwort, sie warf Laurie nur einen etwas missgestimmten Blick zu.

»Ähem, was hältst du davon, wenn ich uns mal einen Kaffee organisiere?« Laurie zeigte zur Kaffeemaschine. »Bin gleich zurück.« Heather sah der Brünetten hinterher, als sie plötzlich eine Hand auf ihrer Schulter spürte.

»Ist alles gut bei Ihnen? Ich habe die Nachrichten gesehen, es scheint ja hoch hergegangen zu sein, in der Penn Station.« Tomlinson nahm die Hand von ihrer Schulter und stellte sich vor die Tafel.

»Kann man so sagen«, erwiderte Heather niedergeschlagen. »Ich hatte wieder eine Panikattacke, deswegen wurde mein Partner angeschossen.« Sie wusste nicht, warum, aber sie musste es jemandem sagen und sie hatte das Gefühl, dass sie damit bei Tomlinson an der richtigen Adresse war.

Der Gerichtsmediziner betrachtete sie einen Moment lang eingehend.

»Haben Sie es dem Captain gesagt?«

»Nein. Dann könnte ich meine Marke genauso gut sofort abgeben.«

»Vielleicht wäre das am -« Tomlinson stoppte, als die Tür von Sullivans Büro schwungvoll aufgerissen wurde.

»Rollins, Brannigan, Tomlinson! In mein Büro. Sofort!«

Heather ging zusammen mit Tomlinson in das Büro, Laurie folgte mit zwei Kaffeetassen in der Hand schnell nach. Eine davon reichte sie Heather, als sie im Büro standen.

»Hinsetzen«, blaffte Sullivan in einem Tonfall, der keinerlei Widerspruch duldete. »Zuerst einmal eine gute Nachricht: Ich habe mit dem Krankenhaus gesprochen, in das unser Kollege Santiago eingeliefert wurde. Er wird es schaffen, sagen die Ärzte.«

Heather atmete erleichtert aus, ein großer Stein fiel ihr vom Herzen.

»Aber was mache ich jetzt mit Ihnen?«, fuhr Sullivan fort. Er stellte sich direkt vor dem Gerichtsmediziner auf. »Tomlinson, Sie hätten mir und Captain Rollins Ihren Verdacht, dass der tote Direktor einen Schlüssel verschluckt hatte, ebenfalls mitteilen müssen. Sie können es sich nicht aussuchen, wem Sie Informationen zukommen lassen und wem nicht.« Der Captain warf Heather einen bösen Blick zu, dann ging er einen Schritt zur Seite und blickte nun direkt auf Laurie. »Und Sie, Brannigan, was fällt Ihnen ein, ohne mich vorher in Kenntnis zu setzen, einfach auf die Daten von öffentlichen Überwachungskameras zuzugreifen? Ihnen muss doch klar sein, dass so etwas schnell die Runde macht!«

»Es ist meine Schuld, Captain«, sagte Heather schnell, ehe Sullivan mit seiner Wutrede weitermachen konnte. »Ich habe Laurie gebeten, die Daten zu sichten. Ich habe ihr gesagt, dass ich mich um alles Weitere kümmern würde. Und ich habe es auch versäumt, Ihnen und Captain Rollins vom Verdacht von Dr. Tomlinson zu erzählen. Er hat es mir gesagt und darauf vertraut, dass ich Ihnen diese Information weitergeben würde.«

Sullivan baute sich mit verschränkten Armen nun direkt vor Heather auf und musterte sie mit kritischem Blick.

»Ist das so?«, fragte er laut und ließ seinen Blick von Heather zu Laurie und Tomlinson wandern. Niemand antwortete. »Also ist das alles ganz allein Ihr Versäumnis, Detective Rollins?«

Heather hob den Kopf und sah Sullivan fest in die Augen. »Ja, Sir. Das ist es.«

Der Captain atmete einmal tief durch. »Wenn das so ist:

Tomlinson und Brannigan, Sie dürfen gehen.« Er blickte die beiden an. »Jetzt!« Hastig standen der Gerichtsmediziner und die Polizistin auf und gingen zur Tür.

Sullivan wartete noch, bis die Tür hinter Laurie Brannigan ins Schloss fiel, bevor er sich wieder an Heather wandte.

»Was soll ich jetzt mit Ihnen machen? Unter diesen Umständen kann ich Sie unmöglich im Dienst belassen, das ist Ihnen doch klar? Die Sache mit den Überwachungskameras hätte ich noch hingebogen bekommen, aber das mit den Informationen von Tomlinson ... Sie haben eigenmächtig und verantwortungslos gehandelt.« Sullivan sah sie ernst an. »Normalerweise mag ich sowas, das wissen Sie. Deswegen wollte ich Sie in meinem Revier haben. Ich brauche Detectives, die ihren eigenen Kopf haben. Aber trotzdem müssen Sie wissen, wann es besser ist, diesen auch einmal zum Denken zu benutzen!«

»Sir, ich habe nachgedacht«, antwortete Heather mit Nachdruck. »Ich ging davon aus, es wäre auch in Ihrem Interesse, dass wir alles tun, um diesen Fall alleine aufzuklären, ohne das 31. Revier.«

»Oh, das ist es. Oder besser, das war es«, sagte Sullivan. »Jetzt, da der Hauptverdächtige tot ist, gibt es wohl bald keinen Fall mehr.« Er wandte den Blick von Heather ab und sah an ihr vorbei durch das Fenster seiner Bürotür. »Es sei denn ...«

Sofort drehte Heather sich um und folgte seinem Blick. Sie erblickte David, der mit schnellen Schritten auf das Büro von Sullivan zusteuerte. Er trug den schwarzen Rucksack von Kenneth Barnes über der rechten Schulter. Ohne zu klopfen, betrat er das Büro von Sullivan.

»Hallo Ron. Heather.« David nickte beiden kurz zu.

»David, was kann ich für Sie tun?«, fragte der Captain höflich.

»Mir sagen, was hier gespielt wird, wäre ein guter Anfang.« David nahm den Rucksack ab und warf ihn auf den Schreibtisch.

Heather sah den Captain fragend an und öffnete dann den Reißverschluss des Rucksacks. Erstaunt holte sie zwei Bündel mit Hundert-Dollar-Noten hervor.

»Was soll das bedeuten?«, fragte Sullivan.

»Das sind zehntausend Dollar«, sagte David. »Ganz nett, aber ich hatte erwartet, etwas anderes zu finden. Zum Beispiel dieses Artefakt aus dem Museum, von dem in eurer Fallakte immer die Rede war.«

»Wäre es möglich, dass Hawkins diese Steinplatte verkauft hat?«, fragte Sullivan an Heather gerichtet.

»Nein«, sagte sie. »Zumindest nicht für so wenig Geld. Diese Artefakte sind Millionen wert, besonders diese Steinplatte, die auf einen noch viel wertvolleren Gegenstand hinweisen soll. Hawkins war Experte, er wusste das. Er hätte sie nie verkauft.«

»Wie kommen dann zehntausend Dollar in sein Schließfach?«

»Es kommt noch besser«, sagte David und lächelte gehässig. Er zog eine Plastikkarte aus seiner Hosentasche. Zuerst dachte Heather, es wäre eine Kreditkarte, aber dann erkannte sie das Logo der Penn Station auf der Karte.

»Eine Schlüsselkarte«, entfuhr es ihr.

»Genau. Passend für die Schließfächer in der Penn Station. Ich kann mir beim besten Willen nicht vorstellen, wie der Direktor diese Karte verschluckt haben sollte.« David blickte Heather herausfordernd an. »Ich bin gespannt auf deine These.«

Sie wandte ihren Blick ab und betrachtete den Rucksack auf Sullivans Schreibtisch.

Dann hob sie den Kopf wieder und sah David direkt in die Augen.

»Dieser Rucksack gehörte ja auch nicht dem Direktor. Auf dem Überwachungsvideo ist zu sehen, wie er mit einem Aktenkoffer zu den Schließfächern ging. Jemand anderes muss diesen Rucksack dort eingelagert haben.«

David nickte. »Sehr richtig. Ich habe mich, im Gegensatz zu dir, erst einmal mit den Geschäftsbedingungen dieser Schließfachfirma vertraut gemacht«, sagte er höhnisch. »Quasi Polizeiarbeit, Lektion eins.« Er ging ein paar Schritte im Büro umher. »Es gibt eine Marktlücke. Seit 9/11 darf es in New York ja keine öffentlich nutzbaren Schließfächer an Bahnhöfen, Flughäfen und so weiter geben, wie ihr sicherlich wisst. Deswegen hat sich dieser private Anbieter an der Penn Station eingemietet, um Reisenden, vorzugsweise Touristen, diesen Service trotzdem anzubieten. Aber es gibt gewisse Auflagen von Seiten der Stadt. Eine davon besagt, dass die Höchstdauer der Einlagerung maximal sechs Stunden betragen darf. Aus Sicherheitsgründen.«

»Aber dann kann unmöglich Hawkins diesen Rucksack dort deponiert haben«, sagte Sullivan.

»Korrekt.« Davids selbstgefälliges Grinsen wurde immer breiter. »Ich war so frei und habe mir die Überwachungsvideos von heute angesehen. Wie es aussieht, hat unser Toter den Rucksack heute Morgen selbst in die Schließfächer gelegt. Unter dem Namen Hawkins. Der Mitarbeiter konnte sich sehr gut an ihn erinnern.« Er blickte Heather an. »Und jetzt noch einmal meine Frage: Was wird hier gespielt?«

Sie sah David ernst an. »Das bedeutet, der Mörder von

Professor Waterston und Direktor Hawkins befindet sich immer noch auf freiem Fuß.«

»Wie kommst du darauf? Dieser Barnes hat immerhin deinen Partner angeschossen und dich hätte er vermutlich kalt gemacht, wenn ich nicht rechtzeitig im Tunnel gewesen wäre. Er hatte sicherlich das Potential, um Mörder zu sein.«

»Mag sein. Aber er hatte auch ein wasserdichtes Alibi für den Zeitraum, in dem Hawkins ermordet worden ist. Am besten lässt du erst einmal das Konto von Kenneth Barnes auf verdächtige Ein- oder Auszahlungen überprüfen. Quasi Polizeiarbeit, Lektion zwei. Vielleicht gibt das ja etwas mehr Aufschluss.« Sie lächelte.

»Und vergessen Sie nicht die Waffe«, fügte Sullivan hinzu.

Mit grimmiger Miene schnappte David sich den Rucksack und warf die beiden Geldbündel wieder hinein.

»Ihr kommt mir besser bei meinem Fall nicht mehr in die Quere. Ron, ich kann mich doch darauf verlassen, dass ich bis morgen früh alle Unterlagen diesen Fall betreffend zugeschickt bekomme? Einschließlich von Detective Rollins‘ heutigem Bericht?«

Der Captain nickte. »Selbstverständlich, schon in Arbeit.« Er gab Heather ein Zeichen. Sie verstand, nickte zurück und verließ sofort das Büro und ging zu ihrem Schreibtisch.

Es dauerte nur wenige Augenblicke, dann verließ auch David Sullivans Büro. Er ging an ihrem Schreibtisch vorbei, blieb dann aber abrupt stehen und drehte sich zu ihr um.

»Das ist noch nicht vorbei, Heather. Ich hoffe, darüber bist du dir im Klaren? Ich werde eine Dienstaufsichtsbeschwerde gegen dich und dieses Revier einreichen.«

»Konzentrier dich lieber auf deinen Fall, David. Und

freu dich auf Post von meinem Anwalt. Ich seh dich dann vor Gericht!« Sie starrte ihn feindselig an.

Wutentbrannt und ohne ein weiteres Wort zu sagen, stampfte David davon. Heather beachtete ihn nicht mehr. Sie begann ihren Bericht über den Einsatz zu schreiben.

»Rollins?«, hörte sie die Stimme von Captain Sullivan hinter sich.

»Ja, Sir?«

»Vielleicht kommen Sie doch noch um eine Suspendierung herum. Aber wir haben nicht viel Zeit. Versuchen Sie, den Schlüssel zu finden, von dem Tomlinson glaubt, dass Hawkins ihn verschluckt hat.«

Überrascht sah Heather ihren Vorgesetzten an. »Wie denn? Wir ermitteln nicht mehr offiziell in dem Fall, dachte ich.«

»Das stimmt«, sagte Sullivan. »Aber wenn dieser Arsch, entschuldigen Sie den Ausdruck, unser Revier anzeigen will, dann werden wir ihm beweisen, dass wir den Fall schneller lösen werden als er.«

18

DER SCHLÜSSEL

Es war tatsächlich ganz einfach, ausfindig zu machen, wo sich das Schließfach für den Schlüssel, den Direktor Hawkins verschluckt hatte, befand. Es ging eben nichts über gute Kontakte. Aber der Zugang zu dem Schließfach würde sich nicht so einfach bewerkstelligen lassen, nicht, ohne dabei gesehen zu werden. Und das galt es in jedem Fall zu vermeiden. Vor allem jetzt, wo das NYPD glaubte, mit Kenneth Barnes den Mörder geschnappt zu haben. In dessen Wohnung waren noch weitere Beweise zu finden, die auch die letzten Zweifel beiseite wischen würden, wer Waterston und Hawkins getötet hatte. Alles war nach Plan verlaufen. Dafür hatte sich die Geduld der letzten Monate gelohnt. Das NYPD hatte seine Schuldigkeit getan. Jetzt galt es nur noch sicherzustellen, dass niemand mehr weiterbohrte. Bei Captain David Rollins bestand diesbezüglich keine Gefahr, er hatte seinen Täter und damit den schnellen Fahndungserfolg, der ihm so wichtig war. Aber ob Sullivan und Heather Rollins einfach so Ruhe geben würden, das war noch nicht sicher. Hierfür würde sich aber auch eine schnelle, saubere Lösung finden lassen, sollte es nötig werden.

»Was machen wir jetzt?« Die Frage klang, als ob ein quengeliges Kleinkind sie gestellt hätte. »Da können wir doch nicht einfach rein, so nützt uns der Schlüssel doch gar nichts, wenn -«

»Halt die Klappe«, kam die barsche Antwort. »Ich versuche nachzudenken. Es gibt immer einen Weg, das habe ich dir doch nun schon oft genug bewiesen. Ich werde auch diesmal eine Lösung finden, wie wir an diese verdammte Steintafel herankommen.«

»Aber wie? Und wann? Wir können doch nicht noch länger warten.«

»Sicher können wir das. Nun haben wir alle Zeit der Welt. Die Ermittlungen werden bald eingestellt werden, wenn Rollins unseren Freund Kenneth der Öffentlichkeit als Mörder präsentiert. Damit wird der Fall erledigt sein.«

»Da irrst du dich. Das Museum wird wissen wollen, was aus ihrem Eigentum geworden ist. Die werden der Sache nachgehen und vielleicht führt sie das hierher und dann ...« Ein böser Blick ließ Erin Dempsey verstummen. Die Archäologin auf dem Beifahrersitz senkte den Kopf.

»Du machst dir zu viele Sorgen, Erin. Überlass das ruhig mir. Du kümmerst dich einfach weiter um deine Ausstellung im Met, allem anderen werde ich mich annehmen.«

Erin nickte und blickte noch einmal zu dem Gebäude vor ihnen, dann wurde das Auto gestartet und fuhr los.

»Da bist du ja endlich!« Sie hatte kaum ihre Wohnung betreten, als ihr Vater auch schon vor ihr stand und sie in den Arm nahm.

»Ich habe mir solche Sorgen gemacht. Ich habe David in den Nachrichten gesehen, als er von dieser Schießerei in der Penn Station erzählte und dass ein Polizist angeschossen worden ist. Ich habe schon mit dem Schlimmsten gerechnet.«

Heather löste sich aus der Umarmung ihres Vaters. »Dad, es ist alles in Ordnung, wie du siehst. Warum hast du mich denn nicht angerufen, wenn du dir solche Sorgen gemacht hast?«

»Ich habe auf dem Revier angerufen, aber die konnten mir keine nähere Auskunft geben. Deine Mobilnummer habe ich doch nicht! Aber das ist ja auch egal jetzt. Du bist wieder hier.«

Sie lächelte ihren Vater an. »Ja. Und ich bin ziemlich hungrig. Also, falls du eventuell eine Kleinigkeit ...«

»Setz dich schon mal hin, kommt sofort«, sagte ihr Vater erleichtert und stürmte in die Küche davon.

Nachdem sie ihren Mantel an die Garderobe gehängt hatte, ging Heather ins Wohnzimmer, wo ihr Blick zuerst an der Couch hängenblieb. Der Kater von Waterston hatte es sich dort gemütlich gemacht und blinzelte nur einmal kurz, als er Heather bemerkte. Er schien sich schon völlig eingewöhnt zu haben.

»So, hinsetzen. Es gibt die besten Steaks in ganz New York - leider vielleicht etwas kalt.«

Bevor Heather etwas erwidern konnte, ertönte die Haustürklingel. Sie drehte sich herum und sah ihren Vater fragend an.

»Ich erwarte niemanden, Ehrenwort.« Er hob die rechte Hand.

Es klingelte ein weiteres Mal, ehe Heather die Haustür erreichte und durch den Türspion blicken konnte. Überrascht öffnete sie sofort die Tür, als sie sah, wer dort im Flur stand.

»Tomlinson?«

»Guten Abend. Ich hoffe, ich störe Sie nicht?«

»Woher wissen Sie, wo ich wohne?«

»Der Captain hat mir Ihre Adresse gegeben. Kann ich kurz reinkommen? Es dauert auch nicht lange, versprochen.«

Heather zog die Tür ganz auf und ließ den Gerichtsmediziner eintreten.

»Also, was gibt es so Dringendes?«

»Der Captain war vorhin noch kurz bei mir. Er hat mir erzählt, dass die Schließfächer bei der Penn Station mit einer Magnetkarte arbeiten und nicht mit einem normalen Schlüssel. Ob ich mir sicher wäre mit meiner Vermutung, den Schlüssel betreffend.«

»Und sind Sie es?«, fragte Heather.

»Natürlich. Ich habe mir extra noch einmal den Hals von Hawkins angesehen. Es gibt keinen Zweifel, er hat einen Schlüssel verschluckt.«

Heather verschränkte die Arme. »Aber Sie sind doch nicht nur deswegen gekommen, um mir das zu sagen?«

Tomlinson kratzte sich am Kopf. »Nein, da ist noch etwas. Sullivan hat mich gefragt, ob mir bei Ihnen etwas aufgefallen ist, er macht sich Sorgen um Ihren Gesundheitszustand.«

Heather kniff ihre Augen zu Schlitzen zusammen und sah Tomlinson streng an.

»Was haben Sie ihm gesagt?«

»Nichts. Kein Wort natürlich«, entgegnete dieser schnell. »Aber ehrlich gesagt, bin ich mir nicht sicher, ob das nicht vielleicht ein Fehler war. Sie haben mir selbst erzählt, dass es Ihre Schuld war, dass Santiago angeschossen worden ist, weil Sie aufgrund der Panikattacke nicht eingreifen konnten.« Er sah sie ernst an.

»Es wäre im Moment vielleicht wirklich das Klügste, wenn Sie sich erst einmal darauf konzentrieren, völlig gesund zu werden.«

»Hey, das Essen wird kalt! Kommst du gleich?«, rief ihr Vater aus dem Wohnzimmer.

»Oh, ich wusste nicht, dass Sie Besuch haben«, sagte Tomlinson verwundert.

»Mein Vater«, sagte Heather. »Hören Sie, ich weiß Ihre Sorge um mich wirklich zu schätzen, aber ich werde mich nicht jetzt vom Dienst abmelden. Noch nicht. Erst will ich diesen Fall zu Ende bringen.«

»Gibt es denn noch einen Fall für Sie? Klang vorhin nicht ganz danach.«

»Wie Sie gerade eben sagten: Es gibt einen Schlüssel. Wenn wir diesen finden, können wir den Fall wieder aufnehmen, ohne Davids Einmischung, der ja sicher ist, mit Barnes den Richtigen erledigt zu haben.«

Ihr Vater kam in den Flur. »Wie wär's, wenn du deinen Gast zum Essen einlädst, dann könnt ihr dabei weitersprechen.« Er ging auf Tomlinson zu und streckte ihm die Hand entgegen. »Guten Abend, ich bin Tyler Bishop, Heathers Vater. Sie sind ein Kollege?«

»Freut mich, Sir. Ich bin Gerichtsmediziner, Stuart Tomlinson.«

»Die Freude ist ganz meinerseits, Stuart.« Heathers Vater schüttelte dem schmalen Gerichtsmediziner die Hand so stark, dass dieser im Oberkörper mitwippte. »Los, hängen Sie Ihren Mantel auf und kommen Sie rein.«

Tomlinson blickte etwas überrumpelt aus der Wäsche, aber schließlich zog er seinen Mantel aus. »Ich möchte Ihnen aber keine Umstände machen.«

»Ach, ganz im Gegenteil. Alleine schaffen Heather und ich es niemals, die ganzen Steaks zu verdrücken.« Ihr Vater lachte und ging den Flur zurück in Richtung Küche. »Ich decke schnell noch für unseren Gast auf, Heather, hab solange ein Auge auf Herkules, der schielt schon verdächtig gierig auf die Steaks!«

»Wer ist Herkules, Ihr Hund?«, fragte Tomlinson, während sie ins Wohnzimmer gingen.

»Nein, eine Katze. Eigentlich gehört er unserem ersten Mordopfer, ich habe ihn nur vorübergehend bei mir aufgenommen, aber mein Vater hat ihm gleich einen Namen verpasst und würde ihn gerne behalten.«

»Schönes Tier«, sagte Tomlinson, als er die Katze auf der Wohnzimmercouch liegen sah.

»Schön unverschämt ist er«, lachte Heather. »Er führt sich auf, als würde er schon ewig hier wohnen. Aber damit ist bald Schluss, mein Vater wird ihn mitnehmen, wenn er zurück nach Hause fährt. Stimmt's, Dad?« Sie sah zu ihrem Vater hinüber, der am Esstisch stand und einen weiteren Teller aufdeckte.

»Natürlich. So, nehmt Platz. Ich habe alles soweit vorbereitet. Stuart, auch ein Bier?«

»Gerne.«

Heather verfolgte mit Misstrauen, wie gastfreundlich ihr Vater sich aufführte. Normalerweise mochte es der Sergeant lieber, keine Gäste zum Essen zu haben. Sie konnte sich noch gut an früher erinnern, wie er jeden Besucher vor dem Essen wieder mit Nachdruck hinauskomplimentierte. Nun öffnete er Tomlinson ein Bier und reichte es ihm. Das Essen lief mehr oder weniger schweigend ab, nur hin und wieder sprach ihr Vater kurze Sätze mit Tomlinson oder ihr.

Schließlich, als alle soweit mit dem Essen fertig waren, nahm ihr Vater noch einen Schluck von seinem Bier und fragte Heather: »Was ist denn jetzt genau passiert in der

Penn Station? Was David im Fernsehen gesagt hat, war ja nicht sehr aufschlussreich. Hatte das etwas mit deinem Fall zu tun, dem toten Professor vom Museum?«

»Dad, du weißt, dass ich darüber nicht reden darf.«

»Ach, wieso denn? Ist doch alles erledigt, zumindest sagte David das den Reportern. Er sah ziemlich zufrieden aus.«

»Von seiner Position aus betrachtet, ist der Fall wohl auch abgeschlossen«, warf Tomlinson ein.

»Von seiner?«, fragte ihr Vater mit hochgezogenen Augenbrauen. »Und wie sieht es bei dir aus?«

»Ich glaube, du könntest uns noch ein paar Bier holen, Dad«, antwortete sie mit einem Lächeln.

»Oh verdammt, du hast recht. Bin sofort wieder da.« Schnell stapelte ihr Vater die leeren Teller aufeinander und eilte damit in die Küche.

»Lassen Sie sich von ihm nicht aushorchen«, warnte Heather den Gerichtsmediziner. »Mein Vater ist immer so verdammt neugierig, obwohl er weiß, dass ihn diese Dinge nichts angehen.«

»Ist doch halb so wild. Ich werde schon darauf achten, was ich sage.« Tomlinson lächelte sie an. »Übrigens wollte ich mich noch bei Ihnen bedanken, dass Sie mir vorhin bei Captain Sullivan Rückendeckung gegeben haben. Obwohl Sie sich damit in Bedrängnis gebracht haben.«

Heather hob die rechte Hand und winkte ab. »Egal. Darauf kommt es bei mir jetzt auch nicht mehr an. Und das war das Mindeste, was ich für Sie tun konnte.«

Die Küchentür schwang auf und ihr Vater kam mit drei weiteren Flaschen Bier herein. Mit breitem Grinsen stellte er erst Tomlinson und dann Heather eine hin, ehe er sich auf seinen Stuhl setzte. »Also, zum Wohl!«

»Vielen Dank für die Einladung, Mr. Bishop. Das war

genau das Richtige, nach der Enttäuschung heute Mittag.«

»Nenn mich bitte Tyler«, erwiderte ihr Vater beinahe freundschaftlich. »Und was gab's heute Mittag? Lass mich raten: Heather hatte die Idee für Fastfood, wahrscheinlich wieder Hot Dogs, hab ich recht?«

Tomlinson warf Heather einen vergnügten Blick zu. »Absolut richtig.«

»Ich habe ihr schon so oft gesagt, sie soll die Finger von diesem ungesunden Zeug lassen, aber sie hört einfach nicht auf mich.«

»Naja, bei der Figur kann sie es sich ja leisten«, sagte Tomlinson und schien sich danach am liebsten auf die Zunge beißen zu wollen. Stattdessen griff er schnell nach seinem Bier und nahm einen langen Schluck. Heather konnte sich ein Lächeln nicht verkneifen, als sie sah, wie die Ohren des Gerichtsmediziners erröteten.

»Soso. Sie haben wohl ein Auge auf mein kleines Mädchen geworfen?«, fragte ihr Vater augenzwinkernd.

Für einen Moment sah Tomlinson ihn mit halboffenem Mund an, bekam sich aber schnell wieder in den Griff. »Äh, ja. Ich meine, nein.« Er schüttelte den Kopf. »Also, wir ... sind nur Arbeitskollegen.« Er blickte Heather in die Augen, als er dies sagte.

»Dad, das geht dich verdammt noch mal nichts an! Und ich bin nicht mehr dein kleines Mädchen, ich bin eine erwachsene Frau, die selber entscheiden kann, wen sie trifft oder wen nicht!«

»Das Temperament hat sie von ihrer Mutter, Gott hab sie selig. Ich warne dich, Stuart, sie kann ganz schön garstig werden.« Ihr Vater lachte laut auf und duckte sich sofort zur Seite weg, als Heather den Kronkorken der Bierflasche nach ihm warf.

»Der nächste trifft«, warnte Heather ihn.

»Schon gut, ich geb auf«, erwiderte ihr Vater und hob beide Hände über den Kopf. »Was ist denn nun mit deinem Fall? Ist der erledigt oder nicht?«

»Dad, das kann ich dir immer noch nicht sagen.«

»Dann frage ich eben Stuart.« Er wandte sich zu Tomlinson und blickte diesen erwartungsvoll an.

»Ich bin nur der Gerichtsmediziner. Mea virtute mea involvo«, sagte der und zuckte mit den Schultern.

»Lateiner, wie? Si vis pacem, evita bellum - das haben wir bei der Army immer als Leitspruch gehabt. Sie wissen, was das heißt?« Ihr Vater sah Tomlinson ernst an.

»Sicher. Willst du Frieden, vermeide den Krieg.«

»Lass es gut sein Dad. Er wird dir nichts sagen, auch wenn du mit Krieg drohst«, lachte Heather. »Nehmen Sie sein Getue bitte nicht allzu ernst.«

Eine schrille Tonfolge ließ alle am Tisch zusammenzucken. Schnell griff Tomlinson an seinen Gürtel und nahm den dort befestigten Pager in die Hand.

»Wie es aussieht, muss ich noch mal in die Pathologie.« Er steckte den Pager wieder weg und stand auf. »Vielen Dank für das Essen. Tyler, es hat mich sehr gefreut.«

»Mich auch, Stuart. Besuchen Sie uns bald mal wieder.«

»Ich bringe Sie noch zur Tür«, sagte Heather und begleitete Tomlinson in den Flur. »Entschuldigen Sie meinen Vater. Er meinte das nicht so.«

»Kein Problem, er ist doch ein netter Kerl - und ein guter Koch.« Der Gerichtsmediziner zog sich seinen Mantel über. »Also, bis bald, Detective Rollins.«

»Bis bald«, erwiderte Heather. Nachdem sie die Tür hinter Tomlinson geschlossen hatte, ging sie zurück ins Wohnzimmer, wo ihr Vater sich zu dem Kater auf die Couch gesetzt hatte.

»Ein netter Kerl, ich glaube, der mag dich wirklich.

Aber er passt nicht zu dir.«

»Dad, halt dich da raus. Ich habe nicht vor, mich auf irgendetwas Neues einzulassen im Moment. Aber wenn, dann entscheide immer noch ich selbst, wer zu mir passt und wer nicht, klar?«

»Glasklar!« Ihr Vater salutierte.

»Und jetzt, rückt zur Seite, ihr zwei, das ist schließlich meine Couch und ich möchte dort auch sitzen!«

19

DAS SCHLOSS

09. DEZEMBER

Am nächsten Tag hatte Heather endlich einmal Zeit, um mit ihrem Vater zu frühstücken. Kein Anruf aus dem Revier, keine neuen Hiobsbotschaften. Sie blickte auf die Ausgabe der New York Times, die ihr Vater sich von seinem Morgenspaziergang mitgebracht hatte. Er war es seit Armyzeiten gewohnt, immer sehr früh aufzustehen, von dieser Gewohnheit nahm er auch hier keine Auszeit. Gleich auf der Titelseite der Times prangte die Schlagzeile ›*Schießerei in der Penn Station*‹.

»Die schreiben, dass der Schütze getötet wurde und dieser vermutlich auch der Mörder der beiden Toten ist, die in den letzten Tagen beim Metropolitan Museum aufgefunden worden sind. David wird hier lobend erwähnt.«

»Ist mir egal, Dad«, sagte Heather und stocherte in ihrem Müsli herum. Ihr Vater ließ die Zeitung sinken und sah sie an.

»Was ist dir egal? Dass der Schütze getötet wurde oder -«.

»David ist mir egal. Also hör bitte auf, von ihm zu reden. Kann ich den Artikel auch mal lesen, wenn du damit fertig bist?«

»Aber sicher, hier bitte.« Er reichte ihr die Zeitung über den Tisch. Der Artikel über den Vorfall war recht knapp gehalten. Aber Kenneth Barnes war namentlich genannt und als vermeintlicher Mörder gebrandmarkt. Somit hatte David sein Ziel wohl wirklich erreicht und konnte diesen Fall als gelöst zu den Akten legen und ihn als weiteren Erfolg in seiner glanzvollen Karriere für sich verbuchen. Heather legte die Zeitung auf den Tisch. Irgendwas in ihr wollte nicht glauben, dass Barnes der Mörder von Waterston und Hawkins war. Was hatte er an der Penn Station gemacht? Und woher stammten die zehntausend Dollar in dem Rucksack? Schwer vorstellbar, dass das Geld aus dem Verkauf der vermissten Steintafel stammte. Barnes hatte mit Sicherheit gewusst, dass diese Tafel weitaus mehr Geld wert war.

»Du siehst nicht glücklich aus«, bemerkte ihr Vater. »Stimmt was nicht in dem Artikel?«

»Doch, alles bestens, Dad.«

»Du glaubst nicht, dass der Mann von der Penn Station auch der Täter in deinen Mordfällen war, ist es nicht so?«

»Was spielt das für eine Rolle? Du hast es doch gelesen, der Fall ist erledigt. Captain Rollins hat es der Presse gesagt. Ende gut, alles gut.«

»Deinen Sarkasmus musst du auch von deiner Mutter haben.« Er griff sich die Zeitung, die vor Heather auf dem Tisch lag, und blätterte schnell bis zum Sportteil vor. Eine alte Angewohnheit von ihm, die Heather nur zu gut kannte. Schon früher hatte er sich gerne hinter der Zeitung versteckt, wenn es zu Hause Stress gab. Deswegen hatte Heather ihre Kämpfe als Heranwachsende zumeist mit ihrer Mutter ausgetragen. Sie verkniff sich jeden weiteren Kommentar und stand vom Küchentisch auf.

»Ich gehe dann jetzt zum Revier. Hab noch einen schönen Tag.«

Sie war schon beinahe aus der Küche raus, als ihr Vater die Zeitung senkte und sich zu ihr umdrehte. »Schatz, pass bitte auf dich auf!«

»Mach ich, Dad. Ich habe dir auch meine Handynummer aufgeschrieben, nur für den Fall. Liegt auf der Kommode im Flur.« Sie lächelte ihrem Vater zu und verließ dann die Wohnung.

Auf dem Revier angekommen, setzte sie sich an ihren Schreibtisch und erkundigte sich per Telefon als Erstes nach Rico. Der Puerto-Ricaner war im selben Krankenhaus untergebracht wie der Nachtwächter des Metropolitan, im Lenox Hill Hospital. Sein Zustand wurde als stabil beschrieben. Heather nahm sich vor, ihm später noch einen Besuch abzustatten. Zuvor wollte sie mit Captain Sullivan sprechen, aber zu ihrem Erstaunen war dieser noch nicht in seinem Büro. Also konzentrierte sie sich einstweilen darauf, die letzten Bewegungen von Direktor Hawkins nachzuvollziehen. Laurie hatte ihn in den Überwachungsvideos bei der Penn Station gesehen, mit einem braunen Koffer in der Hand. Den er auch nach dem Besuch bei den Schließfächern immer noch dabeihatte. Außerdem lag im Schließfach ein schwarzer Rucksack und Heather glaubte nicht daran, dass Hawkins zehntausend Dollar im Koffer dabeihatte. Er trug die Kalksteintafel, die Waterston auch Falkenburg gezeigt hatte, da war sie sich sicher. Sie stellte sich vor, wie Hawkins zu den Schließfächern gekommen war und dort feststellen musste, dass eine langfristige Einlagerung nicht möglich war. Daraufhin verließ er mit dem Koffer die Penn Station wieder.

Nur wohin? Sie konnte Laurie leider nicht darum bitten, weitere Überwachungsvideos zu prüfen, das würde nur wieder unnötige Fragen provozieren und sie wollte ihrer Kollegin nicht noch mehr Probleme bereiten. Sie startete den Internetbrowser auf ihrem Computer und rief eine Karte von New York City auf. Sie wählte ›*Penn Station, Madison Square Garden*‹ als Ausgangspunkt aus und prüfte alle umliegenden Gebäude. Vielleicht hatte eines davon eine Möglichkeit für Hawkins geboten, seinen braunen Koffer unterzubringen. Sie sah dutzende Restaurants, Autovermietungen, Läden und ... Banken. Sie sah sechs Banken im näheren Umfeld. Nach kurzer Überlegung klickte sie mit dem Mauszeiger auf eine der Banken, griff zu ihrem Telefon und wählte.

»PNC Bank, Worley. Was kann ich für Sie tun?«, meldete sich eine Frauenstimme.

»Guten Tag, Rollins mein Name. Ich würde gerne wissen, ob ich bei Ihnen ein Bankschließfach anmieten kann?«

»Tut mir leid, wir bieten keine Schließfächer an.«

»Verstehe. Haben Sie vielen Dank.« Heather legte auf. *Bleiben noch fünf andere.*

Sie telefonierte die nächsten drei Banken ab, aber bei keiner gab es Schließfächer. Bei der fünften, die sie anrief, gab es zumindest für gute Kunden die Möglichkeit, Schließfächer zu buchen. Bei Bank Nummer sechs gab es laut Aussage des Mannes am Telefon einen ganzen Keller voller Schließfächer. Heather notierte sich die Adressen von beiden Banken und beschloss, beiden einen Besuch abzustatten. Sie sah sich um. Captain Sullivan war immer noch nicht in seinem Büro. Dafür trat Laurie Brannigan gerade aus dem Fahrstuhl, sah sie und kam sofort auf sie zu.

»Guten Morgen, Heather. Wie ist es gestern noch

gelaufen für dich mit Sullivan? Ich hoffe, er hat dich nicht suspendiert.«

»Er stand kurz davor«, sagte Heather, »aber zum Glück tauchte David noch auf.«

»Zum Glück? Ich dachte, du hasst den Kerl?«

Heather grinste. »Das tue ich. Aber er kam mit dem Rucksack, den Barnes bei sich trug, ins Büro und dieser hat mehr Fragen aufgeworfen als beantwortet.«

Laurie sah sie erwartungsvoll an. »Also ist der Fall doch noch nicht abgeschlossen? In der Zeitung stand heute aber etwas anderes.«

»Ich denke schon, dass David daran gelegen ist, den Fall als abgeschlossen zu betrachten und Barnes als Mörder von Waterston und Hawkins hinzuhängen.«

»Aber du glaubst es nicht, oder?«, hakte Laurie interessiert nach.

»Nein, ich glaube eher, dass Barnes nur als Täter präsentiert werden sollte. Er ist da sicher irgendwie drin verstrickt, aber Tomlinson hat zum Beispiel gesagt, dass er nicht an einen Einzeltäter glaubt. Alleine wegen der Art und Weise, wie Hawkins im Museum aufgefunden worden ist.«

»Was sagt Sullivan dazu?«

»Er glaubt ebenfalls, dass an der Sache etwas faul ist. Deswegen hat er mich auch noch nicht suspendiert. Ich soll versuchen, den Schlüssel zu finden, den Hawkins verschluckt hat.«

»Hatte Barnes diesen Schlüssel denn nicht?«, fragte Laurie verwirrt.

Heather schüttelte den Kopf. »Nein, die Schließfächer an der Penn Station arbeiten mit Magnetkarten. David hat sie uns gestern gezeigt. Falls Hawkins also wirklich einen

Schlüssel verschluckt hat, muss der noch irgendwo sein, oder besser: bei jemandem.«

»Dem Mörder.«

»Genau.« Sie sprach dieses Wort sehr bestimmt aus, auch wenn sie wusste, dass die Chance darauf, den Schlüssel und damit den Täter zu finden, gegen Null tendierte.

»Und wie willst du jetzt weiter vorgehen?«

»Du hast doch gestern selbst gesagt, dass Hawkins seinen braunen Aktenkoffer noch bei sich trug, als er die Schließfachstation verlassen hatte. Ich nehme an, er hatte vor, den Koffer dort zu deponieren, aber durch die nur kurze Aufbewahrungszeit musste er sich etwas anderes überlegen.«

Laurie musterte sie genau und lächelte dabei. »Wenn ich mir deine Augen so ansehe, dann hast du auch schon eine Spur gefunden, hab ich recht?«

»Nicht ganz, aber ich habe eine Idee. Wo gibt es sonst noch Schließfächer?«, fragte Heather, um gleich selbst die Antwort zu geben. »Bei Banken. Also habe ich mal geprüft, welche Banken im Umkreis um die Penn Station angesiedelt sind. Und zwei von ihnen bieten Schließfächer an.«

»Guter Gedanke. Du suchst also erstmal das Schloss, in das der Schlüssel passen könnte. Aber was ist mit dem Bankgeheimnis? Meinst du, die werden es dir sagen, wenn Hawkins dort ein Schließfach hatte?«

»Das bekomme ich schon hin, mit meinem Charme und dem hier.« Sie hielt ihre Polizeimarke hoch. »Außerdem, überleg mal. Selbst wenn der Mörder den Schlüssel zu dem Schließfach hat und er weiß, wo es ist, heißt das noch lange nicht, dass er darauf auch zugreifen kann. Die meisten

Banken sind da sehr streng. Nur der Schließfachinhaber darf das Fach auch wieder öffnen.«

»Aber das könnte für dich auch ein Problem werden. Polizeimarke hin oder her, wenn die Bank nicht kooperiert, kommst du nicht an das Schließfach heran, es sei denn, du besorgst dir einen richterlichen Beschluss.«

Heather nickte zustimmend. »Ich weiß. Aber den kann ich mir erst holen, wenn ich sicher bin, dass Hawkins auch wirklich ein Schließfach bei einer Bank hatte. Danach werde ich versuchen, Captain Sullivan zu überzeugen, uns einen Durchsuchungsbeschluss zu besorgen.«

»Wenn ich irgendwas tun kann, um dich zu unterstützen ...«

»Danke, Laurie, aber ich will dir nicht noch mehr Probleme bereiten. Das mit den Überwachungsvideos war schon mehr als genug Hilfe.«

»Hab ich gerne gemacht. Ich will doch auch irgendwann mal Detective werden und nicht ewig die kleine Computermaus des Reviers bleiben«, erwiderte Laurie schmunzelnd.

Heather stand auf und zog sich ihren Mantel über. »Das wirst du ganz sicher schaffen«, sagte sie ermunternd. »Ich werde mich jetzt bei den Banken umsehen. Bis später, Laurie.«

»Viel Glück«, rief Laurie ihr nach, als sie schon beinahe den Fahrstuhl erreicht hatte.

Zwei Stunden später war Heathers Zuversicht geschwunden. Sie hatte die betreffenden Banken besucht und nach einem Schließfach, das auf den Namen Hawkins gebucht war, gefragt. Aber bei beiden Banken gab es ein klares Nein zur Antwort. Dabei waren die Mitarbeiter beider Banken durchaus kooperativ gewesen. Mit hochgeschlagenem Kragen und den Händen tief in den Manteltaschen vergraben ging Heather die verschneite Straße entlang und steuerte ein Café an der Straßenecke an. Dort bestellte sie einen Kaffee und einen Donut und setzte sich dann an den Tresen, der am Schaufenster des Cafés stand. Sie beobachtete gedankenverloren das Treiben auf der Straße, während sie langsam auf dem trockenen Donut herumkaute. Sie spülte das Gebäck mit reichlich Kaffee herunter, als sie ein Taxi sah, das direkt vor der Bank anhielt, aus der sie gerade gekommen war. Sie verschluckte sich beinahe, als sie zwei bekannte Gesichter erkannte, die aus dem Taxi stiegen und die Bank betraten. Schnell kramte sie eine Fünf-Dollar-Note hervor, legte diese auf den Tresen und rannte dann aus dem Café in Richtung der Bank.

»Hallo Detective«, begrüßte sie der Bankangestellte, der sie auch eben schon in Empfang genommen hatte. »Haben Sie noch etwas vergessen?«

»Das Paar, das gerade hereingekommen ist, wo sind die hin? Zu den Schließfächern?«, fragte sie hastig.

Der Mann sah sie irritiert an. »Äh ... Ja, aber -«

»Bringen Sie mich zu ihnen. Sofort!« Heather legte so viel Nachdruck in ihre Stimme, dass der Mann nicht zögerte und sie bat, ihm in den Keller der Bank zu folgen. Dort waren mehrere Räume, durch Gittertüren abgesichert, hinter denen sich Schließfächer befanden. Am Ende des hell erleuchteten, mit weißen Marmorfliesen ausgelegten Hauptganges stand eine dieser Gittertüren auf. Heather hielt zielstrebig auf diesen Raum zu und trat gerade ein, als aus einem Schließfach eine Kassette entnommen wurde. Eine grauhaarige Frau hielt sie in der Hand und sah sie aus tiefbraunen Augen an. Ihr Mann stand hinter ihr auf seinen Gehstock gestützt.

»Hallo Detective Rollins, wie schön Sie wiederzusehen«, sagte Jody Falkenburg, als sie sie bemerkt hatte. »Henry, würden Sie uns bitte kurz entschuldigen? Wir haben etwas Privates zu klären«, sagte sie an den Bankangestellten gewandt. Der nickte ihr nur kurz zu und verabschiedete sich dann, gemeinsam mit dem Mann, der Heather hinuntergeführt hatte.

Jody Falkenburg stellte die Kassette auf den Tisch, der unweit der Schließfächer bereitstand.

»Ich höre«, sagte Heather gespannt und blickte dabei fest in Jody Falkenburgs Augen. Die holte einen Schlüssel hervor, öffnete damit die Stahlkassette auf dem Tisch und klappte den Deckel hoch.

»Hier, das ist der Grund, warum James und Direktor Hawkins sterben mussten.«

Heather blickte in die Kassette und sah eine kleine Steintafel mit altägyptischen Schriftzeichen darauf. Dann hob sie den Kopf und blickte erst zu Jody und dann zu Max Falkenburg, der unbewegt und mit ungerührter Miene hinter seiner Frau stand.

»Begleiten Sie mich bitte aufs Revier«, sagte Heather ruhig.

20

DIE TAFEL

HEATHER SAß mit den Falkenburgs im Verhörzimmer, die Steintafel auf dem Tisch vor sich liegend, und hörte sich deren Erklärung an. Zuvor hatte sie noch Captain Sullivan darüber informiert, dass das Artefakt gefunden wurde.

»Wenn es Ihr Schließfach ist, dann verraten Sie mir doch bitte, warum Direktor Hawkins darauf Zugriff hatte?«, fragte sie, nachdem Jody Falkenburg mit ihren Schilderungen geendet hatte.

»Weil ich es ihm erlaubt hatte. Allerdings ist es bestimmt mehr als acht Jahre her, dass er das Schließfach das letzte Mal genutzt hat«, erklärte die Frau ruhig. »Wir haben es immer schon für den Austausch von kleinen Artefakten oder Unterlagen aus dem Museum genutzt, meistens, weil mein Mann und ich gerade im Ausland weilten. Wir haben es dann immer nach unserer Rückkehr dort abgeholt und dann später untersucht und zurückgebracht.«

»Es kam aber sehr selten dazu, dass Hawkins oder seine Vorgänger davon Gebrauch gemacht haben«, fügte Max

Falkenburg hinzu. »Weswegen wir jetzt sofort nach New York gekommen sind, als die Bank uns mitteilte, dass etwas in unserem Schließfach deponiert wurde.«

»Das heißt, es war nicht mit Hawkins abgesprochen, dass er die Tafel in Ihrem Schließfach hinterlegen sollte? Denken Sie genau über Ihre Antwort nach.«

Max Falkenburg beugte sich vor und legte seine zusammengefalteten Hände auf den Tisch ab. »Detective, ich bitte Sie! Wenn meine Frau und ich wirklich etwas mit diesen Morden zu tun hätten, dann wären wir nicht so dumm, jetzt in der Stadt aufzutauchen und uns die Tafel aus dem Schließfach zu holen.« Er blickte sie durchdringend an, mit seinem starren Glasauge. »Wir wussten nicht, was in dem Schließfach lag. Die Bank hat uns erst gestern davon in Kenntnis gesetzt, dass Hawkins etwas für uns hineingelegt hatte. Das ist alles.«

»Das soll ich Ihnen glauben? Sie haben mich schon einmal angelogen, Sie erinnern sich? Der Code auf dem Zettel in Ihrem Buch. Sie wussten sofort, was er bedeutet.«

»Ja, das ist wahr«, räumte Max Falkenburg ein. »Aber ich habe es für James getan. Er hat mir diesen Zettel in das Buch gelegt, damit ich die Tafel holen kann. Wahrscheinlich traute er auch dem Direktor in diesem Fall nicht.«

»Wissen Sie, wie Direktor Hawkins getötet wurde? Wie wir ihn gefunden haben? Ich zeige es Ihnen!« Heather holte zwei Fotos aus der Fallakte, die sie vor sich auf dem Tisch liegen hatte. Ein Foto zeigte eine Nahaufnahme von Hawkins aus der Gerichtsmedizin, mit dem aufgeschnittenen Oberkörper und der durchschnittenen Kehle. Das zweite Bild war im Museum von weiter weg aufgenommen worden, es zeigte Hawkins, wie er noch am Geländer gefesselt hing und unter ihm der Haufen seiner

Eingeweide lag. Sie schob beide Fotos zu den Falkenburgs hinüber. Als normale Reaktion hätte Heather einen Ausruf des Ekels oder Entsetzens erwartet, mindestens einen angewiderten Gesichtsausdruck. Aber keiner von beiden zeigte eine Regung, weder Max Falkenburg, der die Aufnahme aus dem Museum in die Hand nahm und näher betrachtete, noch seine Frau, die jedoch nach einem Blick auf die Bilder darauf verzichtete, sich diese eingehender anzusehen. Beide machten einen Eindruck wie zwei kalte Fische auf sie. Ungerührt und eiskalt.

»Das war kein schöner Tod«, sagte Max Falkenburg, legte beide Bilder zusammen und schob sie zu Heather zurück.

»Es scheint Sie nicht sehr zu berühren.«

»Doch, das tut es. Es macht mich wütend, solch ein sinnloser Mord«, erwiderte Max Falkenburg. »Aber glauben Sie mir, Detective: Ich habe schon Schlimmeres gesehen, sehr viel Schlimmeres. Wir beide«, ergänzte er mit Seitenblick auf seine Frau. »Mir ist klar, was Sie damit bezwecken, wenn Sie uns diese Bilder zeigen, aber es wird Ihnen nicht helfen, die Mörder zu fassen. Sie sind eine gute Polizistin, aber Sie sollten Ihre Energie in die richtigen Bahnen lenken.« Falkenburg lächelte sie verständnisvoll an.

Heather lehnte sich zurück und verschränkte ihre Arme vor der Brust. Sie blickte Max Falkenburg entschlossen in die Augen, genauer gesagt in sein einziges Auge.

»Schluss jetzt damit«, ging Jody Falkenburg resolut dazwischen. »Das führt doch zu nichts, wenn wir uns gegenseitig angehen. Wir wollen doch alle dasselbe: Den Mörder von James und Direktor Hawkins schnappen!«

Überrascht blickte Heather die alte Frau an, die von ihrem Stuhl aufgesprungen war und mit der flachen Hand laut klatschend auf den Tisch geschlagen hatte. Max

Falkenburg blickte leicht amüsiert, aber noch mehr bewundernd zu seiner Frau.

»Was glauben Sie erst, was sie früher für ein Temperament hatte«, sagte er augenzwinkernd zu Heather. Dann fasste er seine Frau sanft am Arm und zog sie wieder auf ihren Stuhl hinunter.

»Gut«, sagte Heather, »dann fangen wir noch mal von vorne an. Was können Sie mir über diese Tafel erzählen? Ist es das Stück, das Professor Waterston Ihnen gezeigt hat?«

»Ja, das ist es. Sehen Sie, hier«, Max Falkenburg zeigte auf den unteren Teil der Steinplatte, »ist eine feine Bruchkante. Dieser fehlende Teil ist das eigentlich Interessante an dieser Tafel. Auf dem oberen Teil sehen wir das Sonnensymbol für Aton, die einzige Gottheit, die Echnaton nach seiner Machtübernahme gelten ließ. Darunter steht nur eine relativ allgemeine Begräbnisformel für ein Mitglied der Königsfamilie von Amarna, nur diese zwei Zeichen hier unten deuten auf Nofretete hin. Aber das reicht bei weitem nicht als Beweis aus. Das habe ich James auch so gesagt, aber das war ihm auch bewusst. Es braucht also unbedingt den restlichen Teil, ohne den bringt auch das obere Stück nichts.«

»Also glauben Sie, dass er den fehlenden Teil auch noch irgendwo versteckt hat?«

»Ich hoffe es zumindest. Er hat wie verrückt darauf hingearbeitet, es sollte sein großer Moment im Rampenlicht werden. Es muss diesen fehlenden Teil einfach geben!«

Heather bemerkte wie Falkenburgs gutes Auge bei dessen letzten Worten aufblitzte. Er sprach voller Leidenschaft. Jetzt war es seine Frau, die ihm einen amüsierten Blick zuwarf.

»Was meinen Sie damit, er hat darauf hingearbeitet? Was hatte er denn vor?«

»Die Ausstellung im Metropolitan, die morgen Abend mit einer Soiree eröffnet wird. Ich bin mir ziemlich sicher, das war der Augenblick, auf den James gewartet hat, um seine Entdeckung publik zu machen. Die Szenerie passt perfekt, der Tempel von Dendur im Schummerlicht, der Mond spiegelt sich im Pool ...«

»Die Soiree«, wiederholte Heather, mehr zu sich selbst sagend. »Erin Dempsey ist jetzt die Verantwortliche dafür. Das Museum hat ihr sogar eine Vertragsverlängerung gegeben.«

»Sehen Sie mich nicht so an, Detective«, sagte Jody Falkenburg. »Ich bin zwar Mitglied im Museumsrat, aber mit Personalentscheidungen habe ich nichts zu tun. Glauben Sie etwa, dass Erin darin verwickelt ist?«

»Zumindest ist sie die Letzte, die noch lebt. Waterston, Hawkins, Barnes - alle tot. Sie hat auf jeden Fall davon profitiert. Und sie hat kein Alibi vorzuweisen, für die Nacht, in der Hawkins ermordet wurde.«

»Dann sollten Sie sie hier einbestellen und befragen, meinen Sie nicht?«, fragte Max Falkenburg.

»Das bringt nichts. Auch wenn sie kein Alibi hat, wir haben nicht das geringste Indiz, dass sie etwas mit den Morden zu tun hat.« Heather blickte auf die beiden Fotos vom toten Direktor, betrachtete sie kurz und schob sie wieder in die Mappe. »Wir werden jetzt auf jeden Fall die Tafel genau untersuchen. Vielleicht bringt uns das weiter.«

»Wohl kaum. Diese Tafel sollte normalerweise nur mit Handschuhen angefasst worden sein. Abgesehen von meinen und Ihren Fingerabdrücken, weil wir die Tafel heute angefasst haben, sollten Sie da nichts finden«, sagte Falkenburg.

»Wir werden es trotzdem versuchen«, erwiderte Heather bestimmt. »Wir wären dann fürs Erste fertig.«

»Heißt das, Sie glauben uns?«, fragte Jody Falkenburg skeptisch.

»Nein, das heißt nur, im Moment habe ich nichts in der Hand, um Sie länger hierzubehalten«, sagte Heather lapidar. »Aber eine Frage habe ich noch: Werden Sie beide morgen Abend im Museum auf der Soiree sein?«

»Selbstverständlich. Mein Mann soll eine kurze Rede halten, zur Bedeutung dieser Ausstellung und vor allem zu James Waterstons Beitrag dazu.«

»Könnten Sie mir eine Eintrittskarte besorgen?«, fragte Heather freundlich lächelnd.

»Aber sicher doch. Ich werde am Empfang eine Karte für Sie hinterlegen lassen.«

»Vielen Dank, Frau Falkenburg. Dann bis morgen Abend.«

Sie verabschiedete sich von den beiden und sah ihnen noch nach, bis sie in den Fahrstuhl stiegen. Auch wenn sie es ihnen nicht gesagt hatte, so war sie sich doch absolut sicher, dass die Falkenburgs nichts mit den Morden zu tun hatten. Die Steintafel lag noch im Verhörraum auf dem Tisch, Heather wickelte die Tafel vorsichtig in Folie ein. Dann ging sie mit der Tafel unter dem Arm hinunter zur Gerichtsmedizin. Tomlinson freute sich sichtlich, sie zu sehen. Zumindest deutete Heather sein Verhalten so, als sich der Gerichtsmediziner, kaum als sie seine Räume betrat, sofort mit einem strahlenden Lächeln im Gesicht auf sie zukam.

»Eine schöne Überraschung an diesem bisher so grauen Tag«, begrüßte er sie herzlich und Heather hatte den Verdacht, dass ihr Vater gar nicht so falsch lag mit dem, was er gestern Abend gesagt hatte. »Ist das etwa die ominöse

Tafel, nach der alle gesucht haben?« Er deutete auf die in Folie eingewickelte Steintafel unter ihrem Arm.

»Genau die. Sie müssen sie auf DNA-Spuren hin untersuchen. Können Sie das so schnell wie möglich machen?« Sie versuchte, ihren Charme spielen zu lassen, und klimperte plötzlich mit den Augen, wie ein verliebter Teenager. Als ihr das bewusst wurde, war es schon zu spät.

»Alles in Ordnung mit Ihren Augen? Oder ist das der Vorbote eines neuen Anfalls?«, fragte Tomlinson frech grinsend. Er nahm ihr die Tafel ab und wog sie in seinen Händen. »Wo haben Sie die her? Haben Sie den Schlüssel so schnell gefunden?«

»Nicht den Schlüssel«, entgegnete Heather, »aber das passende Schloss dazu. Ich hatte tatsächlich auch mal etwas Glück. Schaffen Sie es, die Tafel bis heute Abend zu untersuchen? Sie werden wahrscheinlich Fingerabdrücke von mir und einer weiteren Person darauf finden, aber eventuell ja auch noch andere Spuren. Jedes noch so kleine Fitzelchen könnte wichtig sein.«

»Also, ich bin eigentlich ziemlich beschäftigt zurzeit und außerdem haben wir doch für die Sicherung von DNA-Abgleichen eine eigene Abteilung ...«

Heather hob die Hand und stoppte Tomlinsons Ausführungen. »Das weiß ich. Aber zu denen habe ich nicht gerade einen guten Draht. Und ich weiß, dass Sie das genauso gut können, wenn nicht sogar besser.« Sie lächelte ihn an. »Also, werden Sie mir diesen Gefallen tun?«

Tomlinson blickte auf die Steintafel in seinen Händen, dann hob er den Kopf und sah Heather direkt in die Augen. »Gut, ich mach's - unter einer Bedingung!«

»Die da wäre?«

»Nenn mich doch bitte Stuart.« Er lächelte etwas unbeholfen.

»Gerne doch. Vielen Dank ... Stuart. Und ich werde dich auch noch mal zum Essen einladen, ohne meinen Vater!« Sie grinste. »Also, ich muss los, Santiago einen Krankenbesuch abstatten. Ich komme heute Abend wieder vorbei.«

»Bis später, Heather«, rief der Gerichtsmediziner ihr hinterher, als sie schon wieder den Gang nach draußen entlanglief. Sie winkte ihm noch einmal zum Abschied, dann stieg sie in den Fahrstuhl.

Im Lenox Hill Hospital herrschte rege Betriebsamkeit. Infolge der nun seit drei Tagen andauernden Kälte gab es zahlreiche Knochenbrüche aus Glatteisunfällen, die versorgt werden mussten. Trotzdem gelang es Heather, schnell einen Krankenpfleger zu finden, der ihr sagen konnte, wo Rico sein Zimmer hatte.

Auf ihr Klopfen an die Zimmertür gab es keine Reaktion, nach kurzem Anstandswarten trat sie einfach so ein. Ein kontinuierliches, leises Piepen kam vom Vitaldatenmonitor, an den Rico angeschlossen war. Er schien zu schlafen. Heather ging vorsichtig zum Fußende seines Betts, als Rico plötzlich die Augen aufschlug.

»Hey, schön dich hier zu sehen, Partner. Ich war auf Besuch gar nicht eingestellt«, sagte er mit matter Stimme.

»Mach dir darüber mal keine Sorgen. Wie geht es dir?«

»Wie es einem halt so geht, wenn man angeschossen wurde. Beschissen.« Er hustete und verzog das Gesicht vor Schmerzen. »Eine Kugel im Oberschenkel, die andere ging direkt in den Bauchraum. War wohl eine ziemliche Sauerei, sagt der Arzt. Die Kugel hat da einiges angerichtet. Für die nächsten Monate bin ich wohl nicht zu gebrauchen.«

Heather machte einen Schritt auf das Kopfende zu und legte ihre linke Hand auf seine. Die Finger waren eiskalt.

»Es tut mir sehr leid, Rico.«

»Du kannst doch nichts dafür, dass ich so dämlich bin und mich dem Kerl als Zielscheibe anbiete. Ich könnte mich selber ohrfeigen, ich habe mich ihm wie auf dem Präsentierteller dargeboten und ich selber konnte kaum was sehen.«

»Sei nicht so streng mit dir. Du hast mir das Leben gerettet, wenn du nicht gekommen wärst …«

»Dafür sind Partner doch da, auch wenn ich etwas zu langsam war.« Rico versuchte ein angedeutetes Lächeln. »Aber ich habe gehört, Captain Rollins hat den Tag gerettet und Barnes erledigt?«

Heather schnaubte abfällig. »Oh ja, der große Held. Du hättest sehen müssen, wie er sich danach vor der Presse produziert hat.«

»Die Leute lieben nun einmal Helden.«

»Tja, nur dass dieser Held einen Fehler gemacht hat«, sagte Heather und grinste. »Barnes hatte nicht die Steintafel aus dem Schließfach geholt. In dem Rucksack waren zehntausend Dollar drin. Aber nicht von Hawkins, so viel ist sicher. Der hatte sich nämlich woanders ein Schließfach genommen. Und Barnes war wohl auch ziemlich sicher nicht der Mörder von Waterston und Hawkins. Zumindest nicht alleine.«

»Da habe ich wohl einiges verpasst. Hast du denn das richtige Schließfach von Hawkins gefunden?«

Sie nickte. »Ja. Aber das Schließfach gehörte den Falkenburgs, nicht Hawkins. Aber er hatte Zugriffsrecht darauf erteilt bekommen. Ich habe die beiden genau in dem Moment angetroffen, als sie die Schließfachkassette geöffnet haben.«

»Was?« Rico hustete erneut schwach. »Ich hoffe, du hast die beiden gleich verhaftet. Die haben uns doch an der Nase herumgeführt.«

»Ganz ruhig, Rico. Ich habe sie mit aufs Revier genommen und befragt. Ich glaube nicht, dass sie mit den Morden etwas zu tun haben, auch wenn sie ganz offensichtlich mehr wissen, als sie uns gesagt haben.« Heather sah Santiago besorgt an, als dieser erneut einen Hustenanfall bekam. »Soll ich einen Arzt rufen?«

Er hob abwehrend die rechte Hand. »Nein, ist schon gut. Es geht gleich wieder.« Schweiß stand ihm auf der Stirn. »Okay, wenn du glaubst, dass die Falkenburgs nichts mit den Morden zu tun haben, wer ist dann der Täter?«

»Ich vermute, Erin Dempsey«, erwiderte Heather mit Überzeugung. »Sie hat bisher am meisten profitiert. Sie hat nun einen festen Job, die Leitung über die altägyptische Ausstellung und stell dir nur vor, was los wäre, wenn sie in ein paar Wochen oder Monaten eine neue Entdeckung präsentiert ...«

»Wie zum Beispiel eine alte Steinplatte mit dem Hinweis auf das Grab von Nofre... dingsbums.« Rico sah Heather bejahend in die Augen. »Klingt alles sehr logisch. Aber glaubst du wirklich, sie hat das alles alleine bewerkstelligt?«

»Nein, auf keinen Fall. Alleine rein körperlich ist sie gar nicht in der Lage, Waterstons Leiche oder die von Hawkins zu transportieren oder sogar an die Brüstung des Museums zu hängen. Sie hat bestimmt Hilfe gehabt.«

»Also doch Barnes?«

Heather ging von Ricos Bett weg, hinüber zum Fenster und blickte auf die Straße hinab. »Ich bin mir ziemlich sicher, dass David noch mehr Hinweise finden wird, die alle auf Barnes als Täter hindeuten werden. Aber warum hätte er dann mit zehntausend Dollar flüchten sollen?

Falkenburg hat uns doch gesagt, was dieser Fund wert ist. Auch wenn die beiden die Mumie nicht hätten verkaufen können, so wäre doch mit Sicherheit mehr drin gewesen als lumpige zehntausend Bucks!«

»Reichtum und Ruhm«, murmelte Rico schlapp. »Du meinst, er wurde als Opfer in Szene gesetzt?«

»Ziemlich sicher wurde er das.«

»Und was willst du jetzt machen? Erin Dempsey aufgrund deines Verdachts festnehmen? Wir haben keinerlei Beweise gegen sie in der Hand. Dass sie kein Alibi für die Tatnacht hat, reicht nicht aus. Kein Richter schreibt dir dafür einen Haftbefehl aus.«

»Du hast vollkommen recht. Deswegen werde ich morgen Abend eine Soiree besuchen gehen«, sagte Heather grinsend.

21

ERKENNTNISSE

Nachdem sie Ricos Zimmer verlassen hatte, wollte Heather dem Nachtwächter des Metropolitan erneut einen Besuch abstatten. Dessen Zimmer lag nur ein Stockwerk höher. Aber als sie dort ankam, fand sie nur einen leeren Raum vor. Ein Pfleger, den sie darauf ansprach, sagte ihr, dass der Mann bereits entlassen worden war. Eigentlich hatte sie vor, ihn dann zu Hause aufzusuchen, aber ihr Smartphone klingelte und Tomlinson teilte ihr aufgeregt mit, dass er etwas an der Steintafel gefunden hatte. Also beschloss sie, sich später um den Nachtwächter zu kümmern, und fuhr zurück zum Revier.

Tomlinson erwartete sie bereits im Büro von Captain Sullivan, der ebenfalls schon unruhig auf sie gewartet hatte. Kaum hatte Heather sein Büro betreten, hielt er ihr auch schon einen Zettel entgegen. Ein Blick auf das Emblem der ausstellenden Behörde langte Heather, um zu sehen, dass massiver Ärger drohte.

»NYPD Internal Affairs«, las sie vor und blickte dann Sullivan in die Augen. »Er hat nicht lange gefackelt.«

Sullivan sah sie ernst an. »Nein, hat er nicht. Die Kollegen von der Internen werden prüfen, ob sie ein Ermittlungsverfahren gegen unser Revier eröffnen.«

»Waren Sie heute Vormittag dort?«, fragte sie.

»Ja. Ich habe ein paar alte Bekannte dort, die mich sofort informiert haben, als Captain Rollins diese Beschwerde einreichte. Ich habe versucht, was möglich war, um Schaden von dem Revier abzuwenden.« Er machte eine kurze Pause. »Und deswegen wird es ein weiteres Ermittlungsverfahren gegen Sie persönlich geben, Rollins.« Sullivan sah sie ernst an, in seinem Blick lag Bedauern. »Ich musste so handeln.«

Heather schluckte einmal, diese Nachricht musste sie erstmal verdauen. »Sie haben mir die Verantwortung zugeschoben«, sagte sie mit wissendem Blick auf Sullivan. Der erwiderte nichts, aber sein Blick war unmissverständlich. »Das ist die richtige Entscheidung. Ich hätte genauso gehandelt, um Schaden vom Revier abzuwenden«, sagte sie schließlich.

»Das Revier und ich werden mit einer kleinen Rüge davonkommen. Bei Ihnen hingegen wird alles auf einen Prozess hinauslaufen. Mit der Möglichkeit, dass Sie unehrenhaft entlassen werden.« Der Captain sah ihr fest in die Augen. »Aber dazu wird es nicht kommen. Nicht, wenn Sie diesen verdammten Fall vorher lösen. Und die Chancen stehen gut, wie Tomlinson mir sagte.« Er deutete auf den Gerichtsmediziner, der sich die ganze Zeit über still verhalten hatte und neben dem kleinen Couchtisch stand. Er räusperte sich und holte ein paar Fotos aus der Mappe hervor, die er in der Hand hielt.

»Ich habe die Steintafel genau untersucht, so wie du mir gesagt hast.« Er legte die Bilder auf dem Schreibtisch von Sullivan aus und blickte etwas schüchtern zu Heather.

»Dabei sind mir - neben einigen Fingerabdrücken - zwei Sachen besonders aufgefallen. Diese Bruchkante hier unten«, er deutete auf eines der Bilder, wo die Bruchstelle gut zu erkennen war, »wurde der Platte erst kürzlich zugefügt. Ich habe feine Metallspäne daran gefunden, die ganze Seite entlang, so als ob jemand dort sehr vorsichtig den unteren Teil abgetrennt hat. Mit einem dünnen Meißel oder Ähnlichem.«

»Dann hat Waterston die Platte selbst zerstört?«, fragte Heather überrascht.

»Wahrscheinlich, ja.«

»Dann ist das Ganze womöglich nur ein Betrug«, sagte Sullivan. »Er hat den unteren Teil entfernt, damit seine angebliche Entdeckung nicht aufflog.«

»Vielleicht«, sagte Tomlinson. »Oder aber, er wollte den unteren Teil nur getrennt verstecken. Er wurde vergiftet, sein Todeskampf hat mindestens sechsunddreißig Stunden gedauert, möglicherweise bis zu zweiundsiebzig, je nach Stärke der Dosis. Er könnte die Platte deswegen geteilt haben.«

»Gute Theorie«, pflichtete Heather dem Gerichtsmediziner bei. »Waterston wusste, dass er sterben wird. Deswegen hat er Vorkehrungen getroffen.«

»Okay, was haben Sie noch gefunden?«, fragte Sullivan skeptisch.

Tomlinson lächelte souverän. Er zeigte auf ein weiteres Bild, auf dem nur die Rückseite der Tafel zu sehen war.

»Und? Eine blanke Fläche, was soll uns das sagen?«

»Unser Mordopfer hat ganz sicher gewusst, dass er vergiftet wurde, er hat etwas auf die Rückseite *›geschrieben‹* - mit seinen Fingerabdrücken. Die ganze Rückseite war übersät damit.« Tomlinson zog ein weiteres Foto aus seiner Mappe hervor, wartete aber noch, bevor er es auf den Tisch legte. »Zuerst dachte ich, er wäre einfach nur unvorsichtig gewesen und hätte die Steinplatte ohne Handschuhe angefasst, was für einen so erfahrenen Archäologen allerdings sehr ungewöhnlich gewesen wäre. Dann fiel mir auf, dass seine Fingerabdrücke ein Wort bilden.« Er legte das Foto auf den Tisch. Erneut war die Rückseite der Steinplatte zu sehen, aber dieses Mal waren die gefundenen Fingerabdrücke zu sehen. Tatsächlich war beinahe die gesamte Fläche damit bedeckt, aber aus dem ganzen Gewusel waren einige Stellen zu erkennen, die Waterston offensichtlich öfter angefasst hatte. Tomlinson hatte diese Stellen mit einem feinen Stift nachgezogen. Sie ergaben ein Wort.

»Was soll das bedeuten?«, fragte Sullivan. »Der Name des Täters ist das sicherlich nicht.«

»Nein, den kannte er auch nicht«, sagte Heather und las das Wort von der Tafel laut vor: »Horus.«

»War das nicht der Name eines ägyptischen Gottes?«, fragte Sullivan irritiert.

Heather nickte zustimmend. »Ja, das war er. Einer der Hauptgötter, er wurde immer in Falkengestalt dargestellt.« Sie blickte den Captain ernst an.

»Meinen Sie, er wollte damit auf diesen Falkenburg hinweisen?«

»Wäre möglich, aber wozu? Ich glaube nicht, dass Falkenburg unser Täter ist.«

»Vielleicht glaubte Waterston, dass er uns anderweitig helfen könnte?«

In Gedanken ging Heather alles durch, was sie bisher mit Max Falkenburg und seiner Frau besprochen hatte. Die beiden waren Archäologen und Experten auf dem Gebiet. Aber meinte Waterston mit der Erwähnung von Horus wirklich seinen alten Mentor?

Ein Klopfen gegen das Glas von Sullivans Bürotür unterbrach ihre Überlegungen. Laurie Brannigan steckte ihren Kopf zwischen dem Türblatt und Türrahmen in den Raum.

»Captain, darf ich kurz stören?«

»Was gibt es, Brannigan?«

»Captain Rollins ist hier, er will die Steintafel ausgehändigt haben, die bei Dr. Tomlinson in der Gerichtsmedizin liegt.«

Sullivan sah Heather ernst an. Dann wandte er sich an Tomlinson. »Gehen Sie zu ihm und geben Sie ihm das verdammte Ding. Aber erwähnen Sie mit keinem Wort, was Sie entdeckt haben! Wenn er fragt, erzählen Sie, Sie hätten bisher noch keine Zeit für eine genauere Untersuchung gehabt.« Dann blickte der Captain wieder zu Heather. »Sie haben nicht mehr viel Zeit, Detective. Spätestens in achtundvierzig Stunden wird die Interne dafür sorgen, dass Sie suspendiert werden bis zu Ihrer Verhandlung. Nutzen Sie die Zeit gut!« Er räumte alle Bilder von Tomlinson zusammen, nahm die Mappe von Tomlinson und stopfte die Bilder hinein. Dann reichte er sie an Heather weiter. »Ich habe diese Bilder nie gesehen.«

»Was mache ich, wenn er mir nicht glaubt?«, fragte Tomlinson. »Er wird sicher sehen, dass ich die Platte schon untersucht habe. Wenn ich ihn deswegen anlüge ...«

»Bleiben Sie bei der Wahrheit, aber sagen Sie nicht alles. Sie haben Fingerabdrücke gefunden, mehr nicht.«

Der Gerichtsmediziner nickte Sullivan zu und warf noch einen kurzen Blick zu Heather, ehe er das Büro verließ.

»Sie machen sich jetzt besser an die Arbeit, Detective. Die Zeit rennt Ihnen davon.«

Mit der Mappe unter dem Arm verließ Heather das

Büro des Captains und ging zu ihrem Schreibtisch. Laurie Brannigan kam zu ihr.

»Hey, alles klar? Hat Sullivan da gerade tatsächlich etwas von Suspendierung gefaselt? Das kann doch nicht sein Ernst sein?«

»Leider doch. Er hat keine andere Wahl. Die Interne wird wohl bald ein Verfahren gegen mich eröffnen. Und dann ...« Sie sprach nicht weiter. Es gab extrem selten Verfahren der Internen Polizeibehörde gegen Polizeibeamte. Und wenn, dann endeten diese fast immer mit der Entlassung des jeweiligen Polizisten. Heather blickte mit leerem Blick auf ihren Schreibtisch.

»Mein Angebot steht trotzdem noch«, sagte Laurie, »wenn ich dir irgendwie helfen kann, sag mir nur wie.«

Die Fahrstuhltür öffnete sich. Heather konnte von ihrem Platz aus direkt in den Aufzug blicken und sah David. Er trug ein kleines Paket unter dem Arm, wahrscheinlich die Steintafel, die er von Tomlinson geholt hatte. Er stieg aus und kam direkt auf sie zu.

»Danke, Laurie, ich komme bestimmt noch darauf zurück.«

David kam mit grimmigem Gesicht vor ihrem Schreibtisch zum stehen.

»Würden Sie uns bitte alleine lassen?«, sagte er mit barschem Tonfall zu Laurie. Die sah ihn abschätzig an, zögerte noch einen Moment und wandte sich schließlich zum Gehen um.

»Bis bald, Heather.«

David wartete noch einen Moment, bis Laurie Brannigan weit genug entfernt war.

»Neue Freundin gefunden, wie?«

»Was willst du, David?«, fragte Heather brüsk. »Ich habe

nicht viel Zeit, also tu uns beiden einen Gefallen und mach's kurz!«

»Ich habe heute Post bekommen. Ein Schreiben meines Anwalts, in dem er mir mitteilt, dass die Gegenseite jetzt eine Anhörung vor Gericht beantragt hat.« Er blickte sie mit unverhohlenem Hass an. »Drehst du jetzt völlig durch? Niemand wird dir mehr Glauben schenken, nicht, nachdem jetzt auch die Internen gegen dich ermitteln. Die Richter werden sagen, das ist alles nur ein Racheakt von dir, um mich in Misskredit zu bringen.«

Heather spürte ihr Herz wieder schneller schlagen, auch ein leichtes Zittern ihrer Hände setzte ein. Schnell faltete sie ihre Hände zusammen und lehnte sich in ihrem Stuhl zurück. Es gelang ihr, die aufkommende Panik zu unterdrücken.

»Und deswegen kommst du zu mir, um mir das zu sagen?«, fragte sie, alle Kraft in ihre Stimme legend. »Wenn du dir so sicher bist, dass mir niemand glaubt, dann kann es dir doch egal sein. Aber du hast Angst. Ich kann sie dir ansehen!«

»Ich biete dir einen Deal an«, sagte David ungerührt. »Du verzichtest auf die Anhörung und ich werde meine Beziehungen spielen lassen, um eine milde Strafe bei der Internen für dich rauszuholen.«

»Wie großzügig von dir«, erwiderte Heather sarkastisch. »Aber ich verzichte. Ich habe das Recht auf meiner Seite. Weißt du überhaupt, was das bedeutet, Recht? Bald werden alle wissen, was für ein mieses Arschloch du wirklich bist, David!«

Er lachte lauthals los. »Ach, Heather, wem willst du hier was vormachen? Du glaubst doch selber nicht, was du da sagst. Du wirst vor Gericht untergehen. Ich habe dir die Chance gegeben, mit einem blauen Auge davonzukommen.

Aber jetzt wirst du sehen, wer von uns beiden Recht bekommt.« Er wandte sich um und lachte immer noch, als er in den Fahrstuhl stieg. Einige der anderen Beamten des Reviers sahen verwundert zu ihm und zu Heather, aber keiner hatte etwas mitbekommen. Heather packte die Mappe von Tomlinson in ihre Tasche und verließ das Büro.

Als sie zuhause ihre Tür aufschloss, kam der Kater sofort angelaufen und maunzte sie an. Es klang beinahe belehrend.

»Ach, halt die Klappe«, schalt Heather das Tier.

»Heather, kommst du bitte mal?«, rief ihr Vater aus dem Wohnzimmer. Leicht befremdet von seinem Tonfall ging sie ins Wohnzimmer, wo ihr Vater auf der Couch saß und einen Brief in der Hand hielt. Er hielt ihn ihr hin. »Kannst du mir das erklären?«

Sie nahm den Brief entgegen und sah den Absender.

»Wie kommst du dazu, meine Post aufzumachen, Dad?«, fuhr sie ihren Vater verärgert an. »Das ist meine Privatsache, das geht niemanden etwas an, auch dich nicht!«

»Der Brief kam in einem halbzerrissenen Umschlag hier an. Aber darum geht es jetzt nicht. Darin steht, dass du am nächsten Montag eine Anhörung vor Gericht hast, wegen der Scheidung von David. Als Begründung steht da, du wirfst ihm körperliche Gewalt in der Ehe vor?« Ihr Vater blickte geschockt zu ihr hoch. »Hat er dich geschlagen, Heather?«

Sie stand erstarrt vor ihrem Vater und sagte keinen Ton.

»Diese vielen blauen Flecke von deinen angeblichen Stürzen beim Fahrradfahren oder wenn du vermeintlich irgendwo gegen gelaufen bist. War das alles David?« Er sah sie fassungslos an. »Und als deine Augenhöhle gebrochen ist, weil du die Treppe hinuntergestürzt bist, war er das etwa auch?«

Alles, was sie zustande brachte, war ein leichtes Nicken.

»Dieser miese, kleine Hurensohn. Ich bring ihn um!« Ihr Vater stand auf und wollte in den Flur gehen, aber sie hielt ihn am Arm fest.

»Nein, Dad. Du wirst gar nichts tun«, sagte sie mit fester Stimme. »Das ist einzig und allein meine Sache. Ich werde das auf meine Art regeln.«

»Auf deine Art? Also die gleiche Art, auf die du dich von ihm jahrelang hast verprügeln lassen?«

»Dad, bitte. Ich muss das alleine zu Ende bringen.«

»Warum hast du mir das nie erzählt?« Er sah sie traurig an. »Du konntest mir doch immer alles erzählen, wir hatten doch nie Geheimnisse voreinander. Warum hast du es mir nie erzählt?« Seine Stimme klang fast flehentlich.

»Ich wollte es ja, aber ich ... ich habe David geliebt, Dad. Ich dachte, es wäre nur ein Ausrutscher oder vielleicht sogar meine eigene Schuld. Ich habe einfach zu lange gehofft, es würde vorbeigehen. Aber das tat es nicht.« Tränen stiegen ihr in die Augen. »Es wurde schlimmer. Aber dann, vor drei Monaten, habe ich es endlich geschafft, mich von ihm zu lösen. Meine Krankenakte liegt meinem Anwalt vor. Ich werde David für alles zur Rechenschaft ziehen und er wird dafür bezahlen, was er mir angetan hat.« Sie hielt ihren Vater immer noch am Arm fest.

»Ist gut, Schatz.« Er nahm sie in den Arm und endlich konnte Heather all ihren Schmerz loslassen. Den restlichen Abend verbrachten sie zusammen auf der Couch, bestellten Essen vom Chinesen und Heather erzählte ihrem Vater von dem anstehenden Verfahren der Internen Abteilung gegen sie.

»Du wirst noch eine Weile warten müssen, bis wir in die

White Mountains fahren, Herkules«, sagte ihr Vater zu dem Kater. »Ich bleibe so lange bei dir, bis das alles ausgestanden ist.«

Heather ahnte nicht, dass es schneller als gedacht dazu kommen würden.

22

PLÄNE SCHMIEDEN

10. DEZEMBER

Horus. Den Vormittag brütete Heather über den Bildern, die Tomlinson von der Rückseite der Platte gemacht hatte und grübelte darüber nach, was Waterston ihnen damit hatte mitteilen wollen. Sie prüfte alle Unterlagen, die sie über Waterston hatten, auch alles, was über Hawkins zu finden war. Aber nirgendwo gab es einen Hinweis darauf, was der tote Professor damit gemeint haben konnte, als er den Namen des ägyptischen Gottes auf die Rückseite der Platte platzierte. Einen Hinweis auf Falkenburg schloss Heather nach wie vor aus. Schließlich gab sie es entnervt auf und warf die Bilder verärgert in die Mappe zurück.

»Na, keinen Erfolg gehabt?«, fragte Captain Sullivan hinter ihr. Erschrocken drehte sie sich auf ihrem Stuhl herum.

»Oh, hallo Captain. Nein, überhaupt nicht. Ich weiß nicht, wonach ich noch suchen sollte. Ich werde mich jetzt erstmal auf die Soiree heute Abend im Met vorbereiten. Vielleicht habe ich ja mehr Glück dort.«

»Sie haben einen Verdacht, oder?«

»Ja, ich glaube, dass Erin Dempsey in der Sache mit drinsteckt. Aber auch hier habe ich keinerlei Beweise.«

»Vielleicht müssen Sie sie aus der Reserve locken«, sagte Sullivan nachdenklich. »Wenn Dempsey wirklich da mit drinsteckt, dann will sie die Steintafel haben.«

»Die jetzt aber bei David ist«, gab Heather zu bedenken.

»Das schon, aber wenn Sie heute Abend gegenüber ihr erwähnen, dass Sie auf einen interessanten Hinweis gestoßen sind, zwingen Sie sie eventuell zum Handeln.«

»Ich soll ihr eine Falle stellen? Gute Idee, aber wie?«

»Ihnen fällt schon etwas ein, da bin ich sicher.« Sullivan holte sich einen Kaffee und ging in sein Büro zurück. Heather blieb gedankenverloren an ihrem Schreibtisch sitzen. Nach einer Weile griff sie zum Telefon und wählte eine Nummer, die sie sich gestern aufgeschrieben hatte. Es dauerte einen Moment und die Stimme von Max Falkenburg erklang.

»Würden Sie mir einen Gefallen tun, Herr Falkenburg?«, fragte Heather und erklärte ihm in wenigen Worten, was er für sie tun sollte. Ohne zu zögern, sagte der alte Professor ihr seine Unterstützung zu. Nachdem sie aufgelegt hatte, fühlte sich Heather schon zuversichtlicher. Jetzt galt es nur noch, die Vorkehrungen zu treffen, damit die Falle auch wirklich zuschnappen konnte. Zuerst informierte sie Captain Sullivan über ihren Plan, der davon nicht sonderlich angetan schien.

»Sie wollen da Zivilisten mit reinziehen?«, fragte er skeptisch.

»Ich habe mit Falkenburg gesprochen, er ist einverstanden. Es geht auch nur darum, dass er bei seiner Rede eine kleine Anmerkung macht, die Tafel betreffend. Vielleicht wird Erin Dempsey dann nervös und begeht einen Fehler.«

»Wenn sie wirklich unsere Täterin ist, dann hat sie zwei Menschen getötet. Sie müssen sicherstellen, dass keine Zivilisten in Gefahr gebracht werden.«

»Es ist eine große öffentliche Veranstaltung heute Abend. Mehrere hundert Menschen werden dort sein. Sie wird es nicht riskieren, da unnötig aufzufallen. Vor allem, da sie diejenige ist, die diese Soiree organisiert hat.«

Sullivan nahm einen Schluck von seinem Kaffee und dachte einen Moment lang nach. »Gut, wir machen es so. Schade, dass Santiago jetzt ausfällt. Es wäre gut, wenn wir noch jemanden hätten, der uns ins Museum begleitet.«

»Uns?«, fragte Heather überrascht.

»Natürlich. Heute Abend ist unsere letzte Chance, um in diesem Fall noch etwas zu erreichen. Sobald das Schreiben von Internal Affairs hier eintrifft, müssen Sie mir Ihre Marke und die Dienstwaffe aushändigen und dürfen sich hier auf dem Revier nicht mehr blicken lassen, bis die Untersuchungen abgeschlossen sind.« Er sah sie ernst an. »Deswegen komme ich mit - um Sie zu unterstützen. Aber es wäre gut, wenn noch jemand dabei wäre.«

»Was ist mit Laurie Brannigan?«, fragte Heather. »Sie ist doch sowieso schon in den Fall involviert und ich denke, sie würde es machen.«

»Laurie ist kein Detective. Sie war zudem noch nie im Außeneinsatz tätig. Von der Akademie kam sie direkt hierher und arbeitet seitdem in unserer IT-Abteilung.«

»Dann wird es Zeit, dies zu ändern«, sagte Heather lächelnd.

»Hm, ich hatte eher an Tomlinson gedacht.«

»Er ist Gerichtsmediziner und noch weniger geeignet als Laurie, um bei einem Einsatz mitzumachen. Laurie hat wenigstens Ausbildung an der Waffe erhalten.«

»Nun gut, probieren wir es. Wir haben nicht mehr viel

zu verlieren. Wenn das schiefgeht, kann ich meinen Rücktritt ebenso gut einreichen.« Sullivan seufzte und nahm den Telefonhörer in die Hand. Er drückte die Kurzwahltaste auf der Tastatur und wartete kurz. »Brannigan, kommen Sie in mein Büro.«

Nur wenige Minuten danach stand Laurie Brannigan ebenfalls im Büro des Captains. Heather erläuterte ihr nur das Nötigste und vermied es, ihr zu viel mitzuteilen, um späteren Problemen für die junge Polizeibeamtin vorzubeugen, sollte wider Erwarten doch etwas schiefgehen.

»Mehr nicht?«, fragte Laurie beinahe enttäuscht, als Heather mit ihren Ausführungen geendet hatte. »Ich soll nur dort rumstehen und diese Archäologin beobachten?«

»Sie ist unsere Hauptverdächtige«, gab Heather zurück. »Unterschätze sie auf keinen Fall.«

»Ich erwarte von Ihnen nur, dass Sie alles im Blick behalten«, fügte Sullivan hinzu.

»Aber wäre es dann nicht sinnvoller, ich würde mich im Sicherheitsraum des Museums aufhalten? Die haben Überwachungskameras für alle Räume, da kann ich sie am besten im Auge behalten.«

Sullivan blickte Heather an. Sie nickte ihm zu.

»Gute Idee, Laurie, ich werde mit dem Museum telefonieren und dafür sorgen, dass Sie heute Abend in diesem Raum sein werden.« Heather konnte dem Captain die Erleichterung ansehen, dass Laurie nun nicht in der Schusslinie stehen würde, falls es zu Komplikationen kommen sollte. Er wollte einen Schluck aus seiner Kaffeetasse nehmen, stellte aber mit enttäuschtem Blick fest, dass diese schon leer war.

Es klopfte an der Tür und Tomlinson trat ein, ohne auf die Aufforderung zu warten.

»Entschuldigen Sie die Störung, Captain, aber ich habe gerade einen Anruf von Captain Rollins erhalten. Sie haben den Hinweis auf der Steintafel ebenfalls gefunden. Er wollte wissen, warum ich davon nichts erzählt habe. Ich habe ihn angelogen und gesagt, dass es mir nicht aufgefallen ist.«

»Und, hat er Ihnen geglaubt?«, fragte Sullivan mit kritischem Blick.

»Ich denke schon. Aber er hat angedeutet, dies in seinem Bericht zu vermerken, dass es mit meiner Qualifikation nicht so weit her ist.« Tomlinson blickte zerknirscht zu Boden.

»Machen Sie sich keinen Kopf deswegen. Wenn wir den Fall lösen und den richtigen Mörder fassen, dann wird Captain Rollins genug damit zu tun haben, seine eigenen Unzulänglichkeiten dem Commissioner zu erklären.« Der Captain stand auf und verließ mit seiner Kaffeetasse das Büro. Als er mit der gefüllten Tasse in der Hand zurückkam, ergriff Heather das Wort.

»Die Soiree im Met beginnt um acht Uhr abends. Das ist in sechs Stunden. Ich schlage vor, wir nutzen die Zeit, um uns auf alle Eventualitäten vorzubereiten. Das Museum ist riesig, aber am Abend werden die meisten Bereiche abgesperrt sein, dass heißt, es gibt nicht viele Möglichkeiten zur Flucht.«

»Was ist mit mir?«, fragte Tomlinson. »Kann ich auch was tun?«

»Sie sind Gerichtsmediziner, Stuart. Sie helfen uns am besten, wenn Sie hierbleiben«, sagte Sullivan. »Kein Aber!«, fügte er hinzu, als er bemerkte, das Tomlinson etwas entgegnen wollte.

»Gut, dann gehe ich, wenn meine Dienste nicht

gebraucht werden.« Er sah Heather in die Augen. »Viel Erfolg heute Abend.« Dann verließ er das Büro.

»Also, Laurie, Sie werden heute Abend ein Auge ... « Während Sullivan anfing, Laurie Brannigan zu verdeutlichen, was sie im Museum machen sollte, verließ Heather das Büro und lief Tomlinson hinterher und fing ihn kurz vor dem Fahrstuhl ab.

»Stuart, warte bitte.«

Er drückte auf die Ruftaste für den Aufzug. »Was gibt's denn noch? Soll ich noch jemanden belügen?«, fragte er gereizt.

»Nein, es tut mir leid, dass ich dich in so eine Lage gebracht habe.«

»Tut es das wirklich, Heather? Weißt du eigentlich, wie schwer mir das fällt, dieses ständige Lügen für dich?« Er drehte sich von der Fahrstuhltür weg und sah ihr direkt in die Augen. »Erst über deine Krankheit und jetzt auch noch über meine Arbeit? Kannst du dir vorstellen, welche Auswirkungen das auf meine Reputation haben wird, wenn Captain Rollins wirklich in seinen Bericht schreibt, dass ich unfähig war, diese überdeutlich sichtbaren Hinweise auf der Steintafel zu übersehen, die jeder Anfänger bemerkt hätte?«

»Nein, das kann ich mir nicht vorstellen«, gab Heather kleinlaut zu. »Aber ich ...«

Die Fahrstuhltüren öffneten sich und Tomlinson stieg ein.

»Und das Schlimme daran ist: Ich würde es wieder tun, weil ich ... «, die Türen schlossen sich automatisch wieder. Sofort gingen sie wieder auf. Heather verschränkte die Arme vor dem Oberkörper und grinste den Gerichtsmediziner an.

»Was ich sagen wollte: Du schuldest mir immer noch

ein Abendessen. Nur wir zwei«, sagte Tomlinson mit einer Stimme, die keinen Widerspruch duldete und drückte dann auf die Taste für das Erdgeschoss. Die Türen schlossen erneut. Schmunzelnd ging Heather zurück in das Büro des Captains.

»Haben Sie alles geklärt? Gut. Dann erkläre ich Ihnen jetzt, wie ich mir das heute Abend vorstelle. Und diesmal dulde ich keine eigenmächtigen Entscheidungen, verstanden? Alles wird vorher mit mir abgestimmt!«

»Jawohl, Sir«, antwortete Heather. »Keine Alleingänge, versprochen.«

»Gut, dann kann ja nichts schiefgehen.«

~

Nur noch neunzig Minuten bis zum Start der Soiree im Museum. Heather Rollins und Laurie Brannigan sollten jetzt bereits im Museum eingetroffen sein und würden dort auf ihn warten. Ron Sullivan holte seine Dienstwaffe aus dem Schreibtischfach, einen alten Colt Trooper, Kaliber .357 Magnum. Er wog die schwere Waffe in seiner rechten Hand. Tausendzweihundertfünfundsiebzig Gramm. Es war lange her, dass er diese Waffe abgefeuert hatte, er versuchte, sich zu erinnern, wann genau, aber es fiel ihm nicht ein. Irgendwann im letzten Jahrhundert, das wusste er. Da fuhr ihm ein plötzlicher, krampfartiger Schmerz in den Magen und er ließ die Waffe auf den Boden fallen. Kalter Schweiß stand ihm auf der Stirn.

Was zur Hölle ist los mit mir?

Er beugte sich hinunter, um den Revolver aufzuheben, aber erneut flutete ein nie gekannter Schmerz durch seinen Körper. In seiner Speiseröhre brodelte es, er versuchte noch, die aufsteigende Magensäure zu kontrollieren, aber da brach es schon wie ein Sturzbach aus ihm heraus. Völlig entgeistert blickte Sullivan auf seinen Schreibtisch. Er hatte Blut gespuckt. Eine Menge Blut.

Ein weiterer Krampf schüttelte ihn, ihm wurde schwindelig und er stürzte vom Stuhl hinab. Stöhnend versuchte er, sich vom Boden wieder nach oben zu stemmen. Mühsam klammerte er sich an seinen Stuhl und versuchte sich wieder nach oben zu ziehen, aber ein starker Hustenanfall machte diese Bemühungen zunichte. Er musste loslassen und fiel zurück auf den Boden. Die Krämpfe in seinem Magen wurden immer schlimmer, Sullivan hatte nie zuvor solche Schmerzen gespürt. Als ob er innerlich verbrennen würde. Er hustete und würgte, er wälzte sich auf dem Boden herum, aber es gelang ihm nicht mehr, auf die Beine zu kommen. Neben sich auf dem Teppich konnte er weitere Blutflecke sehen.

Verdammt, dachte er, *was ist das nur?*

Dann hörte er, wie die Tür seines Büros geöffnet wurde. Er versuchte, etwas zu rufen, brachte aber nur noch einen Würgelaut hervor, der von einem neuerlichen Hustenanfall unterbrochen wurde. Leise Schritte gingen um seinen Schreibtisch herum und dann sah er eine Person vor sich stehen, die ihn mitleidig ansah und dann auf eine Armbanduhr tippte.

»Sie sind spät dran, Ron. Aber ich fürchte, Sie werden heute Abend nirgendwo mehr hingehen. Es tut mir leid, dass es so kommen musste, das müssen Sie mir glauben. Aber mir blieb keine andere Wahl. Es wäre so viel einfacher gewesen, wenn Sie die Sache einfach auf sich beruhen hätten lassen. Dann hätte ich nur Heather Rollins aus dem Weg schaffen müssen. Obwohl, so klappt es vielleicht sogar noch besser.«

Sullivan hustete erneut Blut und stieß einen erstickten

Schrei aus, als die Schmerzen übermächtig wurden. Er würgte und hatte dabei das Gefühl, sein Hals würde von innen heraus verbrennen. Mit letzter Anstrengung robbte er zu seiner Waffe, die dicht neben ihm lag und doch unerreichbar schien.

»Ron, ich bin beeindruckt. Normalerweise hätte ich erwartet, Sie schon tot vorzufinden, bei der Dosis Gift, die ich Ihnen heute verabreicht habe.«

Sullivan hob den Kopf und versuchte etwas zu sagen, aber er verkrampfte sich und musste sich übergeben. In den Schwall des Erbrochenen mischte sich eine Menge Blut. Ein hässliches Lachen erklang.

»Ricin. Das Zeug ist so verdammt tödlich. Normalerweise reichen fünf Milligramm aus, um einen Erwachsenen zu töten. Die Wirkung in heißen Getränken ist allerdings unsicher, da das Zeug sehr temperaturempfindlich ist. Ab sechzig Grad ist es unschädlich, aber Ihr Kaffee war sicherlich nicht mehr so heiß, als ich das Gift hineingetan habe. Trotzdem habe ich zur Sicherheit die Dosis erhöht. Um das Zwanzigfache, um genau zu sein. Sie werden es also gleich hinter sich haben. Das Gift hat sicher schon Ihr Verdauungssystem und die Leber zerstört und funktionsunfähig gemacht, die Nieren sollten auch schon hinüber sein. Die roten Blutkörperchen werden nach und nach allesamt zerstört. Innere Blutungen tun dann ihr Übriges. Gleich sollte ein Kollaps Ihres gesamten Kreislaufs eintreten und dann, das verspreche ich Ihnen, Ron, dann werden Sie keine Schmerzen mehr haben.«

Sullivan kippte schlaff zur Seite und versuchte, noch etwas zu sagen, aber sein Blick verschwamm und alles wurde schwarz. Sein letzter Atemzug kam einer Erlösung gleich.

23

SOIREE

HEATHER BLICKTE NERVÖS auf ihre Armbanduhr. In fünfzehn Minuten sollte der offizielle Teil der Soiree starten und von Captain Sullivan war immer noch nichts zu sehen. Sie zog ihr Smartphone hervor und wählte seine Nummer. Nach über dreißig Sekunden erfolglosen Klingelns legte sie auf und wählte dann Lauries Nummer.

»Ja?«, meldete diese sich sofort.

»Bist du schon im Überwachungsraum, Laurie?«

»Na klar, ich habe hier alles im Blick. Wink doch mal, Heather. Du siehst klasse aus in diesem Outfit, steht dir ausgezeichnet, dieser Hosenanzug, sehr elegant. Valentino?«

»Danke, Laurie, aber mir ist gerade nicht danach zumute, über Mode zu reden. Hast du den Captain irgendwo gesehen?«

»Warte mal einen Moment ... Nein, ich kann ihn und seine Glatze nirgends sehen. Er kommt sicher gleich noch. Du weißt doch ...«

»Keine Alleingänge, ich weiß. Bis später, Laurie.«

Heather drückte auf die rote Taste auf dem Display und beendete das Gespräch. Sie hatte ein ungutes Gefühl. Anspannung machte sich in ihr breit. Sie befand sich bereits im Sackler-Flügel des Museums und stand inmitten einer großen Menschenmenge. Der Tempel von Dendur war beeindruckend illuminiert an diesem Abend. Verschiedene Lichtinstallationen, die in Intervallen die Farbe wechselten, waren am Tempel und seinen Pylonen angebracht worden und verliehen dem Ganzen eine mystische Atmosphäre. Auch im Pool schwammen künstliche Seerosen, auf denen kleine LED-Lampen befestigt waren, und sorgten für ein faszinierendes Lichtspiel. An den Wänden des Saals waren künstliche Fackeln angebracht, in denen ein zuckendes LED-Licht den Eindruck von Flammen nachahmte.

»Gefällt es Ihnen hier, Detective Rollins?«

Heather drehte sich um und sah Max Falkenburg ins Gesicht. Seine Ehefrau hatte sich an seinem linken Arm eingehakt. Die beiden hatten sich für diesen Abend richtig in Schale geworfen. Er trug einen dunkelblauen Smoking und einen weißen Querbinder, während seine Frau ein nachtschwarzes, mit etlichen Swarowski-Steinen besetztes Abendkleid trug, welches sie in dem schummrigen Licht des Raumes um gute zwanzig Jahre jünger wirken ließ.

»Guten Abend. Ja, es ist wirklich stimmungsvoll hier. Was ist mit Ihnen? Sind Sie vorbereitet?«

»Keine Sorge, Detective. Ich weiß, was ich zu tun habe. Ich hoffe nur, Ihr Plan geht auf.« Falkenburg blickte besorgt in die Menge. »Obwohl ich mir immer noch nicht vorstellen kann, dass Miss Dempsey diejenige ist, die James und Direktor Hawkins auf dem Gewissen hat.«

»Wir werden sehen. Nach Ihrer Rede wissen wir mehr. Jetzt entschuldigen Sie mich bitte, ich muss mich noch mit meinem Captain treffen.« Sie ging von den Falkenburgs fort, hinüber zum Eingang des Sackler-Flügels. Hier konnte sie Captain Sullivan sofort sehen, wenn er eintraf.

»Hey, Gonzo, kommst du jetzt noch mit auf ein Bier?«

»Klar doch, Scotty. Ich muss nur noch meinen Bericht beim Captain abgeben, dann komme ich. Ihr könnt ja schon mal vorgehen.«

Ricardo Gonzalez schlenderte durch das fast leere Büro des 42. Reviers auf das Dienstzimmer von Captain Sullivan zu, während seine zwei Partner sich schon mit dem Fahrstuhl auf den Weg nach unten aufmachten. Als er am Schreibtisch von Heather Rollins entlangging, stoppte er kurz und sah sich um. Niemand war in der Nähe. Er überlegte, womit er sie am besten schikanieren konnte. Kurzerhand nahm er eine Schere von ihrem Tisch und zerschnitt damit das Kabel der Tastatur für ihren Computer. Die Computermaus war schnurlos, also nahm er diese und warf sie in den Mülleimer. Seine Augen leuchteten auf, als er eine halbvolle Kaffeetasse rechts neben dem Monitor stehen sah. Schnell griff er sich den Becher und kippte den Inhalt auf den Stuhl. Durch die schwarze Sitzfläche würde Rollins es nicht sehen, sondern erst merken, wenn es zu spät war. Er stellte die Tasse zurück auf den Tisch und ging zufrieden weiter zum Büro von Sullivan. Dort klopfte er vorsichtig an, er wusste, dass der Alte momentan nicht gut auf ihn zu sprechen war.

Bestimmt auch das Werk dieser verdammten Schlampe Rollins, dachte er.

Er wartete einen Moment, aber es kam keine Reaktion. Auch nach einem weiteren Klopfen passierte nichts.

Gonzalez drückte die Türklinke nach unten und trat vorsichtig ein.

»Captain, ich wollte nur …« Er stockte. Ein widerlicher, beißender Geruch waberte ihm entgegen. »Oh Gott, was für ein Gestank.« Dann sah er den Kopf von Sullivan am Boden neben der linken Schreibtischecke liegen. »Scheiße!«

~

Nur noch fünf Minuten, bevor es losgeht, dachte Heather. Von Captain Sullivan war nichts zu sehen. Sie blickte sich um und konnte sehen, dass am kleinen Rednerpult, das schräg rechts vor dem Tempel aufgebaut worden war, schon rege Betriebsamkeit herrschte. Gleich würde es losgehen. Max Falkenburg sollte als Zweiter sprechen. Dann würde er den Köder auswerfen, den Erin Dempsey hoffentlich bereitwillig schlucken würde. Ihr Smartphone vibrierte in ihrer Hosentasche.

»Ja, Laurie?«

»Von Sullivan ist immer noch nichts zu sehen, ich habe schon versucht, ihn anzurufen, aber es geht niemand an sein Telefon.«

»Wir können nicht länger auf ihn warten. Er wird seine Gründe haben oder es ist ihm etwas Wichtiges dazwischengekommen.« Heather dachte an die Untersuchungen der Internen Abteilung, vielleicht waren die noch auf dem Revier aufgetaucht. »Dann muss es eben zu zweit gehen, wir kriegen das auch ohne ihn hin. Behalte du Erin Dempsey im Auge!«

»Mach ich. Oh, wen haben wir denn da? Besuch für dich.« Laurie legte auf und Heather blickte verwundert auf ihr Telefon, als sie auch schon bemerkte, wie ihr jemand auf die Schulter tippte. Sie drehte sich um und blickte in das Gesicht von Stuart Tomlinson.

»Guten Abend, Heather.«

»Stuart, was machst du hier? Du solltest dich doch raushalten.«

»Possum, sed nolo«, erwiderte er grinsend. »Ich bin privat hier, das kann mir ja schließlich niemand verbieten, oder? Sag mir nur, wo der Captain sich rumtreibt, damit ich ihm aus dem Weg gehen kann.« Er lächelte sie an. »Übrigens, nettes Outfit, solltest du öfter tragen.«

»Danke. Dein Anzug steht dir auch prima«, reagierte Heather leicht grantig. »Sullivan ist noch nicht hier und es geht jeden Moment los.« Sie hörte, wie das Mikrofon für den Redner eingeschaltet wurde. »Wo du schon mal da bist, kannst du dich auch nützlich machen. Bitte bleib hier in der Nähe des Eingangs stehen. Wenn Erin Dempsey den Raum verlässt, gib mir Bescheid, ja?«

»Geht klar, das bekomme ich hin.« Er zwinkerte ihr zu und sie erwiderte es mit einem Lächeln.

Der erste Redner hatte begonnen. Es war ein weißhaariger Mann, den Heather bereits kannte. Sanderson, der Archivar. Offensichtlich war er nun die Interimslösung für den getöteten Hawkins. Er erwähnte die beiden Toten und wie sehr es in deren Interesse gewesen wäre, diesen Abend so stattfinden zu lassen. Heather hörte nicht richtig hin, sie schob sich durch die Menschenmenge und achtete dabei die ganze Zeit auf Erin Dempsey, die einige Meter hinter Sanderson stand. Auch sie sollte noch eine kurze Rede halten, das wusste Heather von Max Falkenburg, der ihr den Ablauf für den Abend mitgeteilt hatte. Nach Sanderson würde allerdings erst Falkenburg selber sprechen und in seiner Rede die Totentafel erwähnen und dass Waterston diese gefunden hatte. Das war der Moment, auf den Heather wartete, die Reaktion in Dempseys Gesicht zu sehen, wenn die Verkündung dieser Entdeckung ihr die Gesichtszüge entgleisen ließ. Immerhin wäre damit alles vergebens gewesen, wenn die Entdeckung schon jetzt, einfach beiläufig, publik gemacht würde, durch einen angesehenen und bekannten Archäologen.

»Keine Bewegung!« Heather erschrak, als sie spürte, wie sich etwas in ihren Rücken bohrte. Aber schnell hatte sie sich wieder im Griff und drehte sich zornig um.

»Was willst du hier, David?«, flüsterte sie ihrem zukünftigen Ex-Mann zornig zu, während er seine wie zur Waffe geformten Finger von ihrem Rücken zurückzog.

»Das Gleiche könnte ich dich genauso fragen, meine Liebe. Du bist doch sicherlich nur privat hier, oder? Es ist schließlich nicht mehr dein Fall und außerdem wirst du spätestens ab Montag sowieso kein Detective mehr sein!« Er schenkte ihr ein niederträchtiges Lächeln. »Ist Sullivan auch hier, der alte Esel? Falls ja, wird auch er ab Montag Probleme mit Internal Affairs bekommen.« David blickte sich suchend um.

»Nein, ist er nicht. Und wir werden ja sehen, wer hier noch Probleme bekommt. Hast du schon die Hosen voll vor unserem Gerichtstermin? Und jetzt lass mich da bitte durch, ich möchte mir die Reden in Ruhe anhören.«

Sie drängte sich an David vorbei und stellte sich ein paar Meter weiter direkt an die Kante des Pools. Von dieser Position aus hatte sie das Rednerpult bestens im Blick. Es gab gemäßigten Applaus, weil Sanderson mit seiner Rede geendet hatte und jetzt Max Falkenburg an das Mikrofon trat. Er hielt ein paar Zettel in der Hand, die er nun vor sich auf das Pult legte. Auch er begann damit, an die beiden Toten zu erinnern, und bat um eine kurze Schweigeminute.

Gute Idee, dachte Heather und beobachtete Erin

Dempsey genau. Die junge Frau sah nervös aus, was natürlich auch dem Umstand geschuldet sein könnte, dass sie gleich ebenfalls noch eine Rede zur Eröffnung der Ausstellung halten sollte. Aber Heather sah genau hin. Erin Dempsey hielt ihre Hände wie zum Gebet zusammengefaltet vor den Bauch, ihre Finger schienen sich förmlich ineinander verkrampft zu haben. Sie trug ein weißes Kleid, das gerade so ihre Knie bedeckte. Heather sah, dass ihr linkes Bein leicht zitterte, als die Schweigeminute vorbei war und Falkenburg fortfuhr. Er setzte direkt bei James Waterston an und erzählte einige Anekdoten über ihn, aus Studienzeiten. Erwähnte gemeinsame Ausgrabungen sowie Entdeckungen und Ausstellungen, die Waterston gemacht hatte. Dann legte er eine kleine Pause ein und musterte zufrieden die Gesichter seiner Zuhörer. Er erblickte Heather und nickte ihr leicht zu. Jetzt würde er den Köder auslegen.

Aber bevor Falkenburg fortfahren konnte, gab es einen lauten Knall. Aus dem Augenwinkel sah Heather ein Aufblitzen aus dem Tempel von Dendur kommen. Ein zweiter Schuss folgte. Die Menschen im Raum begannen zu schreien. Heather sah, wie Falkenburg vornübergebeugt auf das Rednerpult stürzte, sich an das Mikrofon klammerte und dann langsam zu Boden sank. Über das Mikrofon, das er mit seiner Hand zu Boden riss, wurde sein Sturz dröhnend laut im Raum übertragen. Sie sah, wie Jody Falkenburg zu ihrem Mann rannte und versuchte selber, sich durch die zum Ausgang drängenden Menschen ihren Weg zum Pult zu bahnen. Da bekam sie einen Stoß von der Seite, geriet aus dem Gleichgewicht und stürzte in den Pool. Das Wasser war nicht tief, aber immerhin tief genug, um einmal unterzutauchen. Als sie unter der Wasseroberfläche war, hörte sie dumpf einen weiteren Knall. Prustend tauchte sie wieder auf, schwamm zum Rand und stemmte sich aus dem Wasser hoch. Sie sah zum Rednerpult, wo jetzt David mit gezogener Waffe zusammen mit Jody Falkenburg kauerte und die Frau von ihrem toten Mann wegzog, hinter dem Pult Deckung suchend. Heather ließ ihren Blick durch den Raum schweifen, sie konnte Erin Dempsey nirgends entdecken. Sie zog ihr Smartphone aus der Tasche, aber das Gerät hatte den Sturz ins Wasser nicht überstanden, das Display blieb schwarz. Fluchend schleuderte sie das Handy zur Seite weg, zog ihre Waffe aus dem Schulterholster und lief dann gebückt zu David und Jody Falkenburg.

»Meinst du, das ist der richtige Augenblick für ein Bad?«, fragte David, als sie sich vor Nässe triefend neben ihn hockte. Aber sie reagierte nicht darauf. Vorsichtig beugte sie sich vor und sah Max Falkenburg flach auf dem Boden liegen. Der Tempel leuchtete jetzt in zarten Rottönen.

»Kannst du mir Deckung geben?«, fragte sie David.

»Was hast du vor?«

Aber Heather gab keine Antwort, stattdessen katapultierte sie sich aus der Hocke nach oben und rannte, ihre Waffe in beiden Händen haltend, auf den Tempel von Dendur zu. Sie schaffte es bis zum Pylontor und stellte sich mit dem Rücken gegen die rechte der mächtigen Säulen. Jetzt konnte sie den gesamten Saal überblicken. Er war leer, außer David, Jody Falkenburg und ihr war niemand mehr hier drin. Auch von Tomlinson fehlte jede Spur, ebenso wie von Erin Dempsey. Oder war sie es, die geschossen hatte?

Unmöglich, dachte Heather.

Dempsey stand rechts hinter Falkenburg, als der erste Schuss aus dem Tempel abgefeuert wurde, der in der linken Ecke des Raumes lag. Heather hoffte, dass Laurie

Brannigan ihre Hauptverdächtige nicht aus den Augen verloren hatte. Aber vorerst war sie auf sich allein gestellt. Auf David wollte sie sich lieber nicht verlassen. Dann sah sie, wie der am Boden liegende Max Falkenburg sich regte.

»David, hilf ihm. Er lebt noch«, rief sie.

Jody Falkenburg war sofort bei ihrem Mann und zog ihn mit Hilfe von David hinter das Rednerpult. Heather atmete tief durch, drehte sich von der Säule weg und stellte sich direkt in den Durchgang zum Tempel. Das Licht hatte mittlerweile ins Bläuliche gewechselt. Langsam schritt Heather weiter auf den kleinen Tempel zu, dessen Eingang tiefschwarz vor ihr lag. Ihr Herz hämmerte in ihrer Brust. Sie war sich nicht sicher, ob dort in der Dunkelheit des Tempels der Schütze lauerte oder ob dieser bereits geflüchtet war. Sie war nur noch zwei Meter vom Tempeleingang entfernt, sie atmete tief ein und machte einen Satz nach vorne. Ihre Augen gewöhnten sich schnell an die Finsternis, die Illumination draußen war nun auf ein helles Weiß gewechselt, und schien leicht in den Tempelraum hinein. Niemand war hier, Heather machte einen Schritt nach vorne und trat auf etwas. Es knirschte unter ihrem Fuß. Sie zog ihren Fuß zurück und ging in die Knie. Eine Patronenhülse lag dort.

»Heather, alles in Ordnung?«

»Alles gut. Hier ist niemand mehr, aber ich habe eine Spur gefunden«, rief sie zurück. Sie ließ die Hülse am Boden liegen und verließ den Tempel wieder. Ihre Waffe steckte sie in das Schulterholster zurück. Sie zitterte leicht, was aber auf die nasse Kleidung zurückzuführen war. Schnell lief sie vom Tempel zu David und den Falkenburgs. Max Falkenburg saß aufrecht mit dem Rücken an das Rednerpult gelehnt. Sein Jackett und sein Hemd waren aufgeknöpft und als Heather direkt vor ihm stand, lächelte der alte Mann sie an und klopfte sich auf die kugelsichere Weste, die er unter seinem Anzug trug.

»Ich hatte heute so ein Gefühl, dass es nicht schaden könnte, wenn ich mich etwas absichere«, sagte er matt. »Aber es hat trotzdem verdammt weh getan.«

»Du hast mir einen Riesenschreck eingejagt! Sag mir das nächste Mal vorher Bescheid«, schimpfte seine Frau und umarmte ihn gleich danach fest.

»Autsch, nicht so doll, mein Rücken!« Max Falkenburg verzog das Gesicht.

David, der die ganze Zeit danebenstand, ging zu Heather und sah sie ernst an.

»Das war deine Idee, oder? Du hast einen unbeteiligten Zivilisten in Gefahr gebracht?«, fragte er ungläubig, um gleich danach hinterhältig zu lächeln. »Du bist sowas von am Arsch! Sag deiner Marke schon mal auf Wiedersehen.«

»Es war meine Idee«, sagte Max Falkenburg hinter ihm. »Detective Rollins wusste nicht, was ich vorhatte.«

David drehte sich um und sah den alten Mann an, der sich langsam von seiner Frau auf die Beine helfen ließ.

»Wie auch immer, das Ganze wird trotzdem ein Nachspiel haben!« David holte eine kleine Taschenlampe aus seiner Jackentasche hervor und ging zum Tempel.

»Vielen Dank, Herr Falkenburg«, flüsterte Heather, als David weit genug weg war. »Aber er hat recht, ich hätte Sie da nicht mit hineinziehen sollen.«

»Das haben Sie nicht. Ich bin alt genug, um selbst zu entscheiden, was ich tue. Genauso gut hätte ich nein sagen können, aber ich bin es James schuldig, alles zu tun, um Ihnen zu helfen, seinen Mörder zu finden.«

»Nur leider sind wir immer noch nicht weiter. Erin Dempsey kann unmöglich auf Sie geschossen haben, sie stand auf der anderen Seite, die Schüsse wurden definitiv aus dem Tempel abgegeben.«

»Wo ist sie denn?«, fragte Jody Falkenburg.

»Ich weiß es nicht, eigentlich sollten meine Kollegen sie im Auge behalten, aber ich bin ins Wasser gefallen und mein Handy ist hinüber.«

Kaum hatte Heather ihren Satz beendet, da hörte sie ein brummendes Geräusch. Sie drehte sich zum Pool um und sah in einiger Entfernung ihr Smartphone über den Boden wandern. Es funktionierte wieder. Sie hatte den Vibrationsalarm eingeschaltet. Jemand rief an. Schnell lief Heather zu dem Telefon, hob es auf und drückte auf die Gespräch-annehmen-Taste.

»Ja?«

»Heather«, flüsterte Tomlinson. »Ich bin Erin Dempsey gefolgt, wie du gesagt hast. In den Keller des Museums, hier ist noch jemand, aber ich weiß nicht wer. Sie streiten sich.«

»Wo bist du genau, Stuart?«, fragte sie aufgeregt.

»Weiß ich nicht genau. Aber hier steht einiges ägyptisches Zeugs rum, ich stehe hinter einem Sarkophag. Ich hoffe nur, da ist keine Mumie drin.«

»Bleib, wo du bist, und verhalte dich ruhig. Ich bin sofort bei dir!« Ein lautes Scheppern ertönte in Heathers Ohr.

»Verdammt, ich -« Die Verbindung wurde unterbrochen.

Heather dreht sich zu den Falkenburgs um.

»Wie komme ich am schnellsten in den Keller, dorthin, wo ägyptische Artefakte aufbewahrt werden?«

24

AUSWEGLOS

Heather rannte durch die Ausstellungsräume des Museums in Richtung der großen Halle. Dort war die einzige Treppe im gesamten Komplex, die in den Keller des Metropolitan Museum führte. Falkenburg hatte schwach gelächelt, als er dies sagte. Er hatte Erin Dempsey noch eine zweite Falle gestellt, eine, die er nicht mit Heather abgestimmt hatte. Nur für den Fall, dass etwas schiefgehen sollte, sagte er. Bevor er seine Rede begonnen hatte, hatte er mit Erin über die Steintafel gesprochen und erwähnt, dass er diese bereits wieder vom NYPD zurückerhalten habe und an ihren alten Platz im Kellerarchiv gebracht hatte.

Der alte Mann ist echt ausgeschlafen, dachte Heather, als sie die Tür zum Kellerabgang erreichte. Sie zog ihre Waffe und steckte das Smartphone ein, mit dem sie die ganze Zeit über versuchte, Laurie Brannigan zu erreichen, vergeblich. Aber sie hatte jetzt keine Zeit mehr, auf Verstärkung zu warten, David hatte sie nichts gesagt und den Sackler-Flügel verlassen, während sich dieser noch im Tempel von Dendur aufgehalten hatte. Vorsichtig ging sie die

Treppenstufen hinab, das Licht war bereits eingeschaltet worden. Am unteren Treppenabsatz gab es drei Möglichkeiten weiterzugehen. Links, geradeaus oder rechts. Max Falkenburg hatte ihr gesagt, sie müsse sich links halten, also tat sie das auch. Der Gang war sehr breit, zwei Geländewagen würden ohne Probleme hier ihren Platz finden. Heather lief den langen Gang bis zur nächsten Abzweigung und hielt sich dann rechts. Als sie das Echo von Stimmen hörte, bremste sie etwas ab und versuchte zu verstehen, was gesagt wurde oder wer da sprach. Plötzlich gab es einen lauten Knall. Kein Schuss, es klang, als ob jemand gegen einen hohlen Gegenstand geschlagen hatte. Dann folgte ein Wort, das laut und deutlich von den Wänden widerhallte.

»REDE!«

Heather fuhr zusammen, als sie die Stimme hörte. Sie erkannte sie.

Ich dämliche Kuh! Das ist Earl, der Nachtwächter.

Sie entsicherte ihre Waffe und ging dicht an die Wand gedrückt den Gang weiter entlang. Der Weg mündete in eine kleine, ringförmige Halle von circa zehn Metern im Durchmesser. Rechts von ihrem Eingang erblickte Heather einen Sarkophag, wahrscheinlich der, von dem Tomlinson gesprochen hatte. Der Gerichtsmediziner lag direkt davor und hielt sich den Kopf. Blut tropfte zwischen seinen Fingern heraus. Heather blieb noch außer Sichtweite im Gang stehen und beobachtete den großen Raum genau. Sie sah vier Türen auf der rechten Seite hinter dem Sarkophag, nach links konnte sie von ihrer Position aus nicht sehen, aber sie ging davon aus, dass es dort mindestens dieselbe Anzahl an Türen gab. In diesen Räumen wurden die Artefakte aufbewahrt, die nicht Teil der Dauerausstellung in den oberen Räumen waren und nur selten einmal hervorgeholt wurden. Hier hatte Waterston seine Steintafel gefunden.

»Deine letzte Chance, Bulle. Wo ist die Steintafel?«, fragte Earl. Seine Stimme klang überhaupt nicht nach dem verschüchterten Nachtwächter, den er ihnen noch kürzlich im Krankenhaus vorgespielt hatte.

»Ich weiß nichts«, gab Tomlinson zurück.

»Ist sie noch bei der Polizei oder nicht?«, fragte eine Frauenstimme. Erin Dempsey, wie Heather mit leichter Befriedigung zur Kenntnis nahm. Sie spannte den Hahn ihrer Glock und atmete einmal tief durch. Dann sprang sie mit einem Satz in den Raum hinein und richtete die Waffe auf Earl und Erin Dempsey, die neben ihm stand.

»Waffe weg, Earl!«, brüllte sie.

Der Nachtwächter und die Archäologin erstarrten vor Schreck. Earl schien einen Moment lang zu überlegen, ließ dann die rechte Hand mit der Waffe sinken und hob die linke über den Kopf.

»Ganz langsam, Earl. Fallen lassen und dann schieben Sie sie mit dem Fuß zu mir rüber.«

Der Mann gehorchte. Er kickte die Waffe genau zu Heather hinüber, sodass sie ihren Fuß darauf stellen konnte.

»Sehr gut. Und jetzt machen Sie beide ein paar Schritte zurück, bis an die Wand.« Heather machte einen Schritt weiter in den Raum hinein. »Alles in Ordnung, Stuart?«

»Nur eine Platzwunde an der Stirn, mehr nicht«, sagte der gefasst. Heather nickte ihm zu, dann wandte sie sich sofort wieder an Earl. »Sie haben Ihr Gedächtnis aber schnell wiedererlangt.«

Er antwortete nicht, aber plötzlich wurden seine Augen groß. Heather drehte sich nach links, wo plötzlich Laurie Brannigan außer Atem aus dem Gang auftauchte.

»Heather, hier bist du! Ich versuche schon die ganze Zeit, dich zu erreichen. Captain Sullivan ist tot!«

»Was?«, fragte Heather wie vom Donner gerührt.

»Ja. Aber es kommt noch schlimmer: Du warst es!« Lauries Stimme wurde eiskalt und zu spät realisierte Heather ihren Fehler, als Laurie Brannigan ihr brutal mit dem Griffstück ihrer Waffe ins Gesicht schlug. Sie stürzte zu Boden. Ihre Waffe entglitt ihr und Blut lief aus der aufgeplatzten Augenbraue über ihr Gesicht. Laurie lächelte und schob Earl seine Waffe mit dem Fuß wieder zurück, dann hob sie Heathers Waffe auf.

»Gut gemacht, Laurie«, lobte Earl die brünette Polizistin. »Aber du hast dir ganz schön Zeit gelassen.«

»Tut mir leid. Aber ich musste dort oben noch kurz für Ablenkung sorgen. Wir müssen uns beeilen, die Kollegen vom NYPD werden gleich eintreffen.« Sie wandte sich an Heather. »Also, wo ist die Totentafel? Falkenburg hat Erin erzählt, sie wäre bereits wieder zurückgegeben worden. Aber wir wissen doch beide, dass das nicht stimmt, oder Heather?«

Heather stützte sich auf ihre Handflächen und schob sich ein Stück zurück, bis sie mit dem Rücken gegen Tomlinson stieß.

»David hat die Platte auf seinem Revier«, gab sie grimmig zurück.

»Was?«, schrie Erin Dempsey entgeistert auf. Sie wollte noch etwas sagen, wurde aber durch ein Handzeichen von Laurie gestoppt.

»Siehst du, ich habe es dir doch gleich gesagt, aber du wolltest mir ja nicht glauben. Falkenburg hat dich verarscht.«

»Aber ... was machen wir jetzt, ohne die Tafel?«

»Wir brauchen sie nicht, was wir brauchen, ist der

fehlende Teil der Tafel. Und einer von diesen beiden hier weiß, wo sie ist.« Laurie musterte Heather und Stuart Tomlinson genau. »Ist doch so.«

»Wieso, Laurie? Wie konntest du das tun?«, fragte Heather immer noch geschockt.

Die lachte nur auf. »Wieso? Weil ich seit drei Jahren beim NYPD nicht von der Stelle komme und immer nur die Tussi bin, die sich beschlagnahmte Computer ansehen darf. Für ein lausiges Gehalt. Immer haben die mich kleingehalten und vertröstet. Nur weil ich nicht die nötigen Beziehungen hatte. Als Earl, mein Stiefvater, dann hier im Met zufällig von Waterstons Entdeckung hörte …«

Heather blickte ungläubig zu dem Nachtwächter hinüber, der ihr ein schmieriges Grinsen schenkte.

»Es war ein glücklicher Zufall«, setzte Earl an. »Vor zehn Wochen machte ich gerade meine Runde, als ich bemerkte, dass noch Licht aus einem der Büros schien. Ich wollte es ausschalten, aber dann waren Waterston und dieser Falkenburg dort und unterhielten sich über diese Tafel, die Big Jim gefunden hatte. Ich weiß nicht warum, aber ich sagte nichts, sondern hörte zu.«

»Und dann haben Sie beschlossen, zum Mörder zu werden«, sagte Tomlinson mit düsterem Blick.

Der Nachtwächter lachte. »Aber nicht doch. Erstmal habe ich gar nichts gemacht, aber ein paar Tage später, da sprach Hawkins mit Waterston über die Tafel. Und er nannte einen möglichen Wert für den Fund. Da bin ich aus allen Wolken gefallen. Er sprach von mehreren hundert Millionen Dollar. Das habe ich meiner Laurie dann beim Abendessen erzählt.« Earl blickte zu seiner Stieftochter.

»Und dann haben wir einen perfekten Plan entworfen«, führte Laurie fort. »Zum Glück arbeitet meine Freundin Erin im Museum.« Sie blickte zu der Archäologin und fuhr dann fort. »Es war einfach, auch Kenneth davon zu überzeugen, mitzumachen. Das Geld war ein sehr überzeugendes Argument. Erin und Kenneth hatten die nötige Fachkenntnis und auch einige Kontakte, damit wir den Fund später als eigenen ausgeben und abkassieren konnten.«

»Dann habt ihr Waterston vergiftet. Aber ihr habt ihn unterschätzt und konntet die Tafel nicht finden.«

»Eher überschätzt«, schnaufte Erin verächtlich. »Wenn ich bloß schon vorher gewusst hätte, dass er hier im Keller fündig geworden war. Aber leider hat Earl das wohl geflissentlich überhört.« Sie blickte den Nachtwächter missbilligend an.

»Ich habe das Gift besorgt und es Erin mitgegeben. Sie hat es dann in Waterstons Wasser getan«, sagte Laurie kalt. »Nur eine kleine Dosis, sein Sterben hat sich über drei Tage hingezogen. Danach hatten wir freie Bahn und konnten in aller Ruhe nach dieser Totentafel suchen. Leider hatten wir wenig Erfolg. Mein Stiefvater hatte stets ein Auge auf Hawkins, aber der hat einfach gar nichts getan. Wahrscheinlich war er insgeheim sogar froh, dass Waterston fort war. Ich schätze, er hatte den Plan, noch ein paar Monate länger zu warten und dann selbst mit der Entdeckung an die Öffentlichkeit zu gehen.«

Heather beobachtete einen Schatten, der sich im Gang hinter Laurie bewegte.

»Also habt ihr beschlossen, die Sache zu beschleunigen, und habt Waterstons Leiche vor dem Museum abgeladen.«

»Ja. Earl hat uns durch den Hintereingang in das Museum gelassen, dann hat er die Alarmanlage ausgestellt, sodass wir das Fenster öffnen konnten und haben ihn auf den Gehweg geworfen.«

»Also war mein erster Verdacht doch richtig, nicht wahr,

Earl?« Heather fixierte den Nachtwächter, der nur breit grinste. Dann sah sie wieder zu Laurie und bemerkte, dass der Schatten hinter ihr im Gang immer näher kam. Sie musste Zeit gewinnen. »Aber warum habt ihr Waterston das Gehirn entfernt?«

»Das war Erins Idee«, sagte Laurie.

»Ich wollte schon immer mal eine Leiche mumifizieren und ich dachte, wenn ich schon mal die Gelegenheit dazu habe, dann muss ich sie auch nutzen. Aber Laurie hat mir dann untersagt weiterzumachen, nachdem wir auch nach einer Woche noch nichts gefunden hatten.«

»Was ja auch richtig war«, sagte Laurie süffisant.

Heather blickte ihre Kollegin ernst an. »Und in der Wohnung von Waterston hast du mir dann noch ganz großzügig den Laptop bereitgestellt.«

Laurie grinste. »Ja, das habe ich. Ich wollte sichergehen, dass ihr an den richtigen Stellen sucht und ich auch involviert werde. Erin und Kenneth haben dann schnell Falkenburg ins Spiel gebracht. Aber dann tat Hawkins etwas Unerwartetes.«

»Er schnappte sich die Tafel und brachte sie aus dem Museum fort.« Aus dem Augenwinkel sah Heather den Schatten herankommen. Es war David, der sich dicht an die Wand drückte und sich vorsichtig anpirschte. Heather spreizte drei Finger ihrer linken Hand am Boden ab und hoffte, David würde es bemerken.

»Ja, ab da wurde es kompliziert. Wir stellten Hawkins in derselben Nacht hier im Museum zur Rede. Aber der Mistkerl wollte nicht reden, also hat Earl ihm die Kehle aufgeschnitten. Leider etwas zu voreilig, weswegen ich dem Fettsack später den Wanst aufschneiden musste, um nach dem Schlüssel zu suchen.«

»Und dann verlor Kenneth Barnes die Nerven«, sagte Heather. »So war es doch, oder?«

»Der Feigling«, schnaubte Laurie verächtlich. »Plötzlich bekam er Skrupel und wollte sich der Polizei stellen. Zu dumm für ihn, dass er nicht wusste, dass ich beim NYPD arbeite und durch dich immer auf dem Laufenden beim Ermittlungsstand war. Er wurde ziemlich blass, als ich ihn damit konfrontierte. Aber dann wurde er frech und wollte mich erpressen. Also habe ich mir etwas ausgedacht, um ihn aus dem Weg zu schaffen.«

»Du hast den Rucksack in der Penn Station deponiert und Barnes dann selber dorthin geschickt. Für dich war es ein Leichtes, die Aufnahmen der Überwachungskameras später zu manipulieren und dich selber von den Aufzeichnungen zu entfernen.«

»Ja, eine gute Idee, oder?« Laurie nickte. »Ich habe Kenneth gesagt, er bekäme seinen Anteil vom Geld im Voraus, wenn er dafür sofort die Stadt verlassen würde. Er hat sich darauf eingelassen, der Idiot. Ich habe ihm netterweise noch eine Waffe in den Rucksack gelegt, als Zugabe. Ich dachte mir schon, dass er die Nerven verlieren würde und sie auch benutzt, wenn es eng wird.«

»Und sich damit selbst zum Abschuss freigeben würde. Sehr clever. Du hast bestimmt auch dafür gesorgt, dass Rico den Fahrschein von Hawkins in dessen Wohnung findet.«

»Selbstverständlich. Man darf doch nichts dem Zufall überlassen.« Laurie richtete Heathers eigene Waffe auf sie. Erst jetzt bemerkte Heather die hellen Lederhandschuhe, die Laurie Brannigan trug. »Und jetzt, Heather, sag mir, was mit der Tafel ist. Was habt ihr darauf entdeckt?«

»Fahr zur Hölle«, antwortete Heather trotzig.

Laurie drückte ab. Neben Heather schrie Tomlinson auf, als das Geschoss auf die kurze Entfernung seinen

Oberschenkel durchschlug und Blut aus einer klaffenden Wunde herausspritzen ließ.

»Noch einmal, was habt ihr auf der Tafel entdeckt?«, fragte Laurie starr. »Es ist deine Waffe, Heather. Möchtest du wirklich, dass dein neuer Freund damit getötet wird?« Sie legte erneut auf den Gerichtsmediziner an, der keuchend versuchte, mit beiden Händen die Blutung in seinem Oberschenkel zu stoppen.

»Horus«, rief Heather. »Es steht Horus auf der Rückseite der Tafel!« Sie presste nun ebenfalls eine Hand auf die nicht nachlassende Blutung bei Tomlinson.

»Horus?«, wiederholte Laurie in ungläubigem Tonfall und blickte dann zu Erin Dempsey.

Die erwiderte den Blick und spie ihre Antwort beinahe aus. »Die verfluchte Katze! Waterstons Katze heißt Horus!«

»Wo ist das Vieh jetzt?«, fragte Laurie und richtete die Waffe auf Heather. »Sag es mir, oder …«

»Waffe runter, Brannigan!« David war aus seiner Deckung hervorgesprungen und zielte auf Laurie. Die stand unbeweglich da, die Waffe weiter auf Heather gerichtet. Dann ließ sie sich unvermittelt zur Seite fallen, was Earl ein freies Schussfeld ermöglichte. Aber David ließ sich davon nicht überraschen. Er feuerte zuerst und erwischte Earl mitten in der Brust. Der konnte zwar seinerseits noch abdrücken, aber der Schuss ging fehl. Mit seinem zweiten Schuss, direkt ins Herz, brachte David den Nachtwächter zu Fall.

»David, Vorsicht«, rief Heather, aber es war zu spät. Laurie hatte auf ihn angelegt und feuerte dreimal, viermal auf David, der von den Kugeln zurückgeworfen wurde, in den Gang stolperte und zu Boden stürzte. Heather konnte ihn aufstöhnen hören. Laurie kam wieder auf die Beine, eilte sofort zu ihrem Stiefvater und fühlte seinen Puls.

»Er ist tot«, sagte sie seltsam emotionslos. Dann hob sie die Waffe und legte auf Heather an. »Wo ist die verdammte Katze?« Sie drückte ihr den warmen Lauf der Pistole an die Stirn.

»Schieß doch und du erfährst es nie!«

»Ach wirklich? Stuart, soll ich deine Freundin etwa erschießen?« Laurie hielt die Waffe an Heathers Kopf gerichtet und blickte den Gerichtsmediziner an. »Sag du mir, wo die Katze ist, und ich lasse sie am Leben.«

»Bei ihr zuhause«, stieß Tomlinson mit schmerzverzerrtem Gesicht hervor. »Sie ist bei Heather.«

»Stuart, nein«, schrie Heather auf. Aber es war zu spät.

»Vielen Dank«, sagte Laurie, richtete die Waffe auf den Gerichtsmediziner und schoss ihm mitten ins Gesicht. Sein Blut spritzte Heather in die Augen.

»Keine Angst, Heather. Ich halte mein Wort. Ich lasse dich am Leben. Immerhin habe ich mir viel Mühe gegeben, dich als Mörderin von Captain Sullivan hinzustellen. Und hier im Keller ist es zu einer Auseinandersetzung mit deinem baldigen Ex-Mann gekommen, bei der du ihn erschossen hast und unglücklicherweise auch noch Tomlinson.« Laurie warf Heathers Waffe achtlos auf den Boden.

»Damit kommst du nie durch.«

»Wir werden ja sehen. Komm, Erin, wir schnappen uns jetzt diese verdammte Katze.«

Ohne zurückzusehen liefen Laurie Brannigan und Erin Dempsey den Gang entlang und waren schnell aus Heathers Sichtfeld verschwunden. Sie nahm ihre Hand von Tomlinsons Oberschenkel und vermied es, ihm in das zerschmetterte Gesicht zu blicken. Aus dem Gang hörte sie ein leises Stöhnen.

»David!« Sie eilte zu ihm. Er lag auf dem Rücken in einer Blutlache und atmete nur noch sehr flach.

»Du musst … hinterher …« Er hustete stark. »Nicht … entkommen …« Sein Kopf sackte zur Seite weg. Heather fühlte seinen Puls, der noch schwach pochte. Plötzlich waren mehrere Taschenlampen auf sie gerichtet.

»Weg von ihm und Hände hoch!«

Heather blinzelte in die vielen Lichtkegel und kam der Aufforderung nach. »Er lebt noch, schnell, ruft einen Arzt!«

Sofort waren zwei Männer bei ihr, packten sie unsanft und pressten sie mit dem Gesicht zu Boden, während ihr die Arme auf den Rücken gedreht wurden. Sie spürte den kalten Stahl von Handschellen an ihren Handgelenken und hörte das Klicken der Handfesseln.

»Heather Rollins, hiermit verhafte ich Sie wegen Mordes an Captain Ronald Sullivan«, hörte sie eine ihr wohlbekannte Stimme sagen. Gonzalez. Dann wurde sie unsanft nach oben auf die Beine gezogen.

»Hier liegen noch zwei Leichen, Gonzo«, rief ein anderer Polizist, der in der großen Kammer stand und mit seiner Taschenlampe abwechselnd auf den toten Nachtwächter und Tomlinson leuchtete. »Verdammt, einer von ihnen könnte unser Gerichtsmediziner sein!«

Gonzalez packte sie an der Schulter und drehte sie herum. Er blickte ihr feindselig in die Augen. »Bist durchgedreht, nicht wahr, du Schlampe? Erst hast du den Captain erledigt und dann deinen Ex und den neuen Lover hier runter gelockt und kaltgemacht.«

»Ich war es nicht. Gonzalez, Sie müssen …« Ein Schlag in die Magengrube trieb ihr die Luft aus den Lungen und ließ sie zusammenklappen. Sie rang japsend nach Luft.

»Du hast das Recht, die Klappe zu halten, verstanden?«

Grob packte er sie am Arm und schob sie vor sich her durch den Gang nach oben zurück.

»Sie müssen mir zuhören. Es war Brannigan, sie hat …« Brutal wurde sie gegen die Wand gestoßen. Ihr Kopf knallte mit voller Wucht gegen die Mauer. Es flimmerte vor ihren Augen.

»Halt dein verdammtes Lügenmaul«, zischte Gonzalez. »Am liebsten würde ich dich sofort kaltmachen, aber ich möchte den anderen Jungs nicht den Spaß nehmen. Das ganze Revier freut sich schon darauf, dich in die Finger zu kriegen, hast du das verstanden, du Miststück?« Heather nickte und schluckte. »Gut, dann weiter!«

Schnell erreichten sie die Treppe, die Gonzalez sie roh hinaufstieß. Als sie aus dem Keller herauskamen, war oben in der großen Empfangshalle bereits ein Großaufgebot der Polizei vertreten. Unzählige Augenpaare blickten finster auf Heather. Aus der Menge kamen zwei Personen auf sie zugelaufen. Max und Jody Falkenburg.

»Detective Rollins, was ist passiert?«

»Hey, Opa, Abstand halten. Sie ist Gefangene des NYPD«, raunzte Gonzalez den herbeieilenden Max Falkenburg an, der Heather mit konsterniertem Blick ansah.

»Wo ist Erin Dempsey?«

»Hörst du schlecht, Alter? Nicht mit der Gefangenen reden!« Gonzalez zog Heather unsanft hinter sich her, als er sich an Falkenburg vorbei zum Ausgang drängte.

Vor dem Museum hatte sich eine riesige Menschenmenge versammelt. Reporter und etliche Schaulustige. Zahllose Polizeibeamte hatten ihre liebe Mühe damit, die Menge unter Kontrolle zu halten und zu verhindern, dass diese die Treppen zum Museum hochstieg. Es gab ein Blitzlichtgewitter, als Heather und

Gonzalez die Treppenstufen des Haupteingangs hinuntergingen. Der Detective verweigerte brüsk jedwede Auskunft gegenüber den Reportern und schob Heather an ihnen vorbei in Richtung seines Dienstwagens, ein dunkelblauer Chevrolet Impala, in der zivilen Ausführung. Er öffnete die hintere Tür, packte Heather am Kopf und drückte sie in den Fond des Fahrzeugs hinein. Dann nahm er auf dem Fahrersitz Platz und blickte in den Rückspiegel zu Heather.

»Wenn du dahinten auch nur eine falsche Bewegung machst, dann war es dein letzter Fehler, das schwöre ich bei Gott.« Er startete den Wagen und bahnte sich unter Dauereinsatz der Hupe einen Weg zwischen der Menschentraube hindurch auf die Straße. Dann nahm er das altmodische Sprechfunkgerät des eingebauten Funkgeräts in die Hand und kündigte ihr Eintreffen auf dem Revier an.

»Es wird ein schöner Empfang für dich werden, Rollins. Da kannst du dir sicher sein. Polizistenmörder mögen wir ja besonders gern, das weißt du doch.« Gonzalez blickte in den Rückspiegel und fixierte sie mit bösem Blick.

»Ich war es nicht. Es war Brannigan! Und sie wird ...«

»Halt dein Maul! Ich will keine deiner Lügen hören, ist das klar? Laurie hat mir gesagt, dass du das behaupten würdest, als ich sie im Museum getroffen habe. Sie sagte, dass du Tomlinson erschossen hast!«

Heather verstummte und sah aus dem Fenster. Ihre Situation war ausweglos. Es war Aussage gegen Aussage und es schien klar, dass man eher Laurie als ihr Glauben schenken würde. Sie waren nur noch wenige Blocks vom Revier entfernt. Sie wusste, wenn sie dort eintreffen würde, gab es keine Chance mehr darauf, irgendetwas zu beweisen. Am wahrscheinlichsten war es noch, dass morgen in der

Zeitung stand, dass die Mordverdächtige bei einem Fluchtversuch ums Leben gekommen war. Es gab nur eine Möglichkeit. Sie sah auf die Schulter von Gonzalez. Er hatte weder sich noch sie angeschnallt. Als sie an der nächsten Ampel anhielten, ließ sie sich in den Sitz zurückfallen, zog ihre Knie nach oben und presste sie an den Oberkörper.

»Was machst du da? Setz dich sofort wieder …«

Sie schleuderte ihre Beine mit voller Wucht gegen den Fahrersitz. Gonzalez wurde dadurch einmal nach vorne geworfen und knallte mit dem Kopf auf das Lenkrad. Er fluchte und wollte seine Waffe aus dem Schulterholster ziehen. Aber Heather hatte die Beine erneut dicht an den Oberkörper gepresst und schmetterte sie ein weiteres Mal gegen den Sitz vor ihr. Diesmal donnerte der Kopf von Gonzalez gegen die Seitenscheibe. Dann zog sie die Beine so weit an, dass es ihr gelang, die auf dem Rücken gefesselten Hände über ihren Hintern und die Beine hinwegzuziehen, wodurch sie ihre Arme jetzt wieder vor dem Körper hatte. Blitzschnell warf sie die Arme um den Hals von Gonzalez und riss seinen Kopf nach hinten. Die Kettenglieder der Handschellen schnitten sich tief in seinen Hals, als sie immer fester zuzog. Er ächzte und zappelte, aber sie ließ nicht nach. Schließlich kippte sein Kopf schlaff zur Seite, als er bewusstlos wurde. Hinter ihnen hupten mehrere Autos, weil die Ampel wieder auf Grün gesprungen war, aber die meisten überholten sie fluchenderweise, ohne weiter auf sie zu achten. Heather stieg von der Rücksitzbank, öffnete dann die Fahrertür und zog den bewusstlosen Gonzalez heraus. Eilig durchsuchte sie seine Taschen nach den Schlüsseln für die Handschellen. Sie fand sie, schnappte sich noch Gonzalez' Dienstwaffe, sprang auf den Fahrersitz des Impala und gab Gas.

25

HORUS!

HERKULES LAG auf seinem Lieblingsplatz auf Heathers Couch und beobachtete ihn dabei, wie er ständig auf und ab ging. Schon während seiner Army-Zeit konnte Tyler am besten nachdenken, wenn er in Bewegung war. Obwohl er gestern ausführlich mit Heather gesprochen hatte und ihr versprach, sich aus dieser Geschichte herauszuhalten, ging es ihm nicht aus dem Kopf, was David seiner Tochter während ihrer Ehe angetan hatte.

Angelogen hat dieser Mistkerl mich! All die Jahre hat er Heather geschlagen und ich habe nichts gemerkt.

Es brodelte in Tyler, er bedauerte zutiefst, dass er nicht zu Hause war, dort hatte er wenigstens einen Sandsack hängen, an dem er hätte Dampf ablassen können, oder einen großen Stapel Holz, den er kleinhacken könnte. Aber hier, in der Wohnung seiner Tochter blieb ihm nichts weiter übrig, als wie ein Raubtier in Gefangenschaft ständig hin und her zu gehen. Sein Blick ging zur Wanduhr. Schon seit beinahe zwei Stunden lief er beständig auf und ab. Er stoppte. Der Kater sah ihn aufmerksam an.

»Ja, du hast ja recht, Herkules. Es bringt nichts, wenn ich mich hier verrückt mache. Nächsten Dienstag ist der erste Verhandlungstermin, da kann ich mir David schnappen.«

Der Kater maunzte ihn zustimmend an. Oder wollte er doch eher nur etwas zu essen haben? Er ging in die Küche, wo er den Fressnapf für Herkules hingestellt hatte. Der Kater sprang von der Couch und folgte ihm sofort. Tyler nahm eine Schale von dem teuren Katzenfutter, das er vorgestern gekauft hatte, und riss die Schutzfolie ab. Der Geruch erinnerte ihn entfernt an die alten MRE-Rationen der Army, die er damals im Einsatz zu essen bekommen hatte. Er kippte den Inhalt der Schale in den Fressnapf, zerkleinerte ihn mit einer Gabel etwas und stellte den Napf auf den Boden. Herkules stürzte sich sofort auf das Futter. Auch das Läuten der Haustürklingel konnte den Kater nicht stören.

Tyler ging aus der Küche in den Flur und öffnete die Tür. Eine junge, brünette Frau stand vor ihm und lächelte ihn freundlich an.

»Guten Tag, ich bin Laurie Brannigan, eine Kollegin von Heather. Ich komme wegen der Katze.«

»Hallo. Ich bin Tyler Bishop, Heathers Vater. Was ist denn mit Herkules?«

»Darf ich kurz reinkommen?«, fragte Laurie.

Tyler machte die Tür weit auf. »Aber sicher doch.«

Die junge Frau ging einige Schritte bis zur Mitte des Flurs und wartete, bis er die Haustür wieder geschlossen hatte.

»Also, Heather möchte, dass ich das Tier aufs Revier bringe. Wir haben eine neue Spur und die Katze könnte entscheidend dafür sein.«

Tyler sah die Polizistin lächelnd an. »Wollen Sie ihn verhören?«

»Nein, das nicht. Aber genau untersuchen. Gut möglich, dass sein alter Besitzer ihn auf irgendeine Art gekennzeichnet hat.«

»Verstehe. Ist es Ihnen recht, wenn ich mitkomme? Herkules ist etwas widerspenstig, wenn man ihm zu sehr auf die Pelle rückt, und ich glaube, er wäre entspannter, wenn ich dabei bin.«

»Herkules?«

»Ja, ich habe ihm den Namen gegeben, als Heather ihn mitbrachte. Er selbst konnte uns ja leider nicht sagen, wie er heißt.« Tyler lachte.

»Nun, dieses Rätsel haben wir in der Zwischenzeit gelöst. Er heißt Horus.«

Wie aufs Stichwort kam Herkules/Horus aus der Küche in den Flur und setzte sich interessiert blickend vor Laurie hin.

»Da ist er«, sagte Tyler und deutete auf den Kater.

»Ein schönes Tier. Dann wollen wir ihn mal einpacken.«

»Warten Sie, wir haben noch eine Transportbox hier. Ich hole sie schnell.« Tyler ging an Laurie Brannigan vorbei ins Wohnzimmer, wo die Box in der linken Ecke des Raumes stand. Der Kater folgte ihm sofort. »So, hier ist sie«, sagte Tyler und hob die kleine Holzkiste hoch, öffnete die Klappe und stellte sie dann vor den Kater hin. »Rein mit dir.« Herkules sah ihn an, machte aber keine Anstalten, sich zu bewegen.

»Er will wohl nicht.«

»Tja, ich werde ihn mit etwas Futter reinlocken, das klappt bestimmt«, erwiderte Tyler und drehte sich um in Richtung Küche.

»Das wird nicht nötig sein. Ich bekomme das auch so hin«, sagte Laurie Brannigan. Tyler hörte nur ein Auffauchen von Herkules und dann rumpelte es, als die Frau die Katze brutal in die Box schmiss und schnell die Klappe verschloss.

»Das war nicht sehr nett. Ich hätte ihn auch anders in die Box bekommen«, sagte Tyler erbost.

»Oh, ganz sicher hätten Sie das. Aber ich habe nicht die Zeit oder die Lust, darauf zu warten.« Die Stimmfarbe der jungen Frau hatte sich verändert. Jegliche Freundlichkeit war verschwunden. Eiskalte Härte lag jetzt darin.

»Wie Sie meinen. Dann ziehe ich mir jetzt meine Jacke an und begleite Sie.« Tyler ging in den Flur zur Garderobe.

»Ich glaube, das wird ebenfalls nicht nötig sein«, erwiderte Laurie Brannigan gelassen.

Sie stand plötzlich direkt hinter ihm. Ehe Tyler reagieren konnte, rammte sie ihm ein Messer zwischen die Rippen.

~

Heather bog mit dem Impala in ihre Straße ein. Es war ruhig, niemand war zu sehen, auch keine Polizeiwagen. Als sie kurz vor ihrem Wohnblock war, sah sie einen weiteren Chevrolet Impala in dunkelblauer Lackierung stehen. Hinter dem Lenkrad saß Erin Dempsey, die sie nicht bemerkte. Schnell fuhr Heather weiter, bog in die nächste Straße ein und stellte den Wagen ab. Dann stieg sie aus und lief gebückt zwischen den anderen in der Straße parkenden Autos entlang, bis sie nur noch zwei Wagen hinter dem Impala war, in dem Erin Dempsey saß. Heather zog die Waffe, die sie Gonzalez abgenommen hatte, und bewegte sich langsam in dem diffusen Licht der Straßenlaternen vorwärts. Nun war es nur noch ein Wagen, der zwischen ihr und dem der Archäologin lag. Sie atmete tief durch und sprang aus der Deckung hervor. Mit zwei großen Sätzen war sie schnell bei der Fahrertür angekommen, riss diese auf, noch ehe Erin Dempsey in irgendeiner Weise reagieren konnte.

»Eine falsche Bewegung und ich schieße, klar?«

Erin Dempsey nickte stumm.

»Öffnen Sie mit der rechten Hand langsam das Handschuhfach und nehmen Sie die Handschellen darin raus. Los!«

Langsam glitt Dempseys Hand zu dem Handschuhfach und öffnete es. Sie griff hinein und zögerte.

»Schneller«, forderte Heather sie auf.

Plötzlich schlug Erin mit ihrer linken Hand nach Heathers Waffe. Aber Heather war schneller. Sie zog die Hand rechtzeitig weg, holte aus und donnerte Erin Dempsey den Lauf mitten ins Gesicht. Sie hörte die Nase brechen. Erin schrie auf, aber wurde jetzt erst richtig wild. Mit vor Wut glühenden Augen stieß sie sich aus dem Fahrersitz hoch und warf sich gegen Heather, die davon überrascht rückwärts auf die Straße stürzte. Wie eine Furie war Erin Dempsey sofort über ihr und schlug wie von Sinnen auf sie ein. Es gelang Heather, die zierliche Archäologin zur Seite wegzustoßen und wieder auf die Beine zu kommen. Doch sofort griff die kleine Frau sie erneut an, diesmal ließ Heather sich dadurch aber nicht überraschen. Sie machte einen Schritt zur Seite, packte Erin mit beiden Händen am Kopf und schmetterte sie so gegen den Wagen. Regungslos blieb Erin Dempsey am Boden liegen, mit einer klaffenden Platzwunde am Kopf. Heather wuchtete sie wieder auf den Fahrersitz, nahm sich die Handschellen aus dem Handschuhfach und kettete die

Bewusstlose am Lenkrad fest. Dann nahm sie sich ihre Waffe und ging in ihren Wohnblock.

Auf dem Bauch kroch Tyler ins Wohnzimmer, eine breite Blutspur hinter sich herziehend. Er atmete stoßweise und versuchte, das Bewusstsein nicht zu verlieren.

»Wo wollen Sie denn hin?«, hörte er die belustigt klingende Stimme von Laurie Brannigan hinter sich. »Es gibt keinen Ausweg mehr für Sie. Nur noch den Tod.«

Mit letzter Kraft drehte Tyler sich auf den Rücken und stützte sich ein wenig auf den rechten Ellenbogen auf, um der jungen Frau ins Gesicht zu sehen. Sie stand mit verschränkten Armen im Türrahmen zum Flur und hielt in der rechten Hand das Messer, das sie ihm mehrmals in die Seite gerammt hatte.

»Wer sind Sie?«

»Das habe ich Ihnen doch schon gesagt. Eine Kollegin Ihrer Tochter. Dummerweise hat Ihr kleines Mädchen ein paar schlimme Fehler begangen. Einer davon war, dass sie die Katze mitgenommen hat. Aber der weitaus schlimmere ist der, dass mein Stiefvater ihretwegen heute getötet worden ist. Und deswegen werden Sie jetzt auch sterben müssen.« Laurie Brannigan öffnete ihre Arme und kam langsam auf ihn zu. Kurz vor ihm blieb sie stehen und richtete das blutige Messer auf ihn. »Bereit?«

»Fahr zur Hölle, du Miststück«, presste Tyler kraftlos hervor.

Laurie lächelte bösartig und fasste das Messer mit beiden Händen.

»Lass es fallen, Laurie!«

Tyler atmete tief aus und ließ den Kopf zu Boden sinken, als er Heathers Stimme hörte.

»Überrascht, mich hier zu sehen?«, fragte Heather, während Laurie wie angewurzelt dastand.

»In der Tat. Ich hatte Gonzalez extra noch gesagt, wo er dich finden kann, als ich das Museum verlassen habe. Aber der Kerl ist anscheinend zu nichts zu gebrauchen.«

»Wenn es dich tröstet, er hat's mir nicht leicht gemacht«, sagte Heather, während sie bedächtig in das Wohnzimmer trat, die Waffe immer auf Laurie gerichtet. »Geh ein paar Schritte zurück, bis zum Esstisch. Und lass das Messer endlich fallen!«

Laurie ließ die blutige Klinge aus ihrer rechten Hand zu Boden fallen. Heather machte ein paar Schritte nach vorne, bis sie bei ihrem schwerverwundeten Vater ankam. Sein Brustkorb hob und senkte sich langsam, die rechte Hand hielt er auf seine Seite gepresst, wo das Blut ihm zwischen den Fingern herausfloss. Die Augen hatte er geschlossen.

»Dad, hörst du mich?«

»War noch nie so schön, deine Stimme zu hören, Schatz«, antwortete er schwach und schlug die Augen auf.

»Ich rufe Hilfe, es wird alles gut.« Heather zog ihr Telefon mit der linken Hand heraus, mit der rechten hielt sie die Waffe auf Laurie Brannigan gerichtet, die immer noch neben dem Esstisch stand. Schnell wählte sie die Notrufnummer und forderte einen Notarzt an. Danach machte sie noch einen zweiten Anruf und rief die Kollegen vom 42. Revier zu ihrer Wohnung.

»Meinst du, das ist eine gute Idee?«, fragte Laurie mit einem sardonischen Lächeln. »Die denken, dass du Captain Sullivan auf dem Gewissen hast. Und Tomlinson auch.«

»Das ist der einzige Grund, weshalb ich dich noch nicht erschossen habe«, gab Heather ungerührt zurück. »Du wirst ein Geständnis ablegen, Laurie.«

»Kann ich mir nicht vorstellen. Wenn die Kollegen gleich eintreffen, werden sie dich verhaften, nicht mich. Ich werde aussagen, dass dein Vater mich angegriffen hat, als ich ihm erzählte, dass seine Tochter eine Mörderin ist. Es war Notwehr.«

»Du denkst, du hättest alles im Griff, oder Laurie? Aber du vergisst etwas«, sagte Heather. »David lebt noch. Und er wird ganz gewiss nicht aussagen, dass ich ihn angeschossen habe.«

»Du bluffst, er ist tot. Ich habe ihn im Gang liegen sehen.«

»Dann hättest du mal besser genauer hingesehen.«

Laurie presste ihre Lippen zusammen. Heather konnte sehen, wie es hinter ihrer Stirn arbeitete und sie ihre Chancen abwog. Entfernt konnte man schon einige Sirenen hören, die langsam näherkamen.

»Es dauert nicht mehr lange, Dad«, sagte Heather an ihren Vater gerichtet, der jetzt langsam zu zittern begann. Er versuchte zu antworten, brachte aber keinen Ton heraus. Ein lautes Miauen aus der Katzentransportbox links neben der Wohnzimmertür lenkte Heather für einen Moment ab. Mit einem Hechtsprung stürzte sich Laurie Brannigan auf sie und warf sie zu Boden. Die Waffe flog aus ihrer Hand. Laurie packte sie an den Haaren, zog ihren Kopf nach oben, um ihn dann mit Wucht wieder und wieder auf den harten Holzfußboden zu knallen. Das machte sie unablässig, bis Heather nur noch Sterne vor ihren Augen flimmern sah.

»Was sagst du jetzt? Ich habe mir eine kleine Planänderung überlegt. Leider muss ich dafür sofort töten. Um Captain Rollins werde ich mich später noch kümmern, sofern du die Wahrheit gesagt hast.« Laurie stand auf und ging langsam zu der Waffe hinüber, die Heather fallen gelassen hatte. Lautes Sirenengeheul ertönte direkt vor dem Haus und verstummte, als die Einsatzwagen alle zum Halten gekommen waren. Heather blickte mit getrübten Augen aus dem Fenster und sah das Blaulicht aufleuchten.

»Verabschiede dich von deinem Vater, Heather, jetzt ist es endgültig vorbei«, sagte Laurie. Heather konnte hören, wie sie die Waffe durchlud. Sie blickte an Laurie vorbei zu ihrem Vater. Der hatte sich wieder auf den Bauch gedreht und stemmte sich gerade zitternd nach oben, als würde er versuchen, Liegestütze zu machen. »Aber, aber. Was haben Sie denn vor, Tyler?« Laurie lachte und zielte mit der Waffe auf ihn. Sofort sprang Heather auf die Beine und preschte auf Laurie Brannigan los. Zu spät. Ein Schuss löste sich und traf ihren Vater im Rücken, der daraufhin zusammenbrach.

Heather wälzte sich mit Laurie Brannigan auf dem Fußboden, beide Hände um die Waffe geklammert. Ein weiterer Schuss löste sich, diesmal drang das Projektil in die Decke ein. Heather verdrehte die Arme von Laurie Brannigan so weit, bis diese schließlich aufschrie und die Waffe fallen lassen musste. Ein Knie traf sie in den Magen, sie musste loslassen. Laurie sprang auf die Beine, aber Heather packte sie am linken Knöchel und brachte sie erneut zu Fall, aber mit einem Fußtritt gegen Heathers Brust verschaffte sich Brannigan wieder Luft. Sie schaffte es, aufzustehen, und machte schwer atmend einige Schritte zurück an die Wand. Heather sah die Waffe vor sich liegen und ergriff sie. Aus dem Treppenhaus hörte sie schon mehrere laute Stimmen. Es würde nicht mehr lange dauern, bis Hilfe eintraf. Sie blickte auf ihren Vater, der flach auf dem Boden lag und sich nicht mehr rührte. Eine große Blutlache hatte sich unter ihm gebildet.

»Ist gut, Heather. Wir warten auf die Kollegen, ganz wie du es gesagt hast«, sagte Laurie Brannigan außer Atem. Heather blickte sie starr an.

»Ich habe mir auch eine Planänderung überlegt, Laurie.«

Dann drückte sie ab. Sie feuerte, bis das Magazin der Waffe leer war. Laurie Brannigan wurde von den Schüssen gegen die Fensterscheibe geschleudert, die von den Kugeln, die sie durchsiebten, zu Bruch ging. Mit dem letzten Schuss kippte Laurie Brannigan nach hinten weg und stürzte durch das zerborstene Fenster.

Zeitgleich wurde die Wohnungstür eingetreten. Heather legte die Waffe neben sich auf den Boden und beugte sich über ihren Vater. Sie hielt ihren Blick auf ihn gerichtet, auch als mehrere Hände sie packten, nach hinten rissen und zu Boden drückten.

26

RÜCKKEHR

11. DEZEMBER

Nach einer schlaflosen Nacht wurde Heather am nächsten Morgen in Handschellen in das Büro von Commissioner Samuel Laughton geführt. Auch Sam the Sumo sah nicht so aus, als ob er in der letzten Nacht Schlaf gefunden hatte. Vor sich auf dem Schreibtisch stapelten sich Akten und Fotos. Er blickte auf, als Heather in sein Büro kam und wies den Beamten, der sie hereinbrachte, an, ihr die Handschellen abzunehmen.

»Bitte nehmen Sie Platz, Detective Rollins«, sagte Laughton, während Heather sich ihre Handgelenke massierte. »Eine gottverdammte Sauerei haben Sie uns da eingebrockt, das kann ich Ihnen sagen! Vier Tote, zwei Schwerverletzte und zahllose geschockte Museumsbesucher. Außerdem haben Sie einen Detective angegriffen und beinahe stranguliert.« Er blickte ihr tief in die Augen, aber Heather blinzelte nicht einmal, sie sah ihn mit leerem Blick an. Laughton atmete tief durch und rieb sich mit der rechten Hand über die Stirn. »Es ist Ihr Glück, dass zwei Zeugen aus dem Museum für Sie ausgesagt und damit diese Ägyptologin, Erin Dempsey, belastet haben. Die Sie übrigens übel zugerichtet an das Lenkrad eines Autos gekettet haben. Diese Dempsey hat alles gestanden, als ihr Officer Laurie Brannigan nach dem Sturz aus dem sechsten Stock auf die Motorhaube geklatscht ist.«

Heather blickte den Commissioner erstaunt an, sagte aber weiterhin nichts.

»Wir wissen jetzt, dass Dempsey gemeinsame Sache mit Kenneth Barnes und dem Nachtwächter des Museums gemacht hat und außerdem«, er legte eine Pause ein und seufzte, »dass Officer Laurie Brannigan ebenfalls in diese Sache verstrickt war und sie diejenige war, die Ron Sullivan getötet hat.« Laughton blickte sie ernst an. »Sie sind entlastet und frei, Detective Rollins. Aber ich erwarte einen detaillierten Bericht von Ihnen bis morgen auf meinem Schreibtisch, verstanden? Danach wird über das weitere Vorgehen der Internen Ermittlungen gegen Sie entschieden. Und jetzt sehen Sie zu, dass Sie ins Krankenhaus kommen.« Heather sah ihn überrascht an. Laughton schenkte ihr ein Lächeln. »Ihr Vater wird sich freuen, Sie zu sehen.«

Wenig später stieg Heather aus einem Streifenwagen, der sie direkt zum Lenox Hill Hospital gebracht hatte, in dem ihr Vater untergebracht war. Sie eilte die Gänge entlang in Richtung der Intensivstation und wurde von dem behandelnden Arzt in Empfang genommen.

»Ihr Vater hat großes Glück gehabt, die Stichverletzungen haben eine Niere zerfetzt, die war nicht mehr zu retten. Er kann aber auch mit einer Niere klarkommen. Aber immerhin hat die Kugel keinen größeren Schaden angerichtet, ein glatter Durchschuss. Es wird etwas dauern, aber er wird wieder gesund werden, er hat die Konstitution eines Ochsen.«

»Danke, Doktor, kann ich jetzt zu ihm?«

»Natürlich, aber er schläft noch. Es dauert noch etwas, bis die Narkose nachlässt.«

Heather betrat das Krankenzimmer. Ihr Vater lag friedlich im Bett, und war an beiden Armen und am Oberkörper mit etlichen Maschinen verbunden, die neben dem Bett aufgebaut waren. Sie schnappte sich einen Stuhl, zog ihn neben das Bett und setzte sich zu ihm. Dann nahm sie seine Hand und drückte sie fest.

Sie saß über eine Stunde still bei ihrem Vater und dachte währenddessen auch an Stuart Tomlinson. Selbst zu David streiften ihre Gedanken ab. Ein vorsichtiges Klopfen an der Tür ließ sie zusammenzucken. Die Tür öffnete sich und Ruben Santiago lehnte sich mit seinem Oberkörper in das Zimmer.

»Hey, darf ich stören?«, fragte er unsicher.

»Aber sicher doch, Rico. Warte nur einen Moment, ich komme raus.« Sie stand auf, beugte sich über ihren Vater und gab ihm einen Kuss auf die Stirn. »Bis gleich, Dad.«

Rico erwartete sie in seinem weißen Krankenhemd, unter das er sich aber zumindest eine graue Jogginghose angezogen hatte.

»Ich habe gehört, was passiert ist. Wie geht es deinem Vater?«

»Er wird wieder, sagt der Arzt. Momentan warte ich, dass die Narkose nachlässt.«

Rico schüttelte den Kopf. »Nie im Leben hätte ich gedacht, dass Laurie zu so etwas fähig ist.«

Heather sah ihn nur traurig an.

»Wie geht es jetzt weiter?«

»Ich weiß es nicht, Rico. Die ganze Nacht habe ich in

einer Zelle verbracht, weil Laurie mich als Täterin gebrandmarkt hatte. Erst vorhin hat der Commissioner mich frei gelassen, weil es Zeugen gibt, die für mich gesprochen haben, und Erin Dempsey ein Geständnis abgelegt hat.«

»Puh, das ist echt harter Tobak. Dass die dich die ganze Nacht eingesperrt hatten, die spinnen doch wohl«, entrüstete sich Rico.

»Es hat keinen Sinn, sich darüber aufzuregen. Ich kann es sogar verstehen. Laurie hatte alles bestens präpariert, es sah alles danach aus, als ob ich Captain Sullivan vergiftet hatte. Und als dann aus dem Museum Schüsse gemeldet wurden, haben die Kollegen halt nicht gezögert, mich festzunehmen, als sie mich dort zwischen den Toten fanden.«

»Aber jetzt bist du doch wieder rehabilitiert, oder nicht?«

»Was die Morde betrifft, ja. Aber die Interne ermittelt immer noch gegen mich, sagt der Commissioner. Im Moment ist mir das aber alles egal, die Hauptsache ist, dass mein Vater wieder auf die Beine kommt.« Sie sah Rico prüfend an. »Und was ist mit dir? Darfst du hier überhaupt schon wieder rumlaufen?«

»Eigentlich nicht, aber ich wollte doch auf jeden Fall kurz Hallo sagen und dich wissen lassen, dass ich für dich da bin.« Er grinste verlegen. »Aber ich glaube, ich muss jetzt wieder zurück auf mein Zimmer. Wenn die Oberschwester merkt, dass ich nicht da bin, macht sie mir die Hölle heiß.«

»Danke, Rico. Ich besuche dich später auf jeden Fall auch noch mal.«

Heather ging wieder in das Zimmer ihres Vaters zurück. Er hatte die Augen geöffnet und versuchte sich daran, sie anzulächeln.

»Dad!« Sie lief zu ihm hin und umarmte ihn vorsichtig. Tränen liefen ihr über das Gesicht. »Ich bin so froh, dass du lebst.«

»Und ich erst, Schatz.«, sagte er matt. »Ich nehme an, du hast unsere ungebetene Besucherin eingesperrt?«

»Ich habe sie in die Hölle geschickt.«

»Auch gut«, sagte ihr Vater schlaff und schloss seine Augen kurz. »Was ist mit Herkules?«

Der Kater! Horus, dachte Heather erschrocken. »Ich weiß es nicht, Dad. Ich nehme an, er ist noch bei mir in der Wohnung. Ich werde gleich mal nachsehen. Sobald ich ihn versorgt habe, komme ich wieder zu dir zurück«.

»Mach das bitte. Ich warte hier auf dich und renne bestimmt nicht weg.«

Beim Verlassen der Krankenstation teilte Heather noch einer der Schwestern mit, dass ihr Vater aufgewacht war, und bat diese, nach ihm zu sehen. Dann machte sie sich auf den Weg zu ihrer Wohnung. Ihre Wohnungstür war versiegelt, aber sie riss die Klebebänder ab und öffnete die Tür. In der ganzen Wohnung war keine Spur von dem Kater zu finden. Als Heather den riesigen Blutfleck auf dem Wohnzimmerboden sah, jagte es ihr einen kalten Schauer über den Rücken. Sie nahm ihr Telefon und wählte die Nummer vom 42. Revier. Es meldete sich Gonzalez. Ausgerechnet.

»Heather Rollins hier. Wo wurde meine Katze hingebracht?«

Schweigen am anderen Ende der Leitung. Gerade, als Heather erneut nachfragen wollte, antwortete Gonzalez: »Ins Tierheim in der 63rd Street. Hören Sie, Rollins, ich möchte mich bei Ihnen entschul–« Heather legte auf.

Eine halbe Stunde später erreichte sie das Tierheim. Dort waren die Mitarbeiter froh, dass sie den Kater schnell wieder herausgeben konnten. Sie übergaben Herkules gemeinsam mit seiner Transportbox an Heather. Sie brachte den Kater zu ihrem Auto und stellte die Box auf die Rückbank. Dann holte sie Herkules aus der Box und begutachtete den Kater genau.

»Alles in Ordnung bei dir. Du bist nur eine ganz gewöhnliche Katze, oder?« Das Tier sah Heather mit großen Augen an. Sie setzte ihn auf den hinteren Teil der Rückbank hinter der Transportbox ab und prüfte dann die Holzbox, die sie schon aus Waterstons Wohnung mitgenommen hatte. Mit den Fingerspitzen klopfte sie gegen die Seitenwände und die Decke der Kiste, konnte aber nichts Auffälliges feststellen. Aber als sie die Box hochhob und von unten gegen den Boden pochte, gab es ein dumpfes Geräusch. Sie griff in die Transportbox hinein, der Boden war mit einem kuscheligen Kunstfell ausgelegt. Langsam tastete sie sich mit ihren Fingern an den Rändern entlang, bis sie einen kleinen Haken erfühlte. Aufgeregt fummelte sie an dem Haken herum, bis es ihr gelang, ihn zu öffnen. Der gesamte Boden ließ sich aufklappen. Das Geheimfach war höchstens fünf Zentimeter tief, aber das genügte, um das flache Artefakt darin zu verbergen. Vorsichtig holte Heather die Steintafel mit den ägyptischen Hieroglyphen heraus und betrachtete sie eingehend.

»Gut aufgepasst, Herkules«, sagte sie an die Katze gerichtet, die daraufhin zustimmend miaute.

27

SCHEIDEN TUT WEH

16. DEZEMBER

»Bist du dir sicher, dass du mitwillst?«, fragte Heather besorgt.

»Aber sicher doch. Hör auf, mich wie einen Krüppel zu behandeln«, entgegnete ihr Vater im strengen Army-Tonfall. »Hilf mir einfach hier raus, ja?«

»Jawohl, Sir.« Sie griff ihrem Vater unter den linken Arm und hievte ihn vom Beifahrersitz empor. Er war erst gestern aus dem Hospital entlassen worden - auf eigenem Wunsch. Und er musste den Ärzten versprechen, sich auf gar keinen Fall anzustrengen oder aufzuregen. Aber ihr Vater, der alte Army-Sergeant, hatte den Ärzten nur etwas über seine Schussverletzungen aus dem zweiten Golfkrieg erzählt und war mürrisch aus seinem Krankenzimmer gestapft. Er hasste Krankenhäuser. Nun standen sie jedoch schon wieder vor einem Krankenhaus, dem Presbyterian Hospital. Doch diesmal hatte ihr Vater sogar ein Lächeln im Gesicht.

»Na los. Lass uns diesem Bastard einheizen!«

»Gerne.« Heather hakte sich bei ihrem Vater ein und ging mit ihm langsam in das Gebäude hinein. Am Empfang ließen sie sich den Weg zu dem Zimmer von David Rollins erklären. Als sie vor dem Zimmer angekommen waren, ließ Heather ihren Vater vor der Tür Platz nehmen und ging erstmal alleine in den Raum. David war erst vor zwei Tagen wieder aus dem künstlichen Koma aufgeweckt worden, in das ihn die Ärzte vorsichtshalber nach den schweren Schussverletzungen gelegt hatten. Als er sie in das Zimmer kommen sah, leuchteten seinen Augen auf.

»Hey, schön dich zu sehen. Ich hatte gehofft, dass du mich besuchen kommst. Das wolltest du dir doch bestimmt nicht entgehen lassen, mich hier liegen zu sehen, oder?«

Heather musterte ihn eingehend. Er lag mit nacktem Oberkörper im Bett, die Decke bis zur Hüfte reichend und mehrere Elektroden an seine Brust angeschlossen. Vier große Wundpflaster waren auf seiner Brust verteilt, die Stellen, wo die Kugeln ihn getroffen hatten.

»Ja, ein schöner Anblick«, sagte sie ruhig. »Aber ich bin trotzdem froh, dass du lebst. Und ich wollte dir danken, David. Wärst du nicht gekommen, wäre die ganze Sache sicherlich anders ausgegangen. Und auch für deine Aussage bin ich dir dankbar.« Sie nickte ihm zu. Erst gestern hatte sie von Commissioner Laughton erfahren, dass die Interne Abteilung die Ermittlung gegen sie eingestellt hatte, was nicht zuletzt auf die Aussage von David zurückzuführen war, die dieser, kurz nachdem er aufgewacht war, zu Protokoll gegeben hatte. Damit waren auch die letzten Zweifel an Heathers Geschichte beseitigt worden.

»Nichts zu danken. Du hast gute Arbeit geleistet, Heather. Sam hat mir erzählt, wie du Brannigan ausgeschaltet hast, und von dem umfassenden Geständnis dieser Ägyptologin.« Er sah sie ernst an. »Es tut mir auch aufrichtig leid, dass Tomlinson und Ron tot sind.«

»Mir auch. Die Trauerfeier für beide wird morgen

stattfinden. Wird eine richtig große Sache, das gesamte NYPD wird aufmarschieren.«

»Gut«, sagte David, »das hat Ron auch verdient. Aber du bist sicherlich nicht nur hier, um mir das zu sagen.«

Heather zog einen Umschlag aus ihrer Tasche hervor. Aus dem Kuvert entnahm sie zwei Blatt Papier und reichte sie David.

»Unsere Scheidungspapiere. Auf der zweiten Seite musst du unterschreiben.«

David antwortete nicht. Er las die beiden Seiten aufmerksam durch, seine Lippen bewegten sich lautlos mit, während er dies tat. Als er damit fertig war, ließ er die beiden Papierstücke auf die Bettdecke sinken und sah sie feindselig an.

»Bist du jetzt total übergeschnappt, du Schlampe?« Seine Stimme, die eben noch beinahe liebevoll geklungen hatte, kippte nun in einen feindseligen Tonfall.

Heather lächelte ihn milde an. »Du kannst auch einfach drei Kreuze machen, der Richter wird auch das anerkennen.«

»Einen verdammten Dreck werd ich tun«, fauchte David und zerriss die beiden Blätter mehrfach in kleine Stücke. »Du denkst, du kannst hier einfach reinkommen und mir in meiner Lage diesen unverschämten Wisch unter die Nase halten? Ich werde nichts unterschreiben, ist das klar? Und jetzt raus hier, verschwinde!« Seine Stimme überschlug sich beinahe. Er atmete heftig und musste sich zurücklehnen, um wieder zu Atem zu kommen. Die Überwachungsmonitore, an die er angeschlossen war, piepten in schneller Frequenz und spielten eine hübsche Sinfonie, wie Heather fand.

Die Tür zum Zimmer öffnete sich.

»Hat mich jemand gerufen?«, fragte Heathers Vater und kam langsam herein.

David wurde blass. »Hallo Sarge. Wie schön, dich auf den Beinen zu sehen, ich dachte -«

»Halt die Klappe, David«, schrie Heathers Vater ihn an und ging an ihr vorbei, bis er direkt auf Höhe des Kopfendes von Davids Bett stand. Er blickte ihn lange an. Sehr lange. David vermochte nicht seinem Blick so lange standzuhalten und drehte den Kopf weg. »Sieh mich an«, verlangte Heathers Vater im harschen Tonfall.

»Sarge, es ... Ich weiß nicht wie...«

»Halt dein verdammtes Lügenmaul!« Heathers Vater griff in seine Jackentasche und holte ein paar schwarze Lederhandschuhe hervor und zog sich diese sehr gemächlich an, während er weitersprach: »Ich habe dich behandelt wie einen Sohn. Ich habe dir vertraut. Als du mich um die Hand meiner Tochter gebeten hast, habe ich ja gesagt.« Ihr Vater wandte den Blick von David ab und sah sie traurig an. »Ich habe darauf vertraut, dass du mein kleines Mädchen beschützt und alles tust, um sie glücklich zu machen.«

»Sarge, ich -«

Heathers Vater fuhr herum. »Sag noch einmal Sarge und ich verspreche dir, es wird das Letzte sein, was du sagst!« Er zeigte drohend mit dem Zeigefinger der rechten Hand auf David. »Du hast nicht nur mein Vertrauen missbraucht. Nein, was du getan hast, war noch viel schlimmer. Du hast dich an meinem Fleisch und Blut vergangen. Du hast ihr Schmerzen zugefügt. Ihr so viel Angst eingejagt, dass sie sich nicht getraut hat, mir etwas zu sagen. Über Jahre hinweg. Du hast ihr Leben zur Hölle auf Erden gemacht. Aber jetzt, David, jetzt ist es vorbei damit.« Er ließ seine behandschuhte Hand direkt an Davids Gesicht entlanggleiten. »Du unterschreibst jetzt diesen Vergleich, den Heathers Anwalt vorbereitet hat. Wenn es nach mir geht, kommst du damit noch viel zu gut weg, aber Heather ist der Meinung, das wäre gerecht, weil du ihr in den letzten Tagen zweimal das Leben gerettet hast. Wenn du aber der Meinung bist, du solltest das nicht unterschreiben«, er blickte auf die Papierschnipsel, die rund um das Bett verteilt waren, »dann werde ich Heather aus diesem Zimmer schicken. Und dann werden wir zwei uns einmal unter vier Augen unterhalten. Weißt du noch, was ich dir damals bei einem unserer Angelausflüge mal erzählt habe?« Er blickte David fest in die Augen, steckte seine beiden Hände zusammen und ließ seine Finger laut hörbar knacken. David nickte und schien dabei noch bleicher zu werden. Heathers Vater streckte die Hand in Richtung Heather aus. Sie holte zwei weitere Exemplare des Vergleichs aus dem Umschlag heraus und gab sie ihrem Vater. Der nahm sie und hielt die zweite Seite vor Davids Gesicht.

»Auf der gestrichelten Linie unterschreiben.« Mit der Linken reichte er David einen Kugelschreiber. David sah ihn mit weit aufgerissenen Augen an, beinahe wie ein Welpe, der etwas Falsches gemacht hat und nun auf die Bestrafung wartete. Dann nahm er den Kugelschreiber in die Hand und unterschrieb.

Zufrieden nickte Heathers Vater ihm zu. »Geht doch. Schönes Leben noch.« Er nahm das Papier aus Davids Hand, drehte sich um und ging. Als er an Heather vorbeiging, sagte er: »Er gehört dir.« Dann verließ er das Zimmer, ohne sich umzusehen.

»Heather, es tut mir leid.« David sah blass aus. Schwach. Verletzlich. So wie sie ihn nie zuvor gesehen hatte.

»Du wirst wieder gesund werden, David. Und in naher

Zukunft wirst du bestimmt Commissioner werden. Ich wünsche dir alles Gute.« Sie drehte sich um und ging.

»Heather, warte. Du kannst doch jetzt nicht einfach so gehen. Heather, bitte bleib noch. Ich ...« Die Tür fiel hinter ihr ins Schloss.

Vor der Tür wartete ihr Vater und bot ihr lächelnd seinen Arm an.

»Die Sache ist beendet«, sagte sie und atmete tief durch. »Endgültig.« Sie hakte sich bei ihrem Vater ein und ging mit ihm den Flur entlang.

»Und du willst wirklich keine Anzeige mehr gegen ihn erheben? Nach allem was er dir angetan hat?«

»Nein, Dad. Ich bin froh, dass wir die Sache jetzt so abschließen konnten. Die Scheidungspapiere sind unterschrieben und damit ist das Thema David erledigt.«

Im Revier war wieder der gewohnte Betrieb eingekehrt. Ein neuer Captain wurde durch Commissioner Laughton bereits ernannt. Seit zwei Tagen hatte dieser nun das Kommando über das 42. Revier. Heather hatte noch keinen Kontakt zu dem neuen Captain gehabt, bis heute. Aber bevor sie ihn besuchte, hatte sie noch etwas zu erledigen. Sie saß an ihrem Schreibtisch und las ein letztes Mal die Mail durch, die Stuart Tomlinson ihr geschrieben hatte, an dem Tag, als er starb. Eine Träne lief ihr die Wange hinab. Als sie hörte, wie sich die Aufzugtüren öffneten, hob sie ihren Kopf. Max und Jody Falkenburg stiegen aus dem Fahrstuhl und kamen auf sie zu. Sie hatten ihren Hund dabei, der ohne Leine aufgeregt schnüffelnd durch das Büro lief. Mit der rechten Hand wischte sie sich die Träne fort und stand auf, um die beiden zu begrüßen.

»Eigentlich sind Hunde auf dem Revier nicht

erlaubt«, sagte sie, »aber ich mache heute gerne eine Ausnahme.« Der weiße Dachshund wuselte aufgeregt zwischen ihren Beinen umher. »Er scheint meinen Kater zu wittern.«

»Es freut mich sehr, dass die Vorwürfe gegen Sie entkräftet worden sind«, sagte Max Falkenburg und setzte sich auf den Stuhl, der neben Heathers Schreibtisch stand.

»Das habe ich auch Ihnen und Ihrer Aussage zu verdanken. Vielen Dank.« Sie ging zu ihrer Schreibtischschublade und holte die Steintafel heraus, die sie in der Box von Horus gefunden hatte. »Ich glaube, die ist bei Ihnen besser aufgehoben.«

Falkenburg nahm die Tafel entgegen und betrachtete sie einen Augenblick. Dann legte er sie auf dem Schreibtisch ab.

»Meine Frau hat bereits mit dem Museum gesprochen. Die Totentafel wird zur weiteren Untersuchung nach Boston gebracht, wo ein fähiger Archäologe sich darum kümmern wird. Hier im Metropolitan gibt es zurzeit ja niemanden, der dazu in der Lage wäre. Falls diese Tafel wirklich zur Entdeckung von Nofretetes Grab beitragen sollte, wird James Waterston als einer der Entdecker genannt werden.«

Heather nickte dem alten Professor zu. »Eine gute Entscheidung. Ich hoffe, Sie geben auch mir Bescheid, wenn etwas gefunden wird. Es würde mich sehr freuen.«

»Selbstverständlich, das machen wir gerne«, antwortete Jody Falkenburg. »Was haben Sie jetzt vor, Detective?«

»Wie meinen Sie das? Oh, das«, sagte Heather, als sie ihr Kündigungsschreiben auf ihrem Schreibtisch sah, das auch nicht dem Blick von Jody Falkenburg entgangen war. »Tja, ich werde erstmal zu meinem Vater in die White Mountains ziehen. Ich brauche etwas Abstand, nach allem, was hier passiert ist.«

»Das kann ich gut verstehen. Aber Sie sind eine gute Polizistin, es wäre ein großer Verlust, wenn Sie den Dienst quittieren.«

»Wäre ich wirklich eine gute Polizistin, dann wären jetzt nicht so viele Menschen tot«, erwiderte Heather bedrückt. »Ein paar Monate Auszeit werden mir guttun. Außerdem gibt es auch in den White Mountains ein Polizeirevier. Wer weiß, vielleicht stellen die mich ein?« Heather versuchte, ein Lächeln zu zeigen.

»Ich wünsche Ihnen alles Gute, Detective Rollins«, sagte Max Falkenburg. »Und falls Sie noch eine andere Alternative brauchen, können Sie jederzeit hier anrufen. Sagen Sie einfach, ich hätte es Ihnen empfohlen.« Falkenburg reichte ihr eine Visitenkarte, auf der nur ein Name und eine Telefonnummer standen. Maxwell Theodore Carter. Und die Vorwahl der Telefonnummer war die von Virginia. Sie blickte Falkenburg skeptisch an, als der vom Stuhl aufstand und ihr zuzwinkerte. Dann reichte er ihr die Hand. »Noch mal, alles Gute!«

»Danke. Für Sie beide auch.«

Jody Falkenburg legte die Steintafel in einen mitgebrachten Koffer. Dann ging sie bei ihrem Mann untergehakt in Richtung des Fahrstuhls. Der Hund folgte den beiden. Heather sah dem alten Ehepaar noch einen Moment nach, dann steckte sie die Visitenkarte in ihre Manteltasche und nahm ihr Kündigungsschreiben vom Schreibtisch. Dann ging sie zum Büro ihres neuen Captains.

28

ABSCHIED

17. DEZEMBER

Es war ein bitterkalter Tag, der kälteste bisher im Dezember. Trotzdem war eine riesige Menschenmenge auf dem Friedhof versammelt. Alle Polizeibeamten, die das NYPD für diesen Anlass entbehren konnte. Über eine Stunde harrte die Trauergesellschaft aus, bis die Zeremonie für Captain Ronald Sullivan und den Gerichtsmediziner Stuart Tomlinson vorüber war. Commissioner Laughton hatte eine emotionale Rede über Sullivan gehalten, was Heather dem dicken Polizeichef gar nicht zugetraut hatte. Am Ende seiner Rede musste Laughton sich sogar eine Träne wegwischen. Die Rede für Tomlinson war kürzer, aber nicht weniger ergreifend. Sie endete mit einem lateinischen Zitat, was bei einigen der Trauernden zumindest für ein kleines Schmunzeln sorgte. Nicht, weil es lustig gewesen war, sondern weil die meisten der Zuhörer um Tomlinsons Hang zu lateinischen Sprüchen wussten. Heather war sich sicher, dass es Stuart gefallen hätte.

Tibi ossa bene quiescant.

Nach dem Ende der Zeremonie löste sich die große

Masse schnell auf und alle strebten in die warmen Räume der Trauerhalle zurück. Heather blieb noch eine Weile an den beiden offenen Gräbern stehen, während sich die Totengräber daran machten, die bereits angefrorene Erde der Grabhügel langsam wieder in die Grube zu schaufeln.

»Schöne Reden, oder?«

Heather drehte sich um. Rico stand hinter ihr, ganz in Schwarz und eine dicke schwarze Wollmütze auf dem Kopf tragend.

»Ja, es war angemessen.« Sie drehte sich wieder zu den Grabstellen und sah zu, wie eine Schaufel Erde nach der anderen auf den Sarg von Tomlinson herabprasselte. »Erin Dempsey hat ein umfassendes Geständnis abgelegt. Sie sagte, es war alles Laurie Brannigans Idee, von Anfang an. Laurie und sie waren ein Liebespaar und sie sagte, sie wäre ihr hörig gewesen. Der Staatsanwalt glaubt ihr, sie wird mit fünfzehn Jahren davonkommen.«

»Ich habe es schon gehört«, sagte Rico leise und stellte sich neben sie. »Warum hast du gekündigt, Heather?«

»Weil ich mir nicht mehr sicher bin, ob ich dem Job gewachsen bin. Ich brauche erstmal ein wenig Zeit für mich, um mir darüber klar zu werden, was ich jetzt machen möchte«, sagte sie.

»Okay. Ich hatte schon Angst, es wäre wegen mir«, frotzelte Santiago.

»Träum weiter.«

»Kommst du noch mit rein zum Trauermahl?«

Heather schüttelte den Kopf. »Nein, ich werde gleich nach Hause fahren. Ich muss packen, mein Vater und ich fahren morgen zusammen in die White Mountains.«

»Dann heißt es jetzt wohl Abschied nehmen, oder?«

»Ja, das heißt es wohl.« Heather machte einen Schritt auf Rico zu und umarmte ihn fest. »Pass gut auf dich auf.«

»Werde ich, versprochen. Du auch auf dich.« Er drehte sich um und ging langsam in Richtung der großen Trauerhalle, wo der Rest des Reviers sich bereits über Kaffee und Kuchen hermachte.

»Eine Sache noch«, rief Heather ihm hinterher. »Du musst mir noch verraten, warum dich alle Rico nennen.«

Der Puerto-Ricaner drehte sich um und grinste.

»Kennst du noch Ricochet Rabbit, diesen Zeichentrickhasen? Er ist Sheriff im Wilden Westen und auch nicht besonders groß. Aber er ist sehr schnell und eifrig bei der Sache. Als ich auf dem Revier anfing, sagte Captain Sullivan zu mir, ich hätte gewisse Ähnlichkeit mit ihm. Von da an nannten mich alle auf dem Revier nur noch Ricochet. Ich bin ja schon froh, dass sich das im Laufe der Zeit auf Rico verkürzt hat.«

Heather lachte so laut auf, dass die Totengräber sich erschraken und sie böse ansahen. Schnell hielt sie sich eine Hand vor den Mund. Ruben Santiago hob die Hand und winkte ihr zu, bevor er sich umdrehte und ging.

EPILOG

SECHS WOCHEN SPÄTER, JACKSON, NH, WHITE MOUNTAINS

Mit einem freudestrahlenden Grinsen im Gesicht reichte ihr Vater die Post rüber.

»Was gibt es da zu schmunzeln, sind doch bestimmt eh nur wieder Rechnungen«, sagte Heather und nahm die Briefe entgegen.

»Ja, aber schau mal für wen.«

Heather las den Namen auf den Briefen und musste nun ebenfalls lächeln.

»Willkommen zurück – Heather Bishop«, sagte ihr Vater und tätschelte ihr die Schulter. »Der Name Rollins hat mir nie so richtig gefallen.« Er setzte sich zu ihr an den Frühstückstisch und schenkte sich einen Kaffee ein.

Heather öffnete den Brief, der erste, der an sie mit ihrem alten Familiennamen adressiert war. Er war von der Bank in Jackson, wo sie im letzten Monat ein neues Konto eingerichtet hatte. Eine größere Zahlung war eingegangen. Die Abfindungssumme, die David ihr schuldig war. Sie hielt ihrem Vater den Brief hin. Der warf nur einen kurzen Blick darauf und pfiff zwischen den Zähnen.

»Wollen wir heute shoppen gehen, Dad? Ich kauf dir was Schönes.«

»Danke, mein Schatz, aber ich brauche nichts. Obwohl, wir könnten doch noch einen schönen Katzenkorb für Herkules kaufen.« Er zwinkerte ihr zu.

»Dad, der Kater hat bereits vier Körbe. Mehr braucht er nicht. Außerdem liegt er doch sowieso immer nur auf dem Sofa oder in deinem Bett.«

»Schon gut. Dann lass uns doch heute Abend einfach im Red Fox nett essen gehen.« Er nahm einen Schluck von seinem Kaffee. »Aber was hast du jetzt vor, wo du reich bist? Oder willst du doch wieder bei der Polizei arbeiten? Ich könnte ein gutes Wort für dich bei Perry einlegen, er ist der Sheriff hier im County.«

»Reich ist wohl etwas übertrieben, Dad.« Sie faltete den Kontoauszug von der Bank wieder zusammen und steckte ihn in den Umschlag zurück. »Aber ich glaube nicht, dass ich wieder zur Polizei zurück möchte.«

»Was willst du denn stattdessen machen? Ich kenne dich, du kannst nicht ewig hierbleiben und Däumchen drehen, dafür bist du nicht der Typ. Dir fällt die Decke doch jetzt schon auf den Kopf.«

Sie lächelte ihren Vater an. Er hatte recht. Sie konnte sich nicht den Rest ihres Lebens in Jackson aufhalten. Es war zwar wunderschön ruhig und entspannend, aber nichts, was sie sich für die nächsten Jahre vorstellen konnte. Ihr fehlte New York. Der Lärm, das Gedrängel. Die Menschen. Und sie hatte keine weiteren Panikattacken mehr gehabt, seit sie in den White Mountains weilte. Ihre Hand glitt zu ihrer Hosentasche. Sie zog eine leicht zerknickte und abgegriffene Visitenkarte heraus. Sie sah eine Weile auf die Karte, die sie von Max Falkenburg bekommen hatte. Dann legte sie sie vor sich auf den Tisch.

»Schatz, wie lange willst du noch mit dieser Karte rumspielen? Ruf doch einfach dort an.«

Heather blickte ihren Vater entschlossen an.

»Du hast recht, Dad. Ein Anruf dort kann ja nicht schaden.«

LATEINISCHE SPRICHWÖRTER

- Mors certa, hora incerta = Tod ist sicher, die Stunde ungewiss.
- Intra parietes privatos = unter vier Augen.
- Non curatur, qui curat = Wer Sorgen hat, wird nicht geheilt.
- Ad oculos demonstrare = vor Augen führen, beweisen.
- Qui vivra, verra = die Zukunft wird es zeigen.
- Mea virtute mea involvo = ich hülle mich in meine Tugend.
- Si vis pacem, evita bellum = willst du Frieden, vermeide den Krieg.
- Possum, sed nolo = Ich könnte, aber ich mag nicht.
- Tibi ossa bene quiescant = Mögen deine Gebeine sanft ruhen.

NACHWORT

Vielen Dank für den Kauf und das Lesen meines Romans. Ich hoffe, Ihnen hat die Lektüre des Buches gefallen und Sie hatten dabei ein paar (ent)spannende Stunden. Neben der Möglichkeit zum Feedback über eine Rezension freue ich mich darüber hinaus auch über Ihre persönlichen Kommentare zum Buch über meine E-Mail-Adresse:

kontakt@andre-milewski.de

Den Lesern, die bereits schon andere Bücher von mir gelesen haben, ist sicher nicht entgangen, dass einige Protagonisten aus meiner *»Geheimakte«*-Reihe, namentlich Max und Jody Falkenburg, hier eine Nebenrolle innehatten. Als ich mit der Arbeit an diesem Buch anfing, war dies eigentlich so nicht geplant gewesen. Aber wie so oft hat es sich beim Schreiben einfach so ergeben. Zuerst hatte ich meine Zweifel, ob es gut wäre, auf Max Falkenburg zurückzugreifen, aber diese wurden schnell zerstreut, als ich merkte, wie gut sich der - hier alte - Archäologe in diese

Geschichte integrieren ließ, ohne sich dabei zu sehr in den Mittelpunkt zu drängen.

Wer noch mehr über Max Falkenburg und seine anderen Abenteuer erfahren möchte, darf gerne auf meiner Website www.andre-milewski.de vorbeischauen.

Ihr André Milewski

ÜBER DEN AUTOR

André Milewski, Jahrgang 1978, kam auf Umwegen zum Schriftstellerberuf. Nach dem Schulabschluss und einer handwerklichen Ausbildung zog es ihn zur Marine. Von dort wechselte er nach acht Jahren in die freie Wirtschaft, wo er eine Tätigkeit als Einkaufsleiter übernahm.

Erst 2010, mit der Erfindung seines Helden Max Falkenburg, begann seine Karriere als Autor. Mit seiner „**Geheimakte**"-Reihe schuf er sich schnell eine treue Fangemeinde. Aber auch seine „**Heather Bishop**"-Serie oder Titel wie „**Elfenbeinkrieg**" erfreuen sich großer Beliebtheit unter den Lesern.

André Milewski lebt und schreibt in Schleswig-Holstein/Deutschland.

Mehr über den Autor und seine anderen Bücher gibt es auf der Website www.andre-milewski.de zu erfahren. Dort besteht auch die Möglichkeit, sich für einen Newsletter zu registrieren, um automatisch über neue Bücher, Gewinnspiele und Messeauftritte informiert zu werden.

facebook.com/AutorAndreMilewski

twitter.com/Andre_Milewski

instagram.com/andre_milewski

Bücher von André Milewski

GEHEIMAKTE -Abenteuer (fortlaufend)

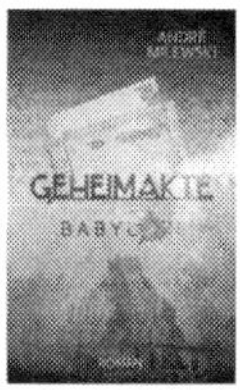

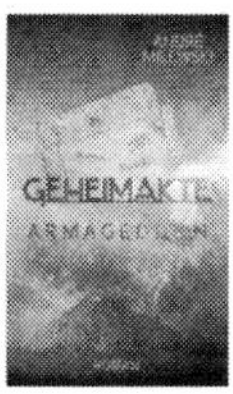

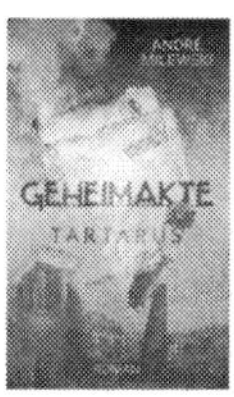

GEHEIMAKTE - Spinoffs, Prequels

Die Weihnachts-Akten (fortlaufend)

Die Falkenburg Chroniken (abgeschlossen)

Die-Frederick-Crichton-Romane (fortlaufend)

Heather-Bishop-Thriller (fortlaufend)

Hard-Sequences-Thriller (fortlaufend)

Einzelbände

Hörbücher von André Milewski

Printed in Poland
by Amazon Fulfillment
Poland Sp. z o.o., Wrocław

46679906R00165